検事の死命

柚月裕子

角川文庫
21097

目次

第一話　心を掬う

久しぶりに訪れた「ふくろう」の店内には、野球中継の音声が流れていた。髪を短く刈り上げた店の親父がカウンターの隅で、年代もののテレビにかじりついている。客が店に入ってきたことに気づいたはずだが、挨拶《あいさつ》はおろか、振り向きもしない。野球シーズンはいつもこうだ。

親父のその姿に、今年もプロ野球がはじまったことを、増田陽二《ますだようじ》は実感した。

「おっ、今日からいよいよ開幕か。親父、嬉《うれ》しそうだな」

筒井義雄《つついよしお》が声をかける。親父はちらりと筒井を見やり苦い顔をした。

「野球がはじまったのは嬉しいども、今日の試合は流れが面白ぐね。野村《のむら》に拾ってもらった小早川《こばやかわ》が、二本もスタンドに放り込みやがった」

増田たちがカウンターの止まり木に座ると、親父は立ち上がってカウンターの中に入った。

テレビに目をやる。巨人とヤクルトの開幕戦だった。五回裏、巨人の攻撃。二対二の同点だ。

筒井が「いつもの」と言うと、親父は後ろにある棚から山形の地酒「出羽桜《でわざくら》」の一升瓶を手に取り、空のコップが入った枡《ます》を、三人の前に置いた。筒井の好きな酒だ。親父はコップから枡に溢《あふ》れさせて酒を注ぐ。筒井はコップに口をつけて酒を飲むと、溢れた酒を枡からコップに注ぎ足した。

お通しはホヤとコノワタの塩辛、莫久来《ばくらい》だった。筒井の好物だ。筒井は嬉しそうに割り箸《ばし》を割った。

米崎《よねさき》地検で事務官を務める増田は、二人の上司と店を訪れていた。刑事部副部長の筒井と、直属の担当検察官である佐方貞人《さかたさだと》だ。

酒処《さけどころ》ふくろうは米崎駅から西に歩いて、五分ほどのところにある。表通りから一本奥に入ったどんづまりにある飲み屋で、野球好きの親父がひとりで切り盛りしている。店は五人掛けのカウンターと小上がりがひとつあるだけで、席がすべて埋まっても十人と入らないほど狭い。

上司の筒井に連れてこられて三年になるが、自分たち以外の客が入っているところを、増田は二、三回しか見たことがない。客が少ない理由は、目立たないところにある立地の悪さもあるだろうが、おおもとは親父にあると、増田は思っていた。

客が来ても「いらっしゃい」のひと言もなければ、時候の挨拶ひとつない。いつもカウンターの端に置いてあるポータブルテレビを観ていて、客が来るとだるそうに席を立つ。客が酒を注文すると、無言で酒とお通しを出す。そのあとはまたカウンターの端に座り、客が注文しない限り席を立つことはない。店で愛想がいい顔をしているのは、テレビの横に鎮座している、招き猫ぐらいだ。

今日、酒に誘ったのは筒井だった。増田が仕事を終えて帰り支度をしていると、筒井が佐方の検事室にやってきた。ひと月前から手掛けていた大きな案件がやっと片付いたので、帰りに一杯やっていこうというのだ。

筒井が飲みに行くといえばふくろうと決まっている。筒井は店の雰囲気や店員の接客態度には関心がないようで、置いてある酒とアテが美味《うま》ければそれでいい、というスタンスだった。

四十歳を過ぎた筒井なら、それもわかる。だが、自分より三つ下でまだ二十代後半と若い佐方も、筒井と同じ好みのようだった。

増田が佐方とはじめてふくろうに来たのは一年前だ。

佐方が米崎地検に配属されてきた初日、内輪の歓迎会をふくろうでした。はじめて訪れた店なのに、佐方は常連のように落ち着き払って、ぐい呑《の》みを傾けた。若いのに年季の入った店が似合う変わった男だ、と増田は思った。

増田はどちらかと言えば、雑誌で紹介されるような、洋風の洒落《しゃれ》た店が好きだ。年齢から考えて、てっきり佐方も同じだと思い込み、一度、若者が好みそうなショットバーに佐方を連れて行ったことがある。間接照明が灯《とも》る薄暗い空間で、黒いベストを身につけたバーテンダーが優美な手つきでシェイカーを振り、店内にはスロー・ジャズのBGMが静かに流れていた。いかにも都会的な雰囲気、といった感じの店だ。

気に入ってくれるだろうと思いきや、佐方は尻《しり》の据わりが悪そうに髪をくしゃくしゃと掻《か》き、落ち着かない風情でカクテルを飲んでいた。なんとなく気の毒になり、店を替えましょうか、と言うと佐方はほっとした表情で、はい、と即答した。それから佐方を、ショットバーへ誘ったことはない。

親父が一升瓶を棚に戻したとき、テレビの中でひときわ大きな歓声が沸いた。

「おいおい、なんだよ。ふざけやがって」

親父がテレビに毒づく。

六回表、ヤクルトの攻撃。この試合ですでに二本のホームランを打っているヤクルトの小早川選手が、三本目のホームランを打ったのだ。親父は悔しそうに顔を歪《ゆが》め、額に手を当てた。

「勘弁してくれよ、まったく」

増田は項垂《うなだ》れている親父を見て、小さくつぶやいた。

「打った打者が上手《うま》いのか。打たれた投手が下手なのか」

歳はとっていても、耳は達者なのだろう。言葉を聞きつけた親父は、増田をぎろりと睨《にら》んだ。

「なにもわがんねくせに、知った風なこと言うんじゃねえよ。いま投げてる斎藤雅樹《さいとうまさき》ってのはな、五年連続開幕投手、しかも三年連続完封勝利の、ミスター開幕投手だ。沢村《さわむら》賞もとった、大巨人軍の大エースなんだよ。野球のやの字も知らねえ野郎が、斎藤のことを悪ぐ言うんじゃねえ！」

親父のものすごい剣幕に、増田は縮こまって酒を口にした。

親父の読みどおり、試合の流れは変わることなく、六対三でヤクルトが勝った。親父は煙草を乱暴に揉《も》み消すと「ちくしょうめ」と小声で悪態をつく。筒井が酒を口にしながら、しみじみと言った。

「巨人は三十億円以上かけて選手を補強したのに、広島カープをリストラされた年俸二千万の小早川にしてやられたか。勝ちに不思議の勝ちあり、負けに不思議の負けなし――とはよく言ったもんだ。野球はなにが起こるかわからんな。人生と同じだ」

「なにが起こるかわがんねえかあ……そう言えば」

カウンターの中で料理の下ごしらえをしていた親父が、顔をあげた。

「この近所の常連客で、出した手紙が届かねえ、って言ってる奴がいたな」

「手紙が届かない?」

増田は問い返した。親父はまな板に視線を戻し、手を動かしながら答えた。

「北海道にいる娘さんに手紙を出したんだども、十日経っても届かないんだと。だから、言ってやったんだ。戦後の混乱期ならいざ知らず、買い物も商品管理もバーコードだのなんだのと機械が処理している時代に、郵便物が消えるなんてことねえべ。お前さんが出したと勘違いしてんだよ。簞笥《たんす》の奥でも探してみろ、出し忘れた手紙が出てくるべ、ってな」

俺の幼馴染《おさななじみ》だが昔から忘れっぽい奴なんだ、と親父は親しみを込めた口調で言い添えた。

「ほれ、いい白子が入ったんだ。塩で食え」

カウンターに、白子の天婦羅が置かれる。

「お、美味そうだな」

筒井は嬉しそうに、空になったコップを枡ごと持ち上げた。

「親父、もう一杯。こいつらにも注いでくれ」

筒井はご機嫌で、増田と佐方の分も注文する。

「手紙が届かない、か」

新しく注がれた酒に口をつけ、佐方がつぶやくように言った。


翌日の昼休み、増田は痛む頭を抱え、地検の食堂に向かった。

昨夜はあれから、筒井と店の親父が野球の話で盛り上がった。巨人の長嶋《ながしま》監督とヤクルトの野村監督を肴《さかな》に、ふたりで監督論を闘わせたのだ。お開きになったのは、日付がとうに替わった頃だった。

野球よりサッカーが好きな増田には興味がない議論だったが、筒井は野球談議ができるのが楽しかったらしく、珍しく足にくるまで飲んだ。筒井は終始ご機嫌で、佐方と増田に酒を勧めた。勧められるまま筒井のペースに合わせて飲んでいたら、帰る頃には自分も千鳥足になっていた。

佐方はといえば、筒井と親父の話に口を挟むわけでもなく、ときおり肯《うなず》きながら黙々と酒を飲み、肴に箸をつけていた。酒も増田と同じくらい飲んでいるはずなのに、多少、顔が赤くなるくらいで、酔った素振りはまるで見せなかった。

今朝も、増田が二日酔いでふらふらしながら出勤すると、廊下の奥から佐方がしっかりとした足取りで歩いてきた。朝の挨拶《あいさつ》を見るかぎり、普段とまったく変わらない様子だった。佐方が酒に強いことはわかっていたが、よほどアルコールの分解機能が高いらしい。

食堂に入り、食券売り場の前でなにを食べようかぼんやり考える。昼になっても、食欲は湧いてこない。迷った挙げ句、一番すんなり腹に収まりそうなざるそばにする。配膳《はいぜん》カウンターでざるそばを受け取り席に着く。一口そばを啜《すす》ったとき、向かいに人の座る気配がした。佐々木信雄《ささきのぶお》だった。佐々木は増田と同じ検察事務官で、歳は増田のふたつ上だ。地元高校の先輩で、ときどき酒を飲みに行く仲だった。

「どうした。顔色が悪いな」

佐々木はそう言いながら、カツ丼の大盛りをテーブルの上に置いた。大学まで柔道を続けていた大きな身体には、大盛りがちょうどいいのだろう。二日酔いの増田は、どんぶりから溢れそうになっているカツを見ているだけで、胃液が込み上げてきた。

増田は昨日、筒井と佐方と三人でふくろうに行き、筒井に付き合って飲み過ぎた話をした。佐々木はカツを頰張りながら笑った。

「あそこの親父と筒井さんは気が合うからな。おれも一度、筒井さんにふくろうに連れて行ってもらったことがあったけど、次の日、二日酔いで丸一日、使い物にならなかった」

増田は溜《た》め息《いき》まじりに、つぶやいた。

「郵便物が届かないって話あたりまでは、いいペースだったんだけどなあ」

増田がぽつりともらした愚痴に、意外にも佐々木が反応した。

「どういう話だ」

「たいした話じゃありません。親父さんの知り合いが出した郵便物が、届いてないらしいんです」

増田は店の親父から聞いた話を佐々木に伝え、結局勘違いだろうというところに落ち着いた、と付け足した。

佐々木は箸《はし》を止め、ふうむ――と、宙を睨んだ。

「どうしたんです」

「ああ、いや。最近、親戚《しんせき》から同じような話を聞いたもんだから」

佐々木の話によると、米崎市内にいる叔父《おじ》が、埼玉に住んでいる佐々木の従兄弟《いとこ》に手紙を出したのだが、二週間経っても届いていない、ということだった。

ざるそばをなんとか口に押し込み、増田は言った。

「出し忘れってことは、ないんですか」

佐々木はどんぶりを手に持ち、残りの飯を口の中に掻き込んだ。

「さあな。俺も詳しく聞いてないからわからんが、そんなとこだろう。それより、お前の好きそうな店を見つけたんだ。こんど飲みに行かないか」

腹に入れたざるそばが、逆流しそうになった。いまは酒の話はしたくない。増田は無理やり笑みをつくり、そのうち、と答えた。

昼食を終えた増田は、午後の就業開始三分前に部屋に戻った。佐方はすでに席に着いていた。普段と変わりなく、涼しい顔をしている。増田は感心して訊《たず》ねた。

「昨日はかなり飲みましたが、二日酔いは大丈夫ですか」

佐方は読んでいた資料から顔を上げて、増田を見た。

「多少、酒が残っている感じはしますが、大丈夫ですよ。増田さんは……」

佐方は増田の顔を眺め、辛《つら》そうですね、と言った。そんなに顔に出ているのだろうか。増田は思わず顎《あご》のあたりを撫《な》でた。年下の佐方に気遣われ、いささか面映《おもはゆ》い。増田は話題を変えた。

「そう言えば、さっき食堂で事務官の佐々木さんから、面白い話を聞きました」

「面白い話？」

増田は先ほど聞いた話を披露した。

「ふくろうの常連客といい、佐々木さんの叔父さんといい、忘れっぽい人が多いんですね。たしかに手紙だと、どこかに置いたまま投函《とうかん》したと思い込んでいるって、あるかもしれませんね」

佐方は顔の前で手を組み、考え込むように押し黙った。

なにか気になることを言っただろうか。増田が、どうかしましたか、と声をかけようとしたとき、佐方が先に口を開いた。

「増田さん。いま聞いたふたつの郵便物紛失の件、調べてもらっていいですか」

意外な指示に、増田は面くらった。

「出し忘れの手紙を調べるんですか」

佐方は増田を見た。

「二件の郵便物の宛先《あてさき》、いつ、どこの郵便局またはポストに投函したのかなど、調べてほしいんです」

目が真剣だった。興味本位で言っているわけではなさそうだ。なにか考えがあるのだろう。増田は背筋を伸ばした。

「承知しました。手が空いたときに調べてみます」

そう答え、午後の仕事にとりかかろうとすると佐方は、なるべく早くお願いします、と言った。

増田は驚いて、開きかけたパソコンから顔をあげた。

「お急ぎですか」

佐方が肯く。

地検には警察から毎日、ひっきりなしに案件が送られてくる。検察官や事務官の机の上には、決裁を待っている書類が山積みされている。なにか考えがあるとはいえ、郵便物の紛失話を急いで調べなければいけない理由が、増田にはわからない。だが、検察官の求めに応じるのが事務官の仕事だ。納得がいこうがいくまいが、佐方の指示に従うしかない。

「わかりました。早急に調べます」

「お願いします」

佐方はそう言うと、手元の書類に目を戻した。

翌日、増田は佐々木とふくろうの親父から、郵便物が届かないと聞いていた二件の自宅を教えてもらい、連絡を取った。運よく、ふたりとも在宅しているという。増田は午前中の業務を終えると、食堂で昼食を済ませ地検を出た。

佐々木の叔父の住所は、米崎市の北部にある住宅街だった。古い町で細い道が入り組んでいる地区だ。

叔父の滝川義明《たきがわよしあき》によると、手紙を投函したのは二十日近く前で、いつも買い物に行くスーパーに備え付けられているポストに入れたという。投函したのは女房の須美代《すみよ》で、

「間違いなく入れたはずなんだけど、届いてないってことは、私の思い違いなのかな、とも思ったんです。でもバッグや家ん中を探しても見当たらないし、どうにも納得いかが

ねくて……」と彼女は困惑気味に語った。

ふくろうの常連客は、店の近くにあるマンションの住人だった。森脇文雄《もりわきふみお》は定年退職した元高校教師で、妻に先立たれ、ひとり娘が北海道に嫁いでいた。手紙を出したのはひと月前で駅前のポストに投函したという。

森脇も須美代と似たようなことを語った。娘から手紙が届いていないと聞いて、あちこち探したが見つからない。大事な手紙だったので出し忘れたということはない、と言い切った。

森脇宅を出た増田は、米崎市で一番大きな郵便局である米崎中央郵便局の代表番号を調べ、公衆電話から電話をかけた。須美代が手紙を出したスーパーのポストと、森脇が投函した駅前のポストが、どこの局の担当か訊ねるためだ。対応した郵便局員は、どちらも中央郵便局の扱いです、と答えた。

増田が地検に戻ったときは、午後四時を回っていた。

佐方は机で、所轄から送られてきた一件記録を読んでいた。指示された郵便物紛失の件を調べてきた、と増田が言うと、手にしていた書類を机に置き顔をあげた。

「どうでした」

窺《うかが》うような声音だ。増田は調べてきたことを報告した。

話を聞き終わった佐方は、髪をくしゃくしゃと掻《か》いた。

「郵便物を出した時期と場所は別だが、扱いはどちらも中央郵便局なんですね」

「はい、そうです」

佐方は椅子に背を預けなにか思案していたが、勢いよく身体を起こすと増田の方へ乗り出した。

「すぐ米崎中央郵便局に連絡して、過去一年分の郵便物の不着状況を問い合わせてください。できれば資料を提出してほしい、と」

なにやら大事《おおごと》になりそうな気配を感じ、増田はかすかな胸騒ぎを覚えた。たった二通の、出し忘れかもしれない郵便物の紛失に、佐方はなぜ拘《こだわ》っているのだろう。

佐方が壁時計に目をやる。

「郵便局の業務は五時までです。いまならまだ電話は通じる。お願いします」

時計を見ると、針は四時四十五分を指していた。とにかく佐方の指示に従うしかない。

増田は受話器を取りあげると、中央郵便局に電話をかけた。


佐方が要求した資料は、二日後に郵送で届いた。

資料によると、中央郵便局で過去一年に紛失届が出されている郵便物はぜんぶで十五通だった。差出人はすべて米崎市の住人で、住所は中央郵便局の取り扱い範囲一円に散らばっている。紛失した郵便物を投函した日もばらばらで、一日にごそっとまとまって紛失しているわけではない。

増田は自分の席で資料のコピーを見ながら、つぶやくように言った。

「郵便物の紛失って、案外あるもんですね」

　佐方は資料に目を落としたまま言った。

「いえ、この数字は氷山の一角ですよ。先方に郵便物が届いていないことに気づかないケースもあるでしょう。それに、気づいたとしても不着届を出さない場合もある。それやこれやを考えると、実際は資料に書かれている数字の数倍、いや、ことによると十倍以上の可能性もある」

　言いながら佐方は、手にしていたペンを指のあいだに挟んで器用に回す。

「なるほど、そうですね」

　増田は同意しながら、それにしても、と疑問を口にした。

「紛失している郵便物が、三月と四月に多いのは、なにか意味があるんでしょうか」

　一年のあいだで紛失届が出されている月は、三月と四月に集中していた。十五件のうち、五件が三月、六件が四月と、他の月に比べて圧倒的に多い。

「三月、四月といえば、増田さんはなにを思い浮かべますか」

　佐方は増田を見た。質問に質問で切り返され、増田は唸《うな》った。

「ええっと、まず春ですよね。春といえば卒業、入学、就職。それに伴う引っ越し、あとは……」

「それです」

「え？」

増田は宙に向けていた視線を、佐方に移した。佐方の言う「それ」がなにを指しているのかわからない。佐方は、卒業、入学、就職、と言いながら、指を一本一本折り曲げた。

「これでなにか思いつきませんか」

そこまで言われて、ようやく増田は理解した。

「お祝いですね！」

佐方が肯《うなず》く。

「春先と言えば、卒業や入学の時期です。多くの人間が、その春に卒業や入学をする身内にお祝いの金や品物を渡すでしょう。近くにいれば手渡しだが、遠方にいた場合は郵便で送る」

でも、と増田は再び資料に目を戻した。

「今回、紛失している郵便物はすべて普通郵便です。現金書留じゃありません」

たしかに、と言いながら、佐方は机に肘《ひじ》をつき、顔の前で手を組んだ。

「現金を郵便で送る場合、現金書留で送ることが法律で定められています。しかし、これには罰則があるわけではありません。現金書留で送れば、紛失したとき、五十万円を限度に送った分の現金を保証してもらえますが、少額の場合、普通郵便で送るケースも少なくありません。私も――」

そこで佐方は、口を閉ざした。視線を床に落としたまま、なにか考え込むようにじっとしている。

「私も、なんでしょうか」

増田が続きを促すと、佐方は軽く手を振って、たいしたことじゃない、という仕草を見せた。

とにかく——と、佐方が話を戻す。

「現金が同封されていたという線は、かなり濃いように思います」

「ということは職員の誰かが、金目的で郵便物を窃取《せっしゅ》しているということですか。しかしお言葉ですが、その線は薄いんじゃないでしょうか。封筒の表に現金在中なんて、誰も書きませんよ。現金が入っている封筒だけ選んで抜き取るなんて、不可能でしょう」

佐方はそれについては言及せず、中央郵便局の郵政監察官に連絡をとるよう、増田に指示した。

「郵政監察官に、ですか」

ますます大事になっていく。増田の手に、じんわりと緊張の汗が滲《にじ》んだ。

郵政監察官とは、特別司法警察員の資格を持つ郵政職員だ。郵便事業を独占している郵便局で郵送に関わる犯罪が行われては、国民への影響が大きい。そのような理由から郵便事業に絡む事件は、郵政監察官が警察と同様に第一次捜査機関として犯罪を取り締まり、犯人を検挙できることになっている。通称「郵政Gメン」とも呼ばれ、局内で特別な役割を担っている。

郵便物紛失に関わる資料を取り寄せるだけならまだしも、郵政監察官を呼び出すとなると、向こうも構えるだろう。佐方はこの郵便物紛失を、事件として立件するつもりなのか。しかしこれが事件ではなく、単なる事故だとしたら、佐方の立場は悪くなる。ここは筒井に伺いを立てるべきではないか。

「どうかしましたか」

佐方に声をかけられて、我に返る。

「いえ」

佐方のことだ。なにか目算があってのことに違いない。増田は躊躇《ためら》いを吹っ切り、電話機に手をかけた。

と同時に、電話機が鳴る。素早く受話器を取りあげた増田は、交換手の言葉に耳を疑った。米崎中央郵便局の郵政監察官から、佐方に電話が入っているという。増田は電話を保留にし、椅子ごと佐方に身体を向けた。

「驚きました。連絡をとろうとしていた当の郵政監察官から、佐方さんに電話が入っています」

これには佐方も驚いたようで、わずかに目を見開いた。が、すぐに冷静さを取り戻し、繋《つな》ぐよう指示する。

電話が繋がると佐方は、自分の名前を名乗った。あとは「はい」とか「ええ」などと、短い相槌《あいづち》を打っているだけだ。相手が一方的になにか話している。

この絶妙なタイミングで、なぜ郵政監察官は佐方に連絡をとってきたのだろう。話の内容が気になった。

通話はさほど長引かなかった。ものの数分で佐方は、わかりました、と答えて電話を切った。佐方が受話器を置くと同時に、増田は訊《たず》ねた。

「郵政監察官が、いったいなんの用事だったんですか」

佐方は席から立ち上がると、椅子の背にかけていた背広を羽織った。

「明日の十時に、地検に来るそうです」

「えぇっ」

思わず声が出る。まるで、こちらの動きを見透かしているかのようだ。

佐方はズボンのポケットから皺《しわ》くちゃのハイライトを取り出すと、増田に見えるようひらひら振った。

「一服してきます」

部屋に残された増田は、なにが起こっているのかわからず、佐方が出て行ったドアを茫然《ぼうぜん》と見つめた。

中央郵便局の郵政監察官は、約束の時間ちょうどにやってきた。

検事室に置かれているソファに腰掛け、深々と頭を下げる。差し出された名刺には「米崎中央郵便局　監察官　福村正行《ふくむらまさゆき》」とある。歳は筒井と同じくらいだろうか。それにしては、後頭部がかなり淋《さび》しい。痩《や》せぎすの体格で顎《あご》は尖《とが》り、頬骨が目立っている。

「お忙しいところ、お時間を頂戴《ちょうだい》して申し訳ありません」

福村はもう一度、テーブルを挟んで座っている佐方と増田に丁寧に頭を下げた。

佐方が、増田の淹《い》れた茶を勧めながら話を切り出す。

「ちょうどこちらも、福村さんにご足労願おうと思っていたところでした。例の、送っていただいた資料の件で」

福村は、はっとしたように細い目を見開くと、唇をきつく嚙《か》んだ。

「佐方検事は、気づかれたのですね」

佐方は沈黙することで、福村の言葉を認めたようだった。福村は大きく息を吐くと、意を決したように話しはじめた。

「昨日、総務の人間から、米崎地検の佐方貞人という検事さんが、郵便物不着に関する資料を要請してきたと聞いて、そうではないかと思っていました。本当に、お恥ずかしい限りです」

福村がまた、頭を下げる。

福村の話によると、この一年、中央郵便局では郵便物の不着届が相次いで出ているという。監察官という立場にある福村は、内偵を続けてひとりの男に目をつけた。名前は田所健二《たどころけんじ》。年齢は三十八。妻と、就学前の子供がふたりいる。

田所は一年前に米崎北郵便局から中央郵便局に配属され、前の職場と同様に、通常郵便物を郵便番号読み取り機にかける作業に従事している。

職員室と隣接する仕分け室の仕切り板は、上部が透明なアクリルでできている。不正が行われないよう、外から覗《のぞ》ける構造になっていた。福村が職員室の陰から作業現場を監視していたところ、就業中によく手洗いに行く職員がいることに気づいた。それが田所だった。

就業中、作業員が部屋を出ることはそう多くない。腹をこわしたとか、体調がすぐれないなど特別な事情がない限り、休憩時間以外に持ち場を離れることはまずない。だが、田所は週に二、三度、多いときは毎日のように、作業中に手洗いに立つ。

注意して田所の様子を探っていたところ、田所が手洗いに行く前に作業着のポケットになにかを入れることに気づいた。遠目でよく見えないが、どうやら取り扱っている郵便物のようだった。

「田所は現金が入っている郵便物を選び出し、人目を盗んで自分のポケットに入れ、局内の手洗いで中身を抜き取っているのです」

「ちょっと待ってください」

話を聞いていた増田は、横から口を挟んだ。

「仮に田所という男が郵便物を盗んでいたとして、どうしてその郵便物が現金入りだとわかるのですか」

福村は増田に膝《ひざ》を向けると、真っ直ぐに見据えた。

「私の仕事は、局内で不正が起きないよう監視することです。田所が怪しいと睨《にら》んだ日からここ二ヶ月間、私は彼の動向を調べました。すると田所の派手な生活が見えてきたのです」

福村は悔しそうに口を真一文字に結ぶと、視線を床に落とした。

「私は田所より年上です。経験上、田所の年齢なら給与がどのくらいなのか、見当がつきます。だが、田所の金の使い方は、給与だけでは収まらないものでした。田所は仕事が終わると、キャバクラや飲み屋で遊び歩いていました。休みの日は終日、パチンコです。ざっと計算しても、ひと月の給料だけでは無理だとわかる遊び方でした」

増田は頭に浮かんだ疑問を口に出した。

「別な収入源があるとは考えられませんか。例えば奥さんが働いているとか、実家からの援助があるとか」

福村は俯《うつむ》いたまま、首を横に振った。

「まだ子供が小さいこともあり、奥さんは働いていません。専業主婦です。田所と奥さんの両親は年金暮らしです。どちらも現役時代はごく普通のサラリーマンで、アパート経営をしていて家賃収入があるとか、どこかに土地を持っている資産家だとか、そのようなことはありません。たまに孫に小遣いをあげることはあるでしょうけれど、田所が遊び歩けるだけの金を渡せるとは考えられません」

増田はいちばん不思議に思っていることを訊ねた。

「田所が現金入りの郵便物を抜き取っていると仮定して、何百通という郵便物の中から、現金入りの郵便物を見分けることなんてできるんですか」

　福村は顔をあげると、小さく肯《うなず》いた。

「ええ。長年の経験で、手触りや感触でわかるようです。お恥ずかしい話ですが、以前にも同様の事件が別の県で起きています」

　そんなことができるのか。増田は啞然《あぜん》とした。

　だが、考えようによっては、あり得ないことではない。整体師が人の歩き方を見ただけで、腰が悪いとか右膝が悪いと当てることがあるように、その道の専門家ならば、不可能ではないのだろう。

　納得した増田は、話の続きを促す。

「現金を抜き取った封筒と手紙は、どうしてるんでしょう」

　福村の目が、怒りの色に染まる。田所の犯行に心底、憤慨している表情だ。

「細かくちぎって、便器に流しているのでしょう。現金を抜き取るだけでも悪質な犯罪なのに、市民から託された手紙を破り捨てるなんて、郵便局員としては論外の行為です」

　膝に置いた福村の手が、ぎゅっと握り締められるのを、増田は目にした。

　無言でふたりのやり取りを聞いていた佐方が、はじめて口を開いた。

「現金を抜き取っているのは、田所に間違いないんですか」

　福村は佐方を、確信のこもった目で見た。

「間違いありません。田所が中央郵便局に配属された頃から、うちでも郵便物の不着届が増加しています。北を追い出されたのも、不正疑惑があったからかもしれません。中央には監察がいますからね」

佐方は腿《もも》の上に肘《ひじ》をつき、顔の前で手を組んだ。無言でなにか考えている。黙り込んだ佐方を、福村はじっと見つめていた。佐方がどう出るか、見守っているのだろう。

佐方はそのままの姿勢で、福村に訊ねた。

「中央郵便局は、いつ建てられたんですか」

唐突な質問に、増田は戸惑った。建築された年が郵便物紛失となんの関係があるのか。福村も同じ気持ちを抱いたのだろう。戸惑いを言葉に滲《にじ》ませながら答える。

「ええっと……いまから十年ほど前だから、昭和六十一年か二年頃だと思いますが、それがなにか」

佐方はぽつりとつぶやいた。

「じゃあ、さらえますね」

「さらう？」

増田と福村は、同時に訊ねた。佐方は組んでいた手を外すと、福村の方に身を乗り出した。

「浄化槽ですよ」

佐方の説明によると、昭和五十八年に浄化槽法という法律ができた。公的建造物に手洗いをつける際、浄化槽の設置を義務付けるというものだ。

「中央郵便局が建てられたのは、その浄化槽法ができてからです。だから、排泄物《はいせつ》はいったん、浄化槽に溜《た》まる。最近では、し尿と生活雑排水の両方をあわせて処理する合併処理浄化槽が増えてますが、十年以上前に建てられた設備ならば、し尿だけを単独で処理する単独処理浄化槽でしょう。ある意味、さらいやすい」

増田は佐方の知識の深さに、いまさらながら感心する。福村も納得した様子で、何度も肯きながら聞いている。

つまり——と言いながら、佐方はふたりの顔を見た。

「田所が手洗いに入った直後に浄化槽をさらい、破り捨てられた封筒や手紙を回収し、田所が郵便物を盗んでいるという補強証拠を、入手できるということです」

そこまで聞いて、増田は佐方が口にした、さらう、という言葉の真意を理解した。

増田は思わず口に手を当てた。佐方は簡単にさらうと言うが、排泄物が溜まっている浄化槽に入り、汚物まみれの紙片を掻《か》き集めるなど、考えただけでも胃液がせり上がってくる。

だが、福村に臆《おく》する気持ちはないようだ。膝に手を置き、やります、と即答した。声に力がこもっている。

「私は郵便事業が円滑に行われるよう監視する郵政監察官です。目の前で犯罪が行われているとしりながら、証拠が摑《つか》めないため逮捕できず、悔しい思いをしてきました」

福村は身を乗り出して言う。

「証拠が手に入るなら、田所を逮捕できるなら、なんでもやります」

佐方は福村に向かって頭を下げた。

「よろしくお願いします」

浄化槽をさらうという発想をする佐方にも感心したが、やると即答した福村の熱意にも胸を打たれた。

「すみませんが、新しいお茶を淹《い》れてもらえますか」

佐方が増田に頼む。ふたりのやりとりを茫然《ぼうぜん》と見ていた増田は、慌てて返事をすると弾《はじ》かれたように席を立った。


福村が地検を訪れた四日後、佐方に連絡が入った。田所が現金入りの郵便物を窃取している証拠を摑んだ、という福村の報告だった。

一報を入れたあと、アポイントを取って地検にやってきた福村は、検事室に入るとカバンからビニール袋を取り出した。ノートほどの大きさでファスナーがついている。中には切手大に千切れた紙片が入っていた。白っぽいものもあれば、薄《うっす》ら汚れているものもある。

福村は頬を紅潮させながら、応接テーブルの上にビニール袋を置いた。

「これが証拠です」

佐方から浄化槽をさらうよう指示をされた福村は、普段以上に田所の行動に目を光らせていた。すると今日の午後、作業着のポケットになにかを入れた田所が、手洗いに行くと言い部屋を出た。田所が手洗いに入ったことを確認し、直ちに浄化槽をさらったところ、破り捨てられた封筒と手紙が見つかった。

「それが、これです」

福村は頑張った宿題を教師に手渡す子供のような顔で、佐方の方へビニール袋を押し出した。

佐方はビニール袋を受け取ると、四方から眺め、福村を見た。

「大変な作業を、よくやり遂げてくださいました。ありがとうございます」

福村は、当然のことです、と言いながらも、顔に喜びの笑みを浮かべた。

「これで田所を逮捕できますね」

出された茶を飲みながら、福村が嬉《うれ》しそうに言う。だが佐方は、いや、と短く首を振った。

「まだです」

今日にでも田所を逮捕できると踏んでいたのだろう。福村は意外な返答に、驚いたように口を開けた。

「どうしてですか」

「これだけでは、田所が言い逃れをする懼《おそ》れがあるからです」

「言い逃れ……」

「この紙片を見せて、お前がやったんだろう、と問い詰めても否定されたらどうにもなりません。濡《ぬ》れているから指紋も出てこないでしょうし、自分は関与していない、と言われたらそれ以上、こちらは追及できません」

身体の力が抜けたのか、福村はソファの背にもたれた。力なくつぶやく。

「じゃあ、私がしたことは無駄だったんですか」

佐方は笑顔を見せて鼓舞した。

「そんなことはありません。これは立件するための補強証拠、いわば、田所が言い逃れできない確証を摑むための、重要な手掛かりです。やってもらったことは、決して無駄ではありません」

いまひとつ腑《ふ》に落ちない表情で、福村は佐方を見た。

「これから、どうしたらいいんでしょう」

佐方は目の前の茶托《ちゃたく》に手を伸ばしながら言った。

「まずは、掬《すく》い上げたこの紙片を復元してください」

茶を一口飲んで、福村を見る。

「もし、文字が消えて読めないときはご連絡ください。県警本部の科捜研に頼んでみます」

福村は肯いた。

「わかりました。できる限りやってみます。そのあとはどうしましょう」

　福村は重ねて訊《たず》ねた。

「こちらからご連絡します」

「いつ頃ですか」

　佐方は茶を飲み干すと、茶托に湯呑《ゆの》みを戻した。

「明日、遅くても明後日《あさって》には」

　わかりました、と答えると、福村は紙片が入ったビニール袋をカバンにしまい、肩を落として帰っていった。

　ふたりだけになると、増田は茶托と湯呑みを片付けはじめた。佐方は検事席に戻り、上目遣いに宙を睨《にら》んでいる。

「福村さん、かなりがっくりきていましたね。直ぐにも逮捕できると思っていたんでしょうか」

　増田の問い掛けに佐方は答えず、ぽつりとつぶやいた。

「増田さん、千円貸してもらえませんか」

「え？」

　意味が摑めず、聞き返す。

「すみません。ちょっとぼんやりしていて……もう一度お願いできますか」

　佐方は増田を見ると、今度ははっきりとした口調で言った。

「千円、貸してもらいたいんです」

増田は飲み残しの茶を載せた盆を手にしたまま、呆然《ぼうぜん》と佐方を見た。小学生や中学生ならまだしも、いい大人が千円に困るほど貧窮しているのだろうか。

「だめですか」

佐方は本気のようだ。

増田は盆をテーブルに置くと、慌てて背広の内ポケットから財布を取り出し、千円札を抜き出した。佐方は札を受け取ると、すみません、と詫《わ》びながら、背広の胸ポケットにしまい背を向けた。

増田は佐方の後ろ姿をじっと見つめた。

なにか事情があり、物入りなのだろうか。

増田は遠慮がちに声を掛けた。

「あのう……千円でいいんでしょうか。もう少しお貸しできますが」

振り返った佐方は髪の毛をくしゃりと掻き、笑顔を見せて言った。

「いえ、千円で結構です」

佐方は、ご心配かけてすみません、と軽く頭を下げる。

「とんでもない。差し出がましいことを口にしました」

増田は頭を下げると、盆を手にして検事室を後にした。

翌日、増田はいつもより一時間ほど早く出勤した。地検の就業開始時間は九時だが、昨日の帰りがけに佐方から、明日は用事があるので一時間早く出てきてほしい、と頼まれたのだ。増田が検事室に入ると、佐方は黒いトレンチコートを羽織り、出掛ける準備をしていた。コートもスーツ同様、よれよれだ。

佐方は増田が朝の挨拶《あいさつ》をする間もなく、指示を出した。

「これから中央郵便局に行きます」

増田は驚いて訊ねた。

「なにをしに行くんですか」

今度は佐方が、不思議そうに増田を見た。

「なにって、郵便物紛失の件で」

用事というのはこのことだったのか。しかしなぜこんな時間に——。

増田は訊ねた。

「朝いちで送られてくる案件はどうするんですか。それにこんな朝早く、まだ郵便局は開いていないでしょう」

郵便局の窓口が開くのは九時からだ。いまは七時四十五分。郵便局はまだ閉まっている。

佐方は寝起きのままのような髪を、くしゃくしゃと掻《か》いた。

「副部長には、緊急の調査ということで許可を取っています。郵政監察官にもすでに連絡してあります。窓口は閉まっていても、職員用の通用口から入れてもらえます」

佐方は底光りする目で増田を見た。

「田所を逮捕するつもりです。一刻も早く、田所が言い訳できない、確固たる証拠を摑《つか》まなければいけません」

増田は部屋の入り口に立ちつくした。

言い訳できない、確固たる証拠——と佐方は言うが、今日、現金が入った郵便物が投《とう》函《かん》されるとは限らないではないか。偶然を待つような捜査を、佐方はこれから毎日続けるというのか。

佐方はコートの袖《そで》をめくり、腕時計を見た。

「間もなく八時です。窓口は九時からですが、職員の勤務時間は違います。福村さんに確認したところ、午前七時に郵便内勤と集配の早出職員が出勤します。次いで集配の日勤職員が八時に出勤します。担当地域のポストに投函された郵便物が、中央郵便局に取集されてくるのは、一番早い便で八時半」

佐方は腕時計から、増田に目を移した。

「職員の作業は、八時半からはじまります。それに間に合うように行かなければいけない。急ぎましょう」

中央郵便局に着いたのは、八時十五分を過ぎた頃だった。建物の裏側にある、職員用駐車場に車を停める。

通用口に目をやると、福村が立っていた。福村は佐方と増田に気づくと、車に駆け寄ってきた。

「おはようございます。お待ちしてました」

昨日の帰り際の気落ちした様子とはがらりと違い、全身に覇気がみなぎっている。

「こちらからどうぞ」

福村は佐方と増田を、裏口から中へ通した。

福村のあとについて、リノリウム張りの長い廊下を歩いていく。福村は一階の突き当たりの部屋の前で立ち止まると、ここです、とドアを開けた。ドアに「監察官室」と書かれたプレートが掛けられている。

部屋は増田たちの検事室と同じくらいの広さで、机が二つ置かれていた。壁にはスチール製の書棚が設《しつら》えてあり、書類がびっしり詰まっている。

入り口寄りの机に、増田と同じくらいの歳の男性が座っていた。男性は佐方と増田が部屋に入ると、急いで立ち上がりぺこりと頭を下げた。

福村が男性を紹介する。

「同僚の大竹《おおたけ》です。手筈《てはず》はすべて伝えてありますから、ご心配なく」

福村は佐方と増田に、部屋の壁際に置いてあるソファを勧めた。

ソファの前に置かれている木製のテーブルの上には、ポータブルテレビほどの大きさのモニターが二台置かれていた。一台には職員が作業している様子が映し出されており、もう一台には手洗いの入り口が映っている。

「こちらのモニターに映っている映像が仕分け室の様子で、そちらが職員用トイレの映像です。手洗いの映像は、プライバシー保護のため、入り口付近しか映らないようにしてあります。しかし職員の出入りは、問題なく確認できます」

福村は窺《うかが》うように、佐方を見た。

「これでよろしかったでしょうか」

佐方はモニターを眺めながら肯《うなず》いた。

「充分です」

福村は安堵《あんど》の表情で、笑みを浮かべた。

「良かった。自分は機械に詳しくないので、上手《うま》く取り付けられるか心配だったんです。何度もテストを繰り返して、設置が完了したのは明け方でした。間に合って良かったです」

「ご苦労様でした」

佐方の労《ねぎら》いの言葉には心がこもっていた。福村は教師に褒められた生徒のような顔で嬉《うれ》しそうに頭を下げ、とりあえずお茶を淹《い》れてきます、と言って退室する。

モニター画面に映っている映像は、監視カメラで隠し撮りしているものだろう。福村は地検では、隠しカメラの存在に一言も触れていない。増田は、緊張で身体を硬くしたままの大竹に訊《たず》ねた。

「このモニターに映っている映像は、隠しカメラで撮っているものですよね」

　大竹が肯く。

「昨日の夜、佐方検事からご連絡いただき、早急にとの指示を受けて、作業室と手洗いに設置しました。田所の動向をリアルタイムで監視する、とおっしゃって。これで彼が動くと同時に、こっちも対処できます」

　増田はますます不安を覚えた。佐方は本当に、今日、田所を逮捕するつもりだ。だが、もし現金入り封筒がなく田所が動かなかったら、徹夜の作業が徒労に終わってしまう。仮に、隠しカメラが田所逮捕に役立つときがくるとしても、急《せ》かして作業させる必要があったのだろうか。

　増田はおずおずと訊ねた。

「本当に今日、田所は動くんでしょうか」

　増田の問いに佐方は、迷いのない声で答えた。

「動きます。必ず――」

　四人は食い入るように、モニターを見つめていた。

　佐方と増田と福村は応接用ソファに座り、大竹はふだん自分が使っている事務用の椅子を、テーブルの横に運んできて見ている。

一台目のモニター画面には、仕分け作業をする職員に交じって、田所が郵便物を郵便番号読み取り機にかけている姿が映っている。朝いちで取集されてきた郵便物だ。

田所を一言で表すならば、Lサイズの男、だった。背が高くでっぷりと太っている。汗っかきなのだろう。額の汗を拭《ふ》きながら、慣れた手つきで、郵便物を読み取り機にかけている。

増田は壁にかかっている時計を、目の端で捉《とら》えた。十時半。監察官室に入ってから、二時間が経っている。田所にまだ、不審な動きは見られない。

田所が動くということは、犯罪が行われるということだ。事件が起きることを望むわけではないが、監視カメラまで設置して田所を捕らえようと身構えているこちらからすれば、早く動いてほしい、と切に願ってしまう。

福村も同じことを考えているようで、左膝《ひだりひざ》を小刻みに揺らして、いまかいまかとモニターを睨《にら》んでいる。大竹もこの捕り物が気になるのだろう。通常業務の書類を捲《めく》りながら、ちらちらとモニターに視線を向けている。

普段と変わらないのは佐方だけだった。佐方はテーブルに肘《ひじ》をつき、顔の前で手を組んだまま、ぴくりとも動かない。無言でモニターを見つめている。

なにも起きないまま、さらに一時間が過ぎた。間もなく昼休みに入る。

福村が溜《た》め息《いき》をつき「昼は近くの中華屋から、出前を取りましょう」と言って、席を立ち上がりかけた。その福村の行く手を、佐方が手で遮った。

「動いた！」

佐方が小さく叫ぶ。

増田と福村は、モニターに顔がつくほど視線を近づけた。大竹も後ろから食い入るように覗《のぞ》いている。

「いま、作業着のポケットに封筒らしきものを入れました。右のポケットです」

福村が声を抑えて言う。仕分け室に聞こえるはずはないのに、誰もが小声だ。

増田は田所が着用している作業着の右ポケットに目を凝らすが、中が膨らんでいる様子までは見て取れない。田所はなに食わぬ顔で作業を続けていたが、五分ほど経つと、隣の職員に声をかけて部屋を出て行った。

「隣の職員に、なんて言ったんでしょう」

増田が小声で訊ねると、福村が答えた。

「きっと、手洗いに行ってくると断ったんでしょう。ほら、やっぱり！」

福村は二台目のモニターを指差した。画面には手洗いに入る田所が映っていた。

佐方が勢いよく立ち上がり、鼓舞するように声を張った。

「行きましょう！　浄化槽はどこですか」

「こっちです！」

叫びながら福村は、真っ先に部屋を飛び出した。佐方は「大竹さんは引き続きモニターの監視をお願いします！」と言い残して走り出す。増田も急いであとを追った。

福村は裏口から外に出て、建物の北側へ向かっていた。

福村に追い付き建物の角を曲がると、あたりが薄暗くなった。陽が当たらないためじめじめとしている。地面はコンクリート舗装ではなく、土がむき出しになっていた。

「ここです」

福村は地面を指差した。福村の指先には、マンホールよりやや大きめの、鉄製の蓋《ふた》があった。勝手に開けられないように、南京錠がかかっている。蓋の下に浄化槽があるのだろう。

福村はズボンのポケットから、大ぶりの鍵《かぎ》がついているキーホルダーを取り出した。プレートに「浄化槽」と書かれている。

「開けます」

福村は佐方と増田の顔を見た。佐方が肯く。増田は息を詰めた。

浄化槽の蓋が開けられる。同時に中から水の流れる音が聞こえ、排泄物《はいせつ》の強烈な臭気が漂う。

増田は息を止めたまま、浄化槽を覗き込んだ。中は畳二枚ほどの広さで、水面までは一・五メートルくらいありそうだ。壁に鉄製のはしごが取り付けられている。

空間は仕切りで三つに区切られていて、一番広いスペースに、汚泥のような茶褐色の液体が溜まっている。人の排泄物だ。他のふたつの狭いスペースに溜まっている液体は、消毒液かなにかだろう。

増田は顔を背け、止めていた息を口から大きく吐き出した。

「これを使ってください。気休めにしかならないかもしれませんが」

福村は増田と佐方に、未使用のマスクを差し出した。急いでマスクをつける。たしかに気休めだが、多少は臭いが遮られる感じがする。

佐方はマスクをつけると、福村を見た。

「すぐはじめましょう。急がないと、田所が破り捨てた郵便物の紙片が流れてしまう」

福村は肯くと、壁際に置いてあった大きなビニール袋を持ってきた。黒い袋の中には、釣り用の胸まであるゴム製のウェーダーと、肩まで届くゴム製の長手袋が入っていた。他には懐中電灯と、取っ手がついたプラスチックの大きなザルがあった。それぞれ二組ずつ用意されている。

増田は、はっとした。二組あるということは、二人が浄化槽の中に入り、排泄物に浸《つ》かりながら証拠品の紙片掬《すく》いをする、ということだ。一人は福村、もう一人は――。

増田は佐方を見た。佐方は地面に膝をつき、懐中電灯で浄化槽の中を覗いている。増田は俯《うつむ》き、マスク越しに唇をきつく嚙《か》んだ。

もう一人は――自分しかいない。事務官は検察官の補佐役だ。事件の下調べをするのが、課せられた役目だ。自分が入らなければいけない。

増田は腹を決めた。

机の上で書類を整理したり、被疑者の取り調べを記録するだけが仕事じゃない。必要なら糞《くそ》に塗《まみ》れるのも事務官の仕事だ。

増田は顔を上げ、ゴム製のウェーダーに手を伸ばした。だが、取ろうとしたウェーダーを先に摑《つか》んだ者がいた。

佐方だった。佐方はすでに靴と上着を脱ぎ、準備を整えていた。手にしたウェーダーに素早く足を通す。

てっきり自分が中に入るものだと思い込んでいた増田は、呆然《ぼうぜん》と佐方の様子を窺《うかが》っていた。福村も事務官が入るものだと思っていたのだろう。ウェーダーに片足を突っ込んだままの姿勢で、目を丸くして佐方を見ている。

増田は我に返り、慌てて止めに入った。

「検事、なにをなさってるんですか。それは自分の役目です」

佐方は長手袋をはめながら、増田の目を見据えて言う。

「いえ、これは提案した私の役目です」

「そんな……それでは自分が困ります。どうか――」

増田は強硬に主張する。検事に嫌な仕事をさせて、ぼうっと突っ立って作業を見ていたとあっては、事務官としての立場がない。

そう言うと佐方は、目元に困ったような笑みを見せ、頭をくしゃっと掻《か》いた。

「まあ、いいじゃないですか。早い者勝ちということで」

しかし――と、なおも食い下がる増田を手で制し、佐方は真顔で言った。

「時間がありません。急ぎましょう」

佐方が懐中電灯を手に取った。お先に、と福村に会釈し、鉄製のはしごを下りていく。着替えを済ませた福村は、「たいした検事さんだ」と笑うと、あとを追って浄化槽の中へ入っていった。

残された増田は、苦笑いしながら軽く溜め息をついた。地面に両膝をついて中を覗く。ふたりは黄土色の液体に腰まで浸かり、周囲を確認している。

福村が増田を見上げて、マスク越しに呼んだ。

「増田さん。そこにあるザルをください」

増田は急いで二枚のザルを手に取った。腕を伸ばし、中にいるふたりに手渡す。ザルを受け取った佐方と福村は、懐中電灯であたりを照らしながら、糞尿《ふんにょう》混じりの液体を掬いはじめた。

作業をはじめて一分も経たないうちに、福村が叫んだ。

「ありました！　紙片が出てきました。まだ、新しいです」

続いて佐方も叫ぶ。

「こっちも出てきました」

佐方が福村に向けて言う。

「集められるだけ集めましょう。あとで復元しやすいように」

「了解です」

「それから、増田さん！」

佐方は増田を見あげた。急に呼ばれ、慌てて返事をする。

「なんでしょうか」

「掃除用のバケツかなにかに汲《く》んで、水を持ってきてもらえませんか。その水でいまから渡す紙片の汚れを、落としてほしいんです。くれぐれも慎重に。手荒く扱うと、紙が破れたり、文字が消えてしまう可能性がありますから」

福村が言い添える。

「バケツは裏口を入ってすぐの、手洗いの掃除用具置き場にあります。水は、いま増田さんがいる場所の左手に、水道があります。そこから汲んでください」

左を見ると福村の言うとおり、建物のそばに水道があった。

増田は「了解しました」と返事をすると、地面から立ち上がり駆けだした。

裏口から中に入り、手洗いから掃除用のバケツを持ち出す。浄化槽へ戻ると、水道の蛇口をひねりバケツに水を入れた。準備を整え、ふたりが掬いあげた紙片をザルごと受け取った。

紙片を見た増田は、思わず顔をしかめた。濡《ぬ》れているだけで、きれいな状態のものもあれば、茶色い排泄物が付着しているものもある。

増田は奥歯をぐっと嚙みしめた。浄化槽に入っているふたりは、もっと辛《つら》い作業をしているのだ。汚れた紙片を洗い流すことくらい、中にいるふたりに比べればどうということはない。

増田は受け取った紙片を一枚一枚バケツの水に浸し、中で揺らしながら丁寧に汚れを落としていった。紙の大きさはばらばらで、手のひらに収まるくらいの四センチ角ほどのものから、文字が読みとれないほど細かい、一センチ角のものまである。

「汚れを落とした紙片は、どうしましょうか！」

浄化槽の中にいるふたりに向かって、増田は声を張りあげる。福村が増田を見あげた。

「ウェーダーが入っていた黒いビニール袋のなかに、ティッシュと新聞紙、ファスナー付きのビニール袋が入っています。ティッシュで水気を取り、新聞の上で乾かしてからファスナー付きのビニール袋に入れてください」

福村に言われたとおり、増田は濡れた紙片をティッシュで挟み水気を吸い取ると、重ならないように一枚一枚、広げて新聞紙の上に置く。風がなくて幸いだった。

増田は右肘《みぎひじ》で左手の袖《そで》をたくし上げ、腕時計が見えるように捲《まく》った。十二時十分。佐方と福村が浄化槽に入ってから、三十分が経過している。作業をはじめてから十分ほどは、次々と紙片が発見されたが、その後はほとんど出てこなくなり、ここ十分ほどはなにも見つかっていない。増田は乾いた順から、ファスナー付きのビニール袋に紙片を収めた。

いつまで作業を続けるのだろう、と思いはじめたとき、ふたりが鉄製のはしごをつたって地上に出てきた。

佐方と福村は先ほどバケツに水を汲んだ水道で、手袋とウェーダーを、身に着けたまま洗いはじめた。ふたりが洗い終えて着替えをはじめると、増田はザルを手に取り、洗い場に向かった。ゴム手袋はないが、水でよく洗いあとで消毒液を使えば大丈夫だろう。

ウェーダーと手袋を脱ぐと福村は、呻《うめ》き声を上げながら腰に手を当て、胸を反らせた。長時間かがんで作業をしていたので、腰が辛かったのだろう。

福村が、ふううっと大きく息を吐く。姿勢を戻すと地面にしゃがみ、浄化槽の蓋《ふた》に鍵《かぎ》をかけた。

ズボンとワイシャツ姿になった佐方は、マスクを外しながら増田に訊《たず》ねた。

「紙片はどのくらいの量になりましたか」

増田は地面に置いてあったビニール袋を指で摘《つま》み上げ、佐方に見せた。

「これくらいです。だいぶ揃えましたね」

ビニール袋の中には、繋《つな》ぎ合わせれば便箋《びんせん》数枚分になりそうなほどの紙片が入っていた。浄化槽に流れ込んできてからすぐに掬い上げたため、汚れがあまり染み込んでいない。文字も、読み取れる部分が多い。このぶんだと宛先《あてさき》や差出人を、特定できる可能性は高い。

佐方はビニール袋を受け取ると、顔を近づけて四方から眺めた。そして大きく肯くと、福村をひたと見据えて言った。

「田所を窃盗の現行犯で逮捕してください。急いで」

福村が息を呑《の》み、はい、と短く返事をする。と同時に、全速力で駆けだした。

同じ姿勢での長い作業は、佐方も辛かったのだろう。肩に手を置き、首をぐるりと回している。佐方を見ながら、増田は考えた。

先日、福村が地検に浄化槽から掬《すく》った紙片を持ってきたとき、佐方は「これだけでは田所が言い逃れをする可能性があるから逮捕できない。もっと確証を摑まなければ」という意味のことを言った。

先ほど佐方は自信を持って逮捕するよう指示したが、さっき掬いあげた紙片と、先日の紙片の、なにが違うのか、増田にはわからなかった。紙片を見せて「お前がやったんだろう」と迫っても「自分ではない」と否定されてしまったら、佐方はどうするつもりなのだろうか。

自分が仕える担当検事はいったい、なにを考えているのだろう。増田の視線に気付いた佐方は、もういちど首を回すと「私たちも行きましょう」と言って歩き出した。

監察官室のパイプ椅子に座る田所は、モニターで見たときよりもひと回り小さく見えた。猫背の姿勢が、そう見せているのかもしれない。落ち着かない様子で、腹の前で組んだ指をせわしなく動かしている。

「あの、私はなぜここへ呼ばれたんでしょうか。食事の途中だったのですが」

田所は隣に立っている福村に訊ねた。田所は福村が探しに行ったとき、自席で愛妻弁当を食べていたという。

福村は上から田所を見下ろし、逆に問い返した。

「なぜ呼ばれたのか、心当たりはないですか」

田所は福村の問いには答えず、ソファに座っている佐方と増田を見た。

「この方たちはどなたですか」

増田はテーブルの向かいにいる田所を見ながら答えた。

「私は米崎地検・検察事務官の増田と言います。こちらは同じく米崎地検の、佐方検事です」

こちら、と言いながら増田は佐方を見た。

検事、という言葉に、田所の顔色が変わった。佐方の上着の襟についている、秋霜烈日バッジに気づいたようだ。眉間《みけん》に皺《しわ》を寄せ、親指の爪を嚙《か》みはじめる。

「その検事さんが、私になんの用でしょう」

「しらばっくれるな！」

突然、福村が叫んだ。堪忍袋の緒が切れたのだろう。

「これを見ろ」

福村はテーブルの上に置いてある二台のモニターを、田所に向けた。

録画テープを巻き戻し、田所が作業着のポケットになにか入れる様子が映っている画面を出す。

「これだよこれ。お前は郵便物を作業着のポケットに入れた。そして――」

続いて福村は、もう一台のモニターのテープを巻き戻し、田所が手洗いに行く様子が映っている場面を見せた。

「手洗いの個室に入り、郵便物の中に入っていた現金を抜き取った。そうだろう！」

モニターの画面をじっと見ていた田所は爪を噛むのをやめると、急に落ち着きを取り戻し椅子の背にもたれた。

「証拠はあるんですか」

「証拠はこれだ」

福村は先ほど浄化槽から掬いあげたばかりの紙片が入った透明なビニール袋を、田所の鼻先に突きつけた。田所は眉間に皺を寄せると、ビニール袋から目を逸《そ》らし、顔を背けた。

「なんですか、これは」

「お前が手洗いに入った直後に、浄化槽から掬った紙片だ」

田所は芝居がかった態度で、大きな溜《た》め息《いき》をついた。

「ポケットに入れたのは、郵便物に紛れこんでいた店のチラシです。誰かが間違って、ポストに入れたんでしょう。結構あるんですよ、郵便物以外の投函《とうかん》物が。旅先で撮ったと思われる写真が入っていたり、店のポイントカードが入っていたり。ああ、ポケットティッシュが入っていたこともありました。監察官は現場作業したことがないから、ご存じないでしょうけれど」

福村の顔が怒りで、耳まで赤く染まった。

「じゃあ、これはどう説明するんだ。お前が手洗いに入った直後に、浄化槽に流れてきたんだぞ。お前が流したんじゃないか」

福村は紙片が入ったビニール袋を田所に突きつけた。田所は余裕の表情で、困ったように猪首《いくび》を振った。

「局内にいくつ手洗いがあると思うんですか。一階に二ヶ所、二階にも二ヶ所。合計四ヶ所の手洗いがあるんですよ。私が入ると同時に、別な手洗いに誰かが入って流したんじゃないんですか。なんにせよ、濡《ぬ》れ衣《ぎぬ》もいいとこです」

福村の顔がますます赤くなる。続くべき反論が口から出てこない。血走った目で悔しそうに、田所を睨《にら》みつけている。

田所は、増田と佐方を目の端で見た。

「検事さんも大変でしたね。糞《くそ》さらいまでして調べたのに、無駄骨だったなんて」

福村は救いを求めるような目で、佐方を振り返った。佐方は顔の前で手を組んだまま動かない。黙って田所の言い分を聞いている。

田所は椅子から立ち上がると、三人を眺めた。

「じゃあ、食事に戻らせてもらっていいですか。休憩時間が終わってしまう」

田所がドアへ向かう。その背中を、佐方が呼び止めた。

「もう少し、ここにいていただけませんか。田所さん」

田所は佐方を振り返った。

「時間はとらせません。そうですね、十分もあれば済むでしょう」

お願いします、そう言って佐方は目だけで田所を見た。

増田は息を呑んだ。佐方の目には、鋭利な刃物のような鋭さがあった。田所も佐方の気迫に圧《お》されたのだろう。一瞬、顔に怯《おび》えたような色が浮かんだ。だが、すぐにふてぶてしい表情に戻り、もとの椅子に腰掛けた。

佐方は顔の前で組んでいた手を外すと、田所を見た。

「財布の中身を出してもらえますか」

「え？」

田所の顔に赤みが差す。

「中身を、ですか……」

田所が躊躇《ためら》いがちに訊《き》き返す。佐方は肯《うなず》いた。

「小銭はいりません。札を出してください」

ここに、と言いながら佐方はテーブルを指先で小突いた。気は進まないが仕方がない、とでもいうように、田所はのろのろと作業着のファスナーを下ろすと、内ポケットから二つ折りの財布を取り出した。

テーブルの上に、一万円札三枚と千円札を五枚並べる。佐方は上着のポケットから薄手の白手袋を取り出して両手にはめると、八枚の札を手に取った。順番に眺め、その中から二枚の一万円札をテーブルの中央に置き、残りを田所に返す。

「この二枚が、動かぬ証拠です。指紋がつきますから触らないように」

増田と福村と田所は、テーブルに置かれた二枚の一万円札に顔を近づけた。いつのまにか大竹も、田所の後ろからテーブルを覗《のぞ》きこんでいる。

増田は二枚の一万円札を穴が開くほど見つめる。どこから見ても、普通の一万円札だ。これのどこが動かぬ証拠なのだろう。

佐方は内ポケットから茶封筒を取り出し、中から一枚の写真を出した。

「これを見てください」

佐方が札の隣に写真を置く。見ると、新聞の上に置かれた二枚の一万円札がアップで写っている。

「そこに写っている万札の、紙幣番号を見てください」

増田は写真に顔を近づける。一枚はＨＥ８９２７４６Ｍ、もう一枚はＭＶ３４３３８９Ｃと印刷されている。

次に、と言って佐方は福村の手元を指差した。

「先ほど田所さんが財布から出した万札の紙幣番号を見てください」

増田と福村は頭をつけるようにして、テーブルの上の写真と一万円札を見比べた。

福村が驚きの声を上げる。

「こ、これは」

増田は逆に声が出なかった。

写真に写っている札の番号と、田所が持っていた一万円札の札番号は同じだった。何度も見直すが間違いない。一文字たりとも違っていない。まるでテーブルマジックを見ているようだ。

増田は隣に座っている佐方を見た。

「いったい、どういうことですか」

「では、はじめましょう」

佐方が種明かしでもするように言う。

「福村さん、大きな紙とピンセットのような、摘《つま》めるものを貸してもらえませんか」

意外な要求に、福村は目を丸くした。

「ありませんか」

佐方が再度、訊《たず》ねる。

「あ、いや、あります。すぐ用意します」

福村はスチール製の書棚から、郵便局の宣伝用ポスターを取り出し、自分の机の引き出しからピンセットを持ってきた。

「これでいいですか」

「結構です」

佐方はポスターとピンセットを受け取ると、テーブルの上にポスターを裏返しにして広げた。その上にビニールの中の紙片を出す。佐方は紙片をピンセットで摘むと、一枚一枚、繋《つな》ぎ合わせはじめた。誰も口を開く者はいない。みな無言で、佐方の手元を見つめている。

三分後、紙片が復元された。破られた紙片は、一枚の封筒だった。

油性のボールペンかなにかで書かれたのだろう。文字は比較的はっきりと読みとれた。

増田は表に書かれている宛先《あてさき》を読んだ。そこに書かれている名前に目を疑う。封筒の表には、米崎地検の官舎の住所と、佐方の名前が書かれていた。

「これはどういうことですか」

増田は佐方に訊ねた。佐方は増田の問いに答えず田所を見据えた。田所の額には、薄《うっす》ら汗が滲《にじ》んでいる。

「この万札は早朝、私が自分宛ての封筒に入れて、中央郵便局のポストに投函したものです。その金が、どうして田所さんの財布から出てきたのか。答えはひとつ。田所さんが、私が投函した封筒から、現金を抜き取ったからです」

「違います！」

田所は即座に否定した。

「その札は昨日から、私が持っていたものです」

「昨日から、ですか」

佐方が繰り返す。田所は、ええ、と言って肯いた。

「私は昨日から、万札を使っていません。だから、この札が昨日から私の財布に入っていたことに間違いありません。どういう手を使ったのかわかりませんが、逆に私が知りたいです。どうして私の財布の中にあった札の写真が、ここにあるのか」

佐方は視線をテーブルに落としたまま、写真を田所へ差し出した。

「写真に札と一緒に、新聞の端が写っていますよね。そこを見てください」

田所は、新聞がなんなんだ、とでも言いたそうな表情で写真を見た。田所の顔色が見る見る変わる。写真を持つ指先は震え、額にじっとりと汗が滲んできた。

「なんなんです。なにが写っているんです」

呆然《ぼうぜん》としている田所の手から、福村が写真をひったくった。写真を見た福村は、大きく目を見開いた。口を開いたまま、写真を食い入るように見つめている。その口から、ははっ、という笑い声が漏れた。

「ははっ、はははははは！」

福村の高笑いが、部屋中に響いた。福村はひとしきり笑うと、テーブルに音を立てて両手をつき、田所に鼻先を突きつけた。

「これでも、まだ昨日、自分の財布にこの札があったって言い張るのか！」

いったい、写真の中の新聞になにが写っているのだ。増田は福村がテーブルに置いた写真を見た。

写真には、新聞の日付が写っていた。日付は今日のものだった。写真に写っている新聞は、今日の朝刊だ。

増田はここにきてやっと、佐方が田所に仕掛けた妙計に気がついた。

この写真は、今朝には二枚の一万円札が、確かに佐方の手元にあったという明確な証拠だ。これでもう田所は、言い逃れできない。

佐方はテーブルに目を落として言った。

「指紋が上手《うま》く検出できれば、この二枚の札には、私の指紋の上に田所さん、あなたの指紋が重なっていることでしょう」

佐方は顔をあげると、手袋を脱ぎながら田所を睨《にら》みつけた。

「田所健二。窃盗の現行犯で逮捕する」

外に出ると、佐方は裏口に停めてあった車の前で、大きく伸びをした。

「いやあ、辛《つら》かった」

増田は労《いたわ》るように佐方を見た。

「本当にお疲れ様でした」

人の排泄《はいせつ》物に塗《まみ》れる作業など、誰が好き好んでするものか。だが、佐方は自ら率先して浄化槽に入った。罪を立件するためならなんでもするというプロ意識の高さに、頭が下がる。

佐方は上着の内ポケットからハイライトとライターを取り出し、一本だけいいですか、と増田に訊ねた。どうぞどうぞ、と増田が言うと、佐方は煙草をくわえて火をつけた。深く吸い込み、煙を大きく吐き出す。

「ああ、やっと落ち着いた」

佐方は美味《うま》そうに煙草を吸いながら、増田を見た。

「郵便局の中はすべて禁煙でしょう。今回は、一刻の猶予もない捕り物です。外で一服しているあいだに証拠を隠蔽《いんぺい》されてしまったら、せっかくの仕掛けが無駄になりますから、外で吸う暇もない。いやあ、辛かった」

増田は呆然と佐方を見た。辛いと言ったのは、浄化槽掬《すく》いではなく、ニコチン切れのことだったのか。ニコチン切れより浄化槽掬いの方がよほど辛いと思うが、佐方にとっては逆なのだろう。

増田の視線に気づいたのか、佐方はばつが悪そうに頭をくしゃくしゃっと掻《か》いた。

「増田さんは煙草を吸わないからわからないでしょうけれど、吸えないと結構きついんですよ、これが」

佐方は吸い終わった煙草を愛《いと》おしそうに、携帯灰皿で揉《も》み消した。増田は思わず噴き出した。

「思う存分吸ってください。二本でも、三本でも」

「では、お言葉に甘えて」

佐方は笑いながら、二本目のハイライトを取り出した。

その日の夜、増田が自分のアパートに帰ると、郵便受けに一通の手紙が届いていた。誰からだろうと思い、封筒を裏返した増田は驚いた。差出人は佐方だった。

いったい、なにを送ってきたのだろう。封を切ると、なかには千円札と便箋《びんせん》が一枚入っていた。便箋には「お借りした千円です。持ちあわせがなかったので助かりました。ありがとうございました」と書かれていた。

あのときの――。

増田は昨日、佐方に千円貸したことを思い出した。今日の逮捕劇で、すっかり忘れていた。

増田はスーツを脱いで、部屋着に着替えた。台所に行き、冷蔵庫から缶ビールを取り出す。缶に直接口をつけて、ビールを喉《のど》の奥に流し込む。痛いくらいの刺激が、胃に落ちていく。

茶の間に戻ると、帰る途中に立ち寄ったスーパーで買った総菜を、テーブルに広げた。鶏《とり》のからあげに箸《はし》をつけながら、増田は佐方が送ってきた封筒を手に取った。

佐方はどうしてわざわざ、手紙で金を返してきたのだろう。職場で顔を合わせるのだから、手渡していいではないか。

不思議に思いながら、消印を見る。消印の日付は、今日のものだった。扱いは中央郵便局になっている。増田は、佐方が自分自身に宛てた手紙を、朝一で中央郵便局のポストに投函《とうかん》した、と話したことを思い出した。

そうか、そういうことだったのか——。

増田は納得しながら、大きく息を吐いた。

佐方は今朝、二通の手紙を出していたのだ。一通は自分宛て、もう一通は増田宛てだ。同じ市内なら朝一の手紙は、当日に届く。

もし、現金の入った手紙が一通だけだったら、田所が見逃す可能性がある。だが二通あれば、どちらかには気づくはずだ。二通とも見逃すとは思えない。佐方は確実に田所を逮捕するため、おとりの郵便を二通分、用意していたのだ。

佐方が着ていた上着の内ポケットには、一万円札の写真の他に、この千円札が写っている写真もあったのだろう。

増田は千円札を両手で持つと、床に仰向《あおむ》けに寝ころんだ。事件解決にかける佐方の執念に、感嘆の息をもらす。

「参りました。佐方さん」

増田は手元に帰ってきた千円札を眺めながら、声に出して言った。

田所を逮捕した三日後、福村が地検を訪れた。

検事室のソファに座る福村は、顔に満面の笑みを浮かべていた。

「今回の件では、本当にご迷惑をおかけしました。お詫《わ》びするとともに、厚くお礼申し上げます」

福村ははじめてこの部屋を訪れたときのように、深々と頭を下げた。

「ところで、田所はどうしてます」

福村が訊《たず》ねる。

逮捕後、田所は福村に引き渡され、取り調べのうえ米崎中央署に留置された。翌日、容疑が固まったとして福村は地検に身柄を送致した。田所の事件を配点されたのは佐方だった。事件の発端から逮捕までの流れを一番よく知っている人物だし、これは半ば佐方の独自捜査だ、というのが筒井の意見だった。

田所は郵政監察官の調べに対し、佐方が投函した封筒と、その前に福村が浄化槽から掬った封筒の二件の窃盗は認めたが、ほかの紛失した郵便物に関しては否認していた。

田所についた弁護士は刑事訴訟法六十条一、三項を挙げ、佐方の勾留《こうりゅう》請求に異を唱えた。被疑者は住所不定でもなく、逃亡の懼《おそ》れもない。被害金額が少ないことを鑑《かんが》み、釈放し在宅で任意の取り調べを続けるべきだ、というのだ。

だが、裁判所は弁護士の申し立てを一蹴《いっしゅう》した。被疑者が犯した罪は長期間にわたる悪質な職務犯罪の可能性が高く、他にも同様の窃盗事実があると思われる。いま、釈放すれば、証拠隠滅を謀る懼れがあり、他の窃盗事実を見逃してしまう可能性がある、と棄却の理由を述べた。

「そんなわけで、いま田所は中央署の留置場にいます。勾留期間中に余罪を追及し、ひとりでも多くの被害者に被害弁償ができるようにしたいと考えています」

佐方は増田の淹《い》れた茶を飲みながら、そう福村に説明した。

被害者と言えば、と口にしながら福村は出された茶に手をつけた。

「私がここに持ち込んだ紙片があったじゃないですか。あの紙片を復元したところ、封筒から差出人が判明しましてね。昨日、お詫びに伺ってきました」

福村の話によると、差出人は市内に住む七十歳近くになる老夫婦だった。名前は島本《しまもと》源治《げんじ》と清子《せいこ》。手紙の宛先《あてさき》は、結婚して東京に住んでいるひとり息子だった。

この春、息子夫婦の子供が、小学校に入学した。島本夫妻は、孫に入学祝いを贈りたくて、封筒に現金を入れて投函した。

島本源治は、地元で長く新聞配達所を営んでいた。しかし、景気が悪くなるにつれて契約が減り、人を雇う余裕がなくなった。自分たちももう歳だ。ふたりだけで、新聞にチラシを挟む作業から配達までこなすことはできない。そんなこんなで、三年前に店を閉じた。夫婦ふたり、年金で慎ましく暮らしている。

一方、息子の嫁の実家は裕福だった。父親は一流商社の役員で、母親は茶道の師範をしている。嫁の実家は孫が生まれたときからお食い初めだ七五三だと、事あるごとに服やベビーカーなどの祝いを贈っていた。だが、島本夫妻に、そこまでする経済的余裕はなかった。貯金もなくわずかな年金だけが収入源だ。孫になにかしてやりたくても、自分たちが暮らしていくだけで精一杯で、なにも贈ってやれなかった。

だが、この春、孫が小学校に入学するにあたり、どうしてもなにか祝いをしてやりたかった。そこで、年金をもらうたびに千円ずつ貯めて蓄えた一万円を、封筒に入れて送った。

土下座をして今回の不祥事を詫びる福村に、妻の清子は「送ってもなんの連絡もねえがら、額が少なくて気を悪ぐしたんじゃねえが、なんて考えていだどごでした。届いでねがったんだがら、連絡があるはずないですよね。来年になっけどもまた金貯めで、もう一度、送ってやります。こんどは現金書留で」と現金を普通の封筒で送った自分たちにも落ち度がある、と逆に頭を下げたという。

「その話を聞いて、胸が痛みましてね。田所にはあとできっちり弁済させますが、島本夫妻にはとりあえず自分が立て替えて、一万円置いてきました」

福村は両手で湯呑《ゆの》みを包みながらつぶやいた。

「手紙にはいろいろな人の、様々な思いが込められています。私たちが扱っているのは単なる紙きれではありません。人の気持ち、心です。そのことを再度職員たちに伝え、二度とこのような事件が起きないよう指導していきます」

増田は深く肯《うなず》いた。だが、佐方はなにも答えない。前屈《かが》みになったまま、ぼんやりと宙を見ている。なにか考え事をしているようだ。

増田が声をかけると、佐方ははっとして顔をあげた。

「ああ、そうですね。今後、このようなことがないように、きっちり指導してください」

福村は自信を見せて答えた。

「任せてください」

福村が帰ると佐方は増田に、ちょっと一服してきます、と断り検事室を出て行った。


屋上のドアを開けた佐方は、身体に腕を回して身震いした。四月とはいえ、風はまだ冷たい。だが、風の中にわずかながら、若芽の匂いが感じられる。

佐方はフェンスに寄りかかると懐から煙草を取り出し、風で火が消えないようにライターを手で覆いながら火をつけた。

遠くの空を眺めながら、佐方は先ほどの、島本夫妻の話に思いを馳《は》せた。

両親を亡くした佐方は地元、広島の高校を卒業したあと、奨学金を得て北海道大学に進学した。大学在学中、広島の片田舎に住む父方の祖父母からときどき手紙が届いた。中には、身体を心配する手紙と一緒に、いつも皺《しわ》だらけの五千円札が入っていた。

祖父母は農業を営んでいる。だが土地持ちというわけではない。狭い田畑を耕し、自分たちが食べるくらいの米や野菜を作って暮らしている。祖父母も島本夫妻同様、裕福な暮らしをしてはいない。それは大学時代もいまも変わらない。

小さながま口に、札を幾重にも折り畳んで入れていた祖母の姿が、目に浮かぶ。取り出した札は、いつも皺くちゃだった。

金が届くたびに公衆電話から「もう金は入れんでええけん」と断ったが、祖父母は「司法試験の勉強をするんじゃ、なにかと物入りじゃろう」と、送金を止めなかった。皺くちゃの五千円札を目にするたび、佐方の目頭は熱くなった。

送金は佐方が司法試験に合格するまで続いた。

紛失した郵便物に現金が入っていたのではないか、と推測したのは、紛失届が春先に集中していたこともあるが、佐方自身の体験があったからだ。佐方の祖父母も現金書留ではなく、普通の封筒を使っていた。現金書留で出すためにかかる手数料すら、節約するような暮らしをしていたのだ。

佐方は煙草の煙を深く吸い込んだ。

胸の中で広島の祖父母と、島本夫妻が重なる。

検事に任官してから忙しさにかまけて、あまり連絡を取っていない。たまには電話してみようか。

佐方はいや――と、心の中で首を振った。

電話もいいが、この土地の美味《うま》いものを送ってやろう。手紙を添えて。

手紙の出だしはなんと書こう。堅苦しいが「前略、ご無沙汰《ぶさた》しています」が無難なような気がする。

頭をくしゃくしゃと掻《か》く。

いざ、手紙を書くとなると、なにを書いていいのかわからない。気恥ずかしくもある。

だが――

福村が検事室のソファでつぶやいた言葉が蘇《よみがえ》る。

――私たちが扱っているのは単なる紙きれではありません。人の気持ち、心です。

佐方は空を仰いだ。

薄水色の空に、煙草の煙がまぎれて消えていく。

たまには「心」を送るのもいいだろう。地元出身の増田なら、この土地の名産品を知っているはずだ。検事室に戻ったら、訊《き》いてみよう。柄でもないことをして、祖父母を驚かせるのも面白い。

佐方は備え付けの灰皿で煙草を揉《も》み消すと、屋上のドアへ向かって歩きはじめた。

第二話　業をおろす

ホームに降り立つと、土と緑の匂いがした。

六年ぶりに訪れた故郷の景色に、佐方貞人は目を細めた。

高台にある駅からは、町が一望できた。田んぼや畑に茂る緑が風に揺れ、点在する農家の瓦《かわら》屋根が夏の日差しを受け光っている。広島の県北に位置する次原《つぐはら》市山田《やまだ》町は、人口二千人ほどの小さな町だ。もの心つく頃から中学時代までを過ごした静かな田舎町は、盆を迎えるこの時期、昔日と変わらぬ蟬の鳴き声に包まれていた。

佐方は駅員がひとりしかいない改札を通り、木造の駅舎から表に出た。

駅の前には、タクシーが一台停まっていた。見かけない顔だからか、運転手がちらりと佐方を見た。客と思ったようだ。佐方は運転手の視線を無視して、ボストンバッグと土産物が入った紙袋を持ち直し、駅前商店街とは名ばかりの通りを歩きはじめた。

道路の両側に立ち並ぶ店舗の大半は、日中なのにシャッターが降りていた。盆休みだからではない。店を閉じたのだ。佐方が子供の頃によく通っていた駄菓子屋も、錆《さ》びついた雨戸を閉めたままだった。

五十メートルほどの商店街を抜け、田んぼと畑を見ながら西に向かう。

佐方は左手で庇《ひさし》をつくり、彼方《かなた》に目を凝らした。町の北側に比場《ひば》連山が、なだらかに横たわっている。比場山の雪解け水や湧き水が流れこむ聖川《ひじり》を渡り、町はずれに向かう。畑や田んぼが途切れると、赤松と竹林に囲まれた寝牛山《ねうしやま》に突き当たった。

頂上を目指して坂を登る。蟬が狂ったように鳴いている。生い茂った竹で日差しが遮られるため山道は薄暗く、気温も二、三度低く感じた。

地蔵を祀《まつ》った祠《ほこら》を過ぎると、砂利道の急な登りが続く。息が切れた。ワイシャツが、汗で背中にはりつく。佐方はズボンの後ろポケットから皺《しわ》だらけのハンカチを取り出すと、こめかみに伝う汗を拭《ぬぐ》った。

頂上付近の緩やかに蛇行する坂を登りきる。二メートルほどの石柱があった。曹洞宗《そうとう》龍円寺《りゅうえんじ》、と彫られている。

境内に埋め込まれている敷石を渡り、本堂に向かう。道の脇に並ぶ地蔵たちが、佐方を出迎える。本堂の横に立つ百日紅《さるすべり》が満開だ。花の紅色が目に眩《まぶ》しい。

佐方は本堂の前に立つと、奥に向かって声をかけた。

「ごめんください」

中は静まり返っている。誰も出てくる気配はない。佐方は、先ほどより大きな声で呼んだ。

「すみません。佐方ですが、どなたかいらっしゃいませんか」

やはり返事がない。住居のある母屋に回ろうとしたとき、本堂の建物の裏から女性が姿を現した。白いかっぽう着を身につけ、手に軍手をはめている。

崩した。

上向井多恵子《うえむかいたえこ》だ。多恵子は佐方の姿を認めると、目を大きく見開き、見る間に表情を

「大け声がするけん誰か思うたら、まあ、貞ちゃんじゃない」

「お久しぶりです」

佐方も笑顔で頭を下げる。

「陽世《ようせい》さんの七回忌のとき以来じゃけ、六年ぶりかいね。元気そうで、なによりじゃが」

「おかげさまで。多恵子さんもお変わりなく、お元気そうで」

多恵子は軍手を外し、握った拳《こぶし》で自分の肩を叩《たた》きながら苦笑いした。

「だめだめ。もうすぐ還暦じゃけど、最近、腰やら足やらガタが来てねえ。いまも盆が来るけいうて本堂をかたして、掃除しょうたんじゃが、難儀でねえ。もう、おばさんも歳じゃわいね」

多恵子が声に出して笑い、かっぽう着の袖《そで》で額に浮かんだ汗を拭《ふ》いたとき、本堂の奥から男の野太い声がした。

「なんじゃ、なんじゃ。賑《にぎ》やかな声がする思うて出てみりゃあ……。よう帰ってきたのう」

本堂の奥に、麻地の作務衣《さむえ》を着た上向井英心《えいしん》が立っていた。佐方は深々と頭を下げた。

「ご無沙汰《ぶさた》してます。龍円さん」

住職の英心はこのあたりでは本名ではなく、寺の名前をとって龍円さんと呼び慣らわ

されている。

英心は本堂の上がり口まで近づいて多恵子に視線を向け、額に刻まれた皺を中央に寄せた。

「なにもこがな暑いところで、立ち話せんでもええじゃろ。早《は》よう中にあげてやりんさいや」

多恵子は、まあほんまに、と笑った。

「貞ちゃんに会えて、つい嬉《うれ》しゅうて。ごめんなさいね。ささ、あがりんさい」

佐方は会釈し、靴を脱ぐと本堂へあがった。

本尊の釈迦《しゃか》如来に手を合わせ、本堂の横にある畳の間へ向かう。檀家《だんか》や客が通される、来客をもてなす控えの間だった。

座卓を挟んで、英心と向き合う。座布団を横にずらして畳に正座する佐方を、英心は笑みを浮かべ、子供を叱るような口調で諫《いさ》めた。

「なにを遠慮しとるんじゃ、水臭い。もちいとこっちへ寄りんさい。そこじゃあ、風も当たらんじゃろう」

部屋の隅で、扇風機がゆっくりと首を振っている。扇風機が窓の方を向くたびに、鴨居にぶら下がっている風鈴が鳴った。

英心は慈愛に満ちた目を、改めて佐方に向けた。

「よう帰ってきたのう。遠いところ大変じゃったろう。米崎からここまで、どのくらいかかった」

「飛行機と電車を乗り継いで、五時間半ほどです」

ご苦労じゃったのう、と言いながら英心は何度も肯《うなず》いた。

「ほじゃが立派になったよのう。小まい頃、うちの本堂で鬼ごっこして叱られとった貞坊とは、とても思えんわい。あ、いや、もう立派な大人じゃ。貞坊はないよのう」

英心は目尻《めじり》を下げると、自嘲《じちょう》気味に剃りあげた頭を撫《な》でた。白髪の交じった太い眉毛《まゆげ》が印象的だ。

佐方は首を横に振った。

「貞坊でけっこうです。そう呼んでください。その方が自分も落ち着きます」

「ほうか。ほならそう呼ばせてもらうかのう。わしもその方が落ち着くわい」

英心は団扇《うちわ》で胸元を扇《あお》いだ。

「こっちには、いつ戻ったんない」

「さっき着いたばかりです」

英心は佐方のボストンバッグを見た。

「その様子じゃと、淵上《ふちがみ》へはまだ寄っとらんのか」

淵上というのは、佐方の実家の屋号だ。肯く。

「今回、父の法事を龍円さんのところで執り行っていただくと聞いて、まずはご挨拶《あいさつ》とお礼を、と思いまして。これはつまらんもんですが」

佐方はデパートの紙袋から、箱に入った日本酒を取り出し座卓の上に置いた。

「米崎の地酒です。お口に合えばよいのですが」

「そがあに気ぃ遣わんでええのに。ほんに義理堅いことよのう。そがんところは、死んだ陽世とそっくりじゃ」

「はあ」

佐方は顔をほころばせ、肯定とも否定ともつかない返事をした。

英心がしみじみとした口調でつぶやく。

「もう、十三回忌か。早いよのう」

英心は、開け放たれた障子の外に視線を投げた。佐方も庭に目を向ける。夏の強い日差しを受け、百日紅の木が地面に濃い影をつくっている。

英心が目を閉じる。

「人は忘れんと生きていけん生き物じゃ。法事も三回忌や七回忌までは、親類やら友人やら駆けつけてきよるが、時が経つとともに、自分の暮らしに追われ、故人を思い出すこともものうなってゆく。それが諸行無常というものじゃ。じゃが、それを悲しんだり、恨んだりしちゃあいけん。それがこの世の、当たり前のことじゃけの」

英心は目を開けて、佐方を見た。

「陽世も、もう十三回忌を迎える。この寺は陽世とわしが、小んまい頃から遊んできた場所じゃ。わしにとってもそうじゃが、陽世にとっても、思い出深い場所じゃろう。いままでは淵上で法事をしてきたが、ここは淵上の菩提《ぼだい》寺でもあるし、今回はどうしても、寺でしたいと思うてのう」

佐方は頭を下げた。

「父も喜んでいると思います」

風が吹き、ガラス製の風鈴がひときわ高く、澄んだ音《ね》を響かせた。風鈴に目をやると、本堂の隣にある住居へ続く襖《ふすま》が開いた。盆を手にした多恵子がいた。先ほど身につけていた白いかっぽう着が、花柄のエプロンに替わっている。髪を梳《と》かし、薄く紅を塗っている。

「遅うなって」

英心が呆《あき》れた顔をする。

「なにしっちょるんか思うたら、お前は……。別にめかしこまんでもええじゃろう。貞坊相手に、なに色気だしとるんじゃ」

多恵子は英心を、横目で睨《にら》んだ。

「なにを言うとるんね、あんた。かっぽう着が汚れとったけ、着替えただけじゃないね。それともあんたは、薄汚い格好して人前に出え、言うんね」

言い負かされたかたちの英心は、うーん、とひと声唸《うな》り、困った顔で腕を組んだ。県北では名刹《めいさつ》として知られる龍円寺の住職も、長年連れ添った妻にはかなわないようだ。

佐方は苦笑しながら言った。

「気を遣わんでください」

多恵子は座卓の上に麦茶の入ったグラスとおしぼりを置くと、目を細めて佐方を見た。

「はい、とりあえず。それにしても貞ちゃん、あんた、ほんま立派になりんさったねえ。この前見たときは大学生じゃったかいねえ。それがいまは検事さんじゃ。ここいらじゃ、出世頭じゃが」

「まだ、右も左もわからん新米です」

佐方はくしゃくしゃと、頭を掻《か》く。痺《しび》れを切らしたのか、英心は多恵子に向かって急《せ》かすように言った。

「お前、べちゃくちゃしゃべっとらんで、はよう酒《ガソリン》、持ってこいや」

「わかっとるわいね。なにがええかねえ、思うて聞きに来たんじゃない」

英心は苛立《いらだ》たしげに多恵子を見た。

「ビールじゃビール。よう冷えたんがあったじゃろ」

「あんたに訊《き》いとりゃせんわいね」

多恵子は英心を無視するように、佐方に笑顔を向けた。

「貞ちゃんはなにがええ。ビール、それとも日本酒？　焼酎《しょうちゅう》もあるんよ」

佐方は、僕もビールで、と無難な答えを返した。

ほいじゃあ、すぐ用意するけん、と席を立ちかける多恵子に、英心が慌てて声をかける。

「おい、これも冷やしとけや。貞坊の手土産じゃ」

「まあまあ、気ぃ遣わしてしもうて。すまんねえ」

日本酒を英心から受け取ると、多恵子は佐方に頭を下げて部屋をあとにした。

佐方は冷たいおしぼりで手を拭き、水滴の浮かんだグラスに口をつけた。

「よく冷えてますね。美味《うま》いです」

英心も麦茶に手を伸ばし、一気に飲み干した。げっぷをしたあと、溜《た》め息《いき》まじりに言う。

「古女房はのう、山の神いうてのう、そりゃあ口うるさいもんじゃ。にしてもうちのは……。ときどき、仏さんより偉いつもりでおるんじゃないか、思うわ」

英心が太い眉を大仰にしかめる。佐方は苦笑いした。

多恵子が部屋に戻る。手にビールと広島菜漬を載せた盆を持っていた。広島菜漬の青さが涼やかだ。

英心は盆を受け取ると、ちいと込み入った話があるけん、と小声で人払いした。

多恵子は、ほうね、と肯くと、「貞ちゃん、ゆっくりしてってね」と言い残して部屋を出ていった。

佐方はビールを手に持ち、英心に酌をした。そのまま手酌をしようとする佐方から、英心は強引にビールを奪い、佐方のグラスに注ぐ。

「まあ、ぐっといけや」

佐方は英心と軽くグラスを合わせると、注がれたビールを、喉《のど》の奥に流し込んだ。きんきんに冷えている。炭酸の刺激が心地よく、身体にアルコールが、じわり——と染み込んでいく気がした。呻《うめ》き声を漏らしグラスを空にした佐方を見て、英心が笑う。

「よう冷えとるじゃろ。井戸水で冷やしとるけえの」

乾杯の一杯をすませると、佐方は膝《ひざ》を正した。

「実は、法事を明日に控えて今日こちらに伺ったのは、お礼もありますが、ひとつ龍円さんにお訊《たず》ねしたいことがありまして」

「訊ねたいことじゃと」

英心はグラスを座卓に置いた。佐方は真顔で英心を見た。

「親父のことです」

「陽世の」

英心はわずかに眉を上げた。

数ヶ月前、週刊誌の記者が陽世のことで訪ねてきた。なぜ、弁護士であるにもかかわらず佐方陽世は黙って実刑を受け入れたのか、それを知りたい、と言ってきた。法や権力に携わる者が平気で犯罪を犯す昨今の風潮に、警鐘を鳴らす目的で取材をはじめたところ、不可思議な事案が出てきた。真実が知りたい、というのが記者の言葉だった。が、佐方は黙して語らず、記者を追い返した。以前から潮のように寄せては引いていた疑問が、胸の内に満ちて零《こぼ》れそうになったのは、それがきっかけだった。

「龍円さんもご存じのとおり、父は、自分が顧問をしていた小田嶋《おだじま》建設の会長、小田嶋隆一朗《りゅういちろう》氏亡きあと、隆一朗氏の遺志で、小田嶋家の遺産を管理していました。しかし、隆一朗氏の遺族が融資を巡るトラブルからメインバンクを替えることになり、公認会計士が資産を調べたところ、五千万円分の債券が現金化され、父の口座に移されていたことがわかりました」

英心は瞑目《めいもく》し、黙って話を聞いている。佐方は言葉を続けた。

「父が死んだとき、私は高校三年生でした。あのころは法律のことはなにもわからず、ただ、父が罪を犯したという事実がショックで、自暴自棄になったこともあります。ですがそのあと、いろいろ思うところがあり、法律の道に進みました。司法試験になんとか合格し、こうして検事に任官しましたが、法律を勉強し実務に関われば関わるほど、どうしても腑《ふ》に落ちないことが出てきたんです」

「ほう」

英心が目を開き、佐方を真っ直ぐに見つめた。

「父が横領したとされる、金の返済に関してです」

「金の返済に関すること」

佐方は肯《うなず》く。

「横領罪は強盗や殺人などと比べると、法定刑はさほど重いものではありません。しかも、横領が発覚した時点で、金をすべて返済すれば、裁判で黙秘を貫いて懲役刑を受けたとしても、普通は執行猶予がつく。父がそれを知らないはずはありません。小田嶋建設から横領したとされる金を、裁判の判決が出る前に返していれば、弁護士という職業を失うことですでに社会的制裁は受けたとして、情状を酌量されたはずです。それなのに、父は裁判の判決が出たあとに、金を返済している」

　佐方は目を伏せた。

「弁護士だった父なら、裁判になる前に返済すれば実刑は免れることを、百も承知だったはずです。でも、父はそれをしなかった。金がなかったからじゃありません。逮捕されたあと、父は広島の家を抵当に、すぐさま銀行から金を借り入れていました。その話は祖父母から聞いています。なのに、父は敢《あ》えて結審を待って金を返した。まるで、罰せられることを望んでいたようにも思えます。父の親友だった龍円さんなら、なにかご存じかと思いまして……」

　英心はしばらく空のグラスを見つめていたが、手酌でビールを注ぐと一気に飲み干し、大きく息を吐いた。

「不思議なものじゃのう」

　佐方は意味が摑《つか》めず、顔をあげて英心を見た。

「なにが不思議なんでしょうか」

　英心は佐方のグラスにビールを注ぎながら、問いには答えず、逆に訊ねた。

「貞坊。お前さんは罪を扱っておる仕事に就いておるのう」

「はい」

「罪、とはなんじゃ」

佐方は少し考えてから答えた。

「法を犯すことです」

うむ、と英心は肯くと、眉間《みけん》に皺《しわ》を寄せて言った。

「間違いではない。が、正しくもない」

英心がなにを言わんとしているか、佐方は頭を巡らせた。

英心がさらに訊ねる。

「貞坊はなぜ、法事が営まれるか知っておるか」

今度はすぐに答えた。

「故人を偲《しの》ぶためのものではないのですか」

英心は可笑《おか》しそうに笑った。

「貞坊も法律には詳しいが、仏のことはよう知らんようじゃのう」

「すみません」

佐方は頭を下げた。英心は顔の前で手を横に振る。

「いやいや、なにも恥じることじゃあない。多くの人が、意味をよく知らずに法要を営んどる。それでええんじゃ。故人を思い出し、手を合わせるだけで、充分に意味があるんじゃけ」

英心は法要の意味を説明した。

あの世には十王というものがいて、死者の審判をする。四十九日には閻魔大王《えんま》が、天道、人間道、修羅道、畜生道、餓鬼道、地獄道という六道の行き先を決める。現世で悪行を重ねた者は、修羅、畜生、餓鬼、地獄の悪道に堕《お》ちるが、遺族が百箇日、一周忌、三回忌と追善供養を重ねることにより、死者は極楽に行くことができる。

英心はビールを飲みながら、誰にともなく、つぶやいた。

「陽世は今年で十三回忌じゃ。やつが閻魔さまからどういう裁きを受けたかは、わからんがのう。いずれにしてもいまは、現世での罪も消え、お釈迦様に見守られながら、修行をしとる頃じゃろう」

現世での罪——。膝に置いた佐方の手に力がこもる。英心が言う現世での罪とは、金の横領のことを指しているのだろうか。

陽世は、顧問弁護士をしていた小田嶋建設の金を横領した罪人、と世間では思われている。だが、本当はそうではない。陽世が横領したとされる五千万は、小田嶋建設の創業者である小田嶋隆一朗が外につくった女、清水亮子《しみずりょうこ》に渡してくれと託された金だ。

亮子は小田嶋建設の従業員だった。同僚の清水憲吾《けんご》と結婚し幸せに暮らしていたが、結婚してから五年後、憲吾は病で亡くなった。亮子はまだ二十代だった。夫が不治の病に冒され途方に暮れる亮子を支えたのが、隆一朗だった。

一連の出来事のなかで、亮子と隆一朗のあいだに子供が生まれた。名前は沙代《さよ》。隆一朗は認知をすると言ったが、亮子は申し出を拒んだ。誰にも迷惑をかけたくない、沙代は亡き夫、憲吾の子として育てるという。隆一朗の度重なる説得にも、亮子の気持ちは変わらなかった。隆一朗は認知を諦《あきら》め、亮子と沙代の面倒は責任を持って自分がみる、と言った。

隆一朗は毎月、ふたりが暮らしていくうえで困らないだけの生活費を亮子に渡していた。だが、隆一朗の身体は、本人が気づかないうちに癌に蝕《むしば》まれていた。

病の床に伏し、余命いくばくもないと知った隆一朗は、顧問弁護士である陽世を呼び、自分が死んだら、代わりに亮子を支えてほしい、と頼んだ。養育費として、陽世の事務所に預けてあった個人名義の債券を流用するよう、指示を出した。秘書を通して然《しか》るべき手を打っておくから、と隆一朗は言った。

くれぐれも他言無用だ、と念を押した隆一朗は、翌朝、病状を急変させそのままこの世を去った。然るべき手を打つ前に――。

陽世にとって隆一朗は、父親の親友であると同時に、命の恩人だった。戦後まもない子供のころ大病を患い、当時、家族四人が一年間は暮らしていけるほどの莫大《ばくだい》な治療費が必要だった。佐方家にはどこをどう探しても、そんな大金はなかった。それを、隆一朗が身内の反対を押し切って持ち山の樹を売り、工面してくれたのだ。もし隆一朗の支援がなかったら、陽世の寿命はそこで尽きたはずだった。

一生かけても、恩を返さなければいけない――

それが、佐方家の総意だった。

陽世は、恩人である隆一朗との最期の約束を守り通し、逮捕されてもなにもしゃべらなかった。少しでも弁明を口にすれば、隆一朗と亮子の関係を明るみに晒《さら》すことになる。公判でも黙秘を貫き、二年の実刑を受け刑務所に服役した。

しかし、陽世が出所することはなかった。あとわずかで刑期を終えるというとき、膵《すい》臓《ぞう》癌が発見され、刑をいったん停止されて病院に移された。

死期を悟った陽世は、佐方を入院先の病院に呼び寄せ、すべてを語った。隆一朗との約束を守るためだ。自分が死んだら代わりに、預かっている残りの金を亮子に渡してほしい、と息子に後事を託した。陽世亡きあと、佐方は父の遺志を引き継ぎ、隠してあった残金を亮子に渡した——父と同じように、秘密は墓場まで持っていくつもりだった。

亮子は号泣した。佐方が高校三年のときだった。

佐方は夏の日差しで、白く照り返す境内を見た。

亮子はあのとき、金を受け取ることを執拗《しつよう》に拒んだ。横領したとされる金は遺族に返してある。これは陽世の金で自分が受け取るべきものではない。佐方自身のために使うべきだ。そう、涙ながらに懇願した。が、なにがあっても親父との約束は違えることはできない。黙って受け取ってください。それが会長の、そして親父の、本懐です——と、正座して頭を下げる佐方を前に、亮子は泣き崩れた。

その亮子も、病で今年の春に他界した。真実を知っているのは、いまや自分と、娘の清水沙代だけだ。陽世の無二の親友である英心ですら、事の真相は知らされていない。いまでも親友が罪を犯した、と思っているはずだ。当たり前だが、責めるつもりは毛頭なかった。しかし、親友にすら罪人であると思われている父が、佐方には不憫《ふびん》だった。

英心が佐方にビールを勧めた。我に返った佐方は、グラスに残っているビールを飲み干し、英心の酌を受けた。

「わしは先ほどお前に、罪とはなにか、と問うたな」

気がつくと英心の口調は、好好爺《こうこうや》のそれから住職のそれへと変わっていた。

「はい」

「お前は法を犯すことだと答えた。ならば陽世は、罪など犯しておらん」

どういう意味だろう。佐方はグラスを座卓に置いた。

「おっしゃっている意味が、よくわかりませんが……」

英心はふたたび瞑目《めいもく》した。なにか思案しているように見える。

「貞坊。お前は、なぜ陽世が自ら進んで実刑を受けるようなことをしたのか、知りたいと言うたな」

「はい」

英心は目を開けると本堂の壁を見た。佐方は英心の視線を追った。

視線の先には、掛け軸があった。

「この掛け軸は十王図という。地獄極楽絵図と呼ぶ者もおる」

佐方にとっては、馴染《なじ》みのある掛け軸だった。普段はしまわれているが、盆になると、本堂の壁に掛けられる。子供の頃、佐方はこの掛け軸が怖くて、まともに見られなかった。

掛け軸には人間が死んだあと、どのような道を辿《たど》るのかが描かれていた。死んでから極楽までの道のりは遠く、途中には閻魔と似た王が何人かおり、泣き叫び跪《ひざまず》く死者を睨《にら》みつけている。餓鬼や鬼たちは、罪を犯した亡者たちに拷問を加えている。

英心は掛け軸を眺めながら言葉を続けた。

「陽世が逝ってから十二年。わしは、あいつがこの世で背負っておった業は、もうすべて消えていると思う」

「業……ですか」

英心は肯《うなず》いた。

「そうじゃ。業じゃ。やつは罪を犯したんじゃない。業を背負うてあの世へ行ったんじゃ。わしはそう思うちょる」

それはどういう——佐方が意味を訊《たず》ねようとしたとき、廊下で多恵子の声がした。

「ちょっと、ええね」

英心が、なんなら、と促す。

「檀家《だんか》さんからもろうた、スイカとトマトがあるけ、どうかのうと思うて」

「おお、ほうか。そりゃええ、出しちゃってくれい」

多恵子は部屋に入ると、くし切りにしたトマトとスイカが並んだ皿を、座卓の上に置いた。

「今朝、檀家さんが取れ立てのを持ってきてくれたんよ。よおう、冷やしといたけ」

「こりゃよう熟れとる。美味《うま》そうじゃ」

英心はスイカに手を伸ばした。

「ほれ、貞ちゃんも」

多恵子が手に取ってスイカを勧める。

すいません、と佐方は頭を下げて受け取った。「まだようけあるけえね、たんと食べんさいや」と言い残し、多恵子が部屋を出ていく。心遣いはありがたいが、肝心のところで、会話が途切れてしまったことが、佐方には悔やまれた。

英心はスイカを頬張りながら、ところで、と話題を変えた。

「明日の参列者は七回忌のときと同じで、こんなと淵上のご両親、それから陽世の親父さんの妹さん。あとは、生前、陽世に世話になったという清水さん母娘――いや、今年は娘さんだけじゃったのう」

佐方は肯いた。

「母親の亮子さんは、春に病気で亡くなりました。初盆も控えているでしょうし、娘の沙代さんもいろいろお忙しいだろうと思って、ご無理なさらずに、と申し上げたんですが、法事にはどうしても来たい、とおっしゃいまして」

英心は佐方の説明を聞くと、ううむ、と一言発したっきり、腕を組んで瞑目した。蟬の声と風鈴の音が、部屋のなかに満ちる。

英心は目を見開くと、佐方の顔に視線を据えた。

「明日の法事じゃがの。少しばかり参列者が増えてもかまわんかのう」

意外な申し出に、佐方は首を傾げた。刑務所で死んだ人間の法事に、好んで出たがる者などいない。七回忌まで法要を営んできたが、参列者はいつも同じ顔触れだった。いったい、誰が参列するというのか。

「父の古くからの友人ですか」

佐方の問いに英心は、まあそんなところじゃ、と曖昧《あいまい》な返事をした。

「何人くらいお見えなんでしょう。お斎《とき》の用意もしなければなりません。人数だけでも教えていただけませんか」

英心は座卓のそばにあった団扇《うちわ》を手にとり、ぱたぱたと振った。

「いや、お斎の用意はいらん。来るんは、陽世の供養をしたい、という者だけじゃ。淵上には、もう伝えてある。ふたりとも、ありがたいことです、言うとりんさった」

「祖父母がそう言うなら、問題はありません。私もありがたくお受けします」

英心は、なら決まりじゃ、と言うと、残っていたビールを飲み干し立ち上《は》がった。

「貞坊も長旅で疲れたじゃろう。帰ってゆっくり休め。淵上も、孫の顔が早よう見たいじゃろ。きっと首を長《なご》うして、待っとられる」

英心が襖《ふすま》を開いた。多恵子を呼ぼうとしているのだろう。佐方は腰を浮かせて、英心を遮った。

「龍円さん、お待ちください。私がお訊ねしたことに、まだ答えをいただいておりません。なぜ父は進んで実刑を受けるようなことをしたのか、なにかご存じないですか」

英心は振り向かずに言った。

「わしも歳じゃ。少しのビールで酔うてしもうた。今日はこれで休ませてもらうわい」

英心が奥に向かって、おおい、と多恵子に呼びかける。

「貞坊が帰るぞ」

慌てた様子で、エプロンで手を拭《ふ》きながら多恵子が駆けつけてきた。

「淵上へ土産に、思うて、大根の煮付けと茄子《なす》の煮浸し用意してあるけ、持って帰りんさい。いまタッパーに詰めてくるけんね」

英心に挨拶《あいさつ》をすませると、佐方は帰り支度をし、表に出た。ビニール袋に入った惣菜《そうざい》を手に多恵子が近づいてくる。

多恵子が差し出した手提げ袋を受け取り、佐方は頭を下げて言った。

「明日は、お世話になります。今日はいろいろ気遣いいただいて、ありがとうございました」

「なあに他人行儀なこと、言うとるん」

多恵子が笑顔で佐方の肩を叩《たた》く。

「明日のことは心配せんでええけん。うちらに任せておきんさい」

佐方は肯くと笑顔を返し、寺を辞去した。


引き戸を開けようと、佐方は取っ手に手をかけた。

力を入れるが開かない。鍵《かぎ》はかかっていないはずだった。このあたりでは、日中に鍵をかける習慣はない。家が古くなり建てつけが悪くなっているのだ。

佐方はボストンバッグと惣菜の入ったビニール袋を地面におろすと、引き戸を両手で持ちあげながら横に引いた。木製の引き戸が、軋《きし》んだ音をたててようやく開く。

中に入ると、古木と黴《かび》た土の匂いがした。懐かしい実家の匂いだ。

佐方は家の中を見渡した。

玄関は土間になっていて、その横に馬小屋の名残りがあった。父親の陽世が子供の頃は、農耕馬を家の中で飼っていたという。

土間と続きになっている茶の間には、囲炉裏があった。囲炉裏の上にある木製の天棚《あまだな》からは、鉄製の自在鉤《かぎ》がぶらさがっている。いまは夏だからなにも掛かっていないが、冬になるとやかんや鍋《なべ》が掛けられたりする。昔となにも変わっていない。

佐方は奥に向かって声をかけた。

「ただいま」

少し間があって、奥から人が出てくる気配がした。炊事場と繋《つな》がっている茶の間の襖が開き、美代子《みよこ》が顔を出す。佐方に気づくと、美代子は満面の笑みを浮かべた。

「おかえり、貞ちゃん。よう帰ってきたねえ。待っとったんよ」

「ご無沙汰《ぶさた》してます。美代子おばさん」

美代子は佐方の祖父、敏郎《としろう》の妹だ。長男と末っ子ということもあり、敏郎と美代子は歳が二十近くも離れている。残りの兄弟、次男と三男は、戦争で亡くなっていた。

佐方からみれば大叔母《おおおば》にあたる。本来なら「美代子大叔母さん」と呼ばなければいけないのだろう。しかし、美代子は嫌がった。そう呼ばれると一気に歳をとった気分になる、というのが理由だった。

美代子は長い髪を、スカーフで後ろでひとつにまとめていた。数年前に還暦を迎えたはずだが、髪は黒々としている。たぶん染めているのだろう。服は膝丈《ひざたけ》のフレアスカートに水色のブラウス、その上にフリルのついたエプロンをつけている。

美代子はここから車で一時間半ほどのところにある呉原市《くれはら》に住んでいる。夫を早くに亡くし、小学校の教諭をしながら一人暮らしを続けていた美代子は、三歳で母親を亡くした佐方を実の子のように可愛がった。陽世が逮捕されて以降、佐方の将来に心を痛めた祖父母は、中学卒業を機に佐方を美代子の家に預けた。父親のことを誰も知らない遠くの町で、勉学に集中させたいと思ったからだ。

「兄さんと義姉《ねえ》さんは、いま裏の畑におるんよ。貞ちゃんが帰るけいうてねえ、摘みたての枝豆やらトウモロコシを食べさせたいんじゃと。呼んでくるけん、待っとりんさい」

美代子は速足で、奥へ戻っていく。

佐方は靴を脱いで茶の間にあがると、部屋の隅にボストンバッグを置き、仏間の襖を開いて、仏壇の前に座った。

線香に火をつけ、香炉に立てる。リンを鳴らし、佐方家先祖代々と書かれている位牌《いはい》に手を合わせた。

仏壇には、陽世の遺影が飾られていた。黒ぶちのフレームの中の父親は、短い髪を後ろにきれいに撫《な》でつけ、こちらを見ている。切れ長の目は見る人に冷たい印象を与えるかもしれないが、薄い唇は微笑んでいた。

この写真は佐方が中学校に入学する日に、実家の前で記念に撮ったものだった。撮影したのは敏郎だ。父親とふたりで写真を撮ったのは、後にも先にもこのとき一度しかない。

佐方は母親が亡くなったあと、山田町の実家に預けられた。

陽世が佐方に会いに来るのは月に一度、多いときでも二度くらいしかなかった。普段から口が重い陽世は久しぶりに我が子に会っても、元気だったか、と頭を撫でることくらいしかしない。あとは、敏郎と囲炉裏を挟んで向かい合い、ちびりちびりと酒を飲んでいた。それでも佐方は、父親が自分に会いに来てくれることが嬉《うれ》しかった。

佐方は立ち上がると、多恵子に貰《もら》った惣菜を持って炊事場へ向かった。

炊事場も、昔と変わっていなかった。タイル張りの流しがあり、その横にかまどがある。かまどに置かれている釜《かま》の蓋《ふた》を開けると、中には水に浸された米が入っていた。

佐方が惣菜を冷蔵庫にしまったとき、畑へ続いている裏口の戸が開いた。戸の先には祖母のスエが立っていた。手に枝豆が入った籠《かご》を抱えている。スエは頭に被《かぶ》っていた手ぬぐいをとり、皺《しわ》だらけの顔をくしゃくしゃにした。目に涙を浮かべている。

「おかえり、貞人。よう帰ってきてくれたのう。疲れたじゃろう。腹は減っとらんか。いま、採れたての枝豆を食わせるけえの」

スエは曲がった腰を叩きながら、流しに籠を置いた。

続いて、美代子に押されるように敏郎が炊事場に入ってきた。敏郎が抱えている籠には、トウモロコシが入っていた。敏郎は首にかけていた手ぬぐいで、すっかり薄くなった頭を拭いた。

「帰ったか」

「お久しぶりです」

頭を下げる佐方に敏郎は無表情に、うむ、とだけ言い、籠を流しに置くと家の奥へ入っていった。敏郎の様子を見ていた美代子が、可笑《おか》しそうに笑った。

「ほんま、兄さんは照れ屋じゃね。今日は貞ちゃんが帰ってくる日じゃけ、朝からそわそわしてからねえ、そりゃもう落ち着かんかったんよ。昼前から、貞人はまだ帰らんのか、まだ帰らんのか、いうてね」

ほんまじゃ、ほんまじゃ、とスエも笑う。

女同士で笑い合ったあと、枝についている莢《さや》を取りながらスエが訊《たず》ねた。

「帰る前に龍円さんとこに寄って来たんじゃろ。さっき電話があったけ。変わりはなかったか」

佐方は、ああ、と答えた。

「なんも変わっとらんかったよ。龍円さんも多恵子さんもお元気じゃった。土産に惣菜をもろうたけ、冷蔵庫に入れといたわ。変わっとらん言うたら、この家もなんも変わらんね。まだかまどで米を炊いとるん」

スエは手を止めずに言った。

「若い人がおる家は建て替えやら、改築やらしとるが、年寄りしかおらんうちらには、使いなれた台所が一番じゃ。それに、米はかまどで炊くんに限る。一粒一粒がほっこり立って美味《うま》いけえ」

「うん、それは言えるな。かまどの飯に慣れたら、炊飯器で炊いた米は食う気にならん」

佐方が相槌《あいづち》を入れたとき、茶の間で敏郎の声がした。

「貞人。そがあなところで立ち話しとらんと、こっちに来て座らんかい」

美代子がくすくすと笑う。

「兄さんが待ちくたびれとる。早よう行ってやりんさい」

茶の間に戻ると、囲炉裏を前に敏郎が座っていた。座椅子を使っている。佐方は囲炉裏を挟んで、敏郎の向かいに腰を下ろした。

「座椅子なんか、どうしたんね。いつもどおり胡坐《あぐら》じゃいけんの」

敏郎は伸ばしている右足の膝を擦《さす》った。

「このところ、ちいと膝が痛《いと》うてのう。伸ばしとるんが楽なんじゃ」

佐方は、はっとした。六年ぶりの帰省だったが、いつもどおりの祖父母なので忘れていた。祖父は今年で八十二歳、祖母は八十歳になる。もう充分すぎるほどの歳だ。身体にガタが来てもおかしくはない。

佐方は足を崩した。

「じいちゃん。そろそろ畑やめたら。もう歳なんじゃけ。野菜を作る手間隙《ひま》考えたら、買《こ》うた方が安いし楽じゃろ」

敏郎は手を伸ばすと、茶箪笥《だんす》の引き出しから缶に入った両切りピースを取り出した。

「わしから畑をとったら、なんも残らん。楽しみがのうなる」

敏郎は煙草に火をつけると、炊事場に向けて、おおい、と声を張った。

「酒はまだか。昨日、買うたやつがあったじゃろ」

はあい、と声がして美代子が廊下から顔を出した。

「兄さん、お酒よりビールがええんじゃない。貞ちゃんも喉《のど》が渇いとるじゃろう」

敏郎はつぶやくように言った。

「今日は酒がええんじゃ。ありゃあ、陽世が好きじゃった酒じゃけ」

美代子はそれ以上なにも言わず、炊事場へ戻って、ゆでたての枝豆と地酒の一升瓶を持ってきた。美代子はふたりにぐい呑《の》みを渡すと、一升瓶の栓を開けて酌をする。

「枝豆、今年は出来がええね。甘みがあって香ばしい。いま、トウモロコシも持ってくるけ、一杯やって待っとって。あっ、言い忘れとったけど、土産ようけようけ、ありがとうね。あんたの礼服は離れに掛けといたけ」

礼服と土産物は、前もって宅配便で送ってあった。

美代子が再び炊事場へ戻っていく。

佐方は明治時代から続く酒蔵の地酒を口にした。香りがなんとも濃厚だ。それでいて甘ったるくなく、後口がすっきりしていて切れがいい。

「ほれ、もっと飲め」

敏郎は一升瓶を手にすると、佐方のぐい呑みに溢《あふ》れんばかりに酒を注ぐ。敏郎に酌をしようと、佐方は一升瓶に手を伸ばした。が、敏郎は手で制し、手酌でぐい呑みを満たす。

敏郎は炉の灰を火箸《ひばし》でいじりながら、息を大きく吐いた。

「早いよのう。陽世が死んで、もう十二年か」

佐方はシャツの胸ポケットから煙草を取り出し、火をつけた。紫煙を吐き出しながら言う。

「龍円さんも、同じこと言うとった」

敏郎は火箸を灰に突き刺した。

「ほんまに馬鹿な奴じゃ。あがなことさえせんかったら、いまここで、一緒に酒を飲めたかもしれんのに」

佐方はなにも言わなかった。見るでもなく、囲炉裏の灰を眺める。敏郎に見えないように唇を噛《か》み締め、ぐい呑みに残っている酒を一気に飲み干した。

夕餉《ゆうげ》の食卓には、懐かしい料理が並んだ。県北でワニと呼ばれる鮫《さめ》の刺身、佐方の好きなイカの酢味噌和《すみそあ》え、干し椎茸《しいたけ》と紅しょうがとかまぼこ、細切りの錦糸卵《きんしたまご》ときぬさやを散らした、大好物の散らし寿司《ずし》まである。佐方は満腹するまで舌鼓を打った。

やはり歳なのだろう。敏郎は佐方の半分も飲まないうちに酔いが回り、夕食後、早々に床に入った。敏郎が寝入ると、残った三人は、ひとしきり昔話に花を咲かせた。美代子は佐方が検事に任官したことを、繰り返し褒めた。陽世が逮捕されたことには触れなかったが、父親が刑務所に入るようなことになっても捻《ひね》くれず、真っ直ぐ育ったことを誇らしく思っているのだろう。

十時を回った頃、明日は早いからもう休もう、とスエが就寝を促した。そうじゃね、と答え、美代子が後片付けをはじめる。

佐方はその間に風呂《ふろ》をもらった。風呂は薪《まき》からガスに替わっただけで、昔と造りは同じだった。鉄製の五右衛門《ごえもん》風呂に檜《ひのき》の蓋。その蓋を上から踏みしめて底板にする。佐方は檜の匂いに包まれながら、ゆっくりと湯に浸《つ》かった。

風呂から上がると、台所で美代子が待っていた。

「ちぃと付き合いんさい。話があるけ」

美代子はビールの栓を抜き、食卓に腰を下ろした。

風呂上がりの佐方は、席に座るとグラスに注がれたビールを、一息で飲み干した。美代子も自分のグラスに口をつけ、半分ほど喉に流し込む。うーん、と唸《うな》るような声を上げ、美代子は勢いよくコップを置いた。

「貞ちゃん。あんた、兄さんらに仕送りしてあげとるじゃろ」

黙って肯《うなず》く。給料を貰うようになってから、佐方は毎月五万円、祖父の口座に振り込んでいた。

「そのお金、どうしよると思う」

生活費に充てとるんじゃないんか、と佐方が言うと美代子は首を横に振った。

「兄さんと義姉《ねえ》さんはねえ、振り込まれた金を引き出して、それをそのまんま郵便局に持っていって、貯金しょうる。あんた名義でね」

驚いて声が出ない。

「兄さんが嬉《うれ》しそうにね、うちに通帳、見せてくれたん。貞人が毎月、仕送りしてくれるんじゃ言うてね。ほいでそれを貞人名義で貯金しとるんじゃ、言うてじゃけん、うちもびっくりしてね。なんでそがなことしよるん、貧乏しよるんじゃけ生活費に使わしてもらやあええじゃない、言うたんよ。ほうしたら、どがあ言うた思う」

赤くなった美代子の目が、薄《うっす》らと光る。

「貞人が可愛いけん。あれには苦労ばっかりさせたけんのう。あれが結婚するとき、親がおらん恥を掻《か》かせちゃあいけん。わしらがちいとでも貯めとかんと、のう……言うて……ねえ」

美代子の声に嗚咽《おえつ》が混じる。佐方の目頭が、熱くなった。美代子は洟《はな》を啜《すす》りながら、話を続けた。

「あんたも知っとるじゃろ。陽ちゃんがあがなことになってから、兄さんと義姉さんがどれだけ苦しんだか。そりゃあんたも苦しんだじゃろ。うちもそばで見てよーう知っとる。ほじゃがねえ、親の辛《つら》さは、また別じゃけえね。いまでもねえ、小田嶋の分家があろう、あそこの家の前を通るときは頭下げて、手を合わして速足で過ぎるんよ、ふたりとも。小田嶋の家の者《もん》は誰も見とらんのに」

佐方は唇を噛んだ。美代子は声を振り絞るように続ける。

「兄さんも、義姉さんも、あんたが可愛《かわ》ゆうて、可愛ゆうて……。もうちょっと、顔を見せて、あげんさいや。あんたも、忙しかろうが、電話で声くらい、聞かせてあげんさい、ね」

言葉がなかった。

「よう、わかったけ」

佐方はやっとの思いでそれだけ言うと、席を立った。

縁側の突き当たりの部屋に向かう。子供の頃、佐方が使っていた離れだ。

部屋には蚊取り線香が焚《た》かれ、蚊帳《かや》が吊《つ》られていた。荷物になるからと前もって送った佐方の礼服が、ハンガーに掛けて障子の桟に吊り下げてある。佐方は蚊帳をくぐり中に入ると、布団に仰向《あおむ》けになった。

ぽつんと灯《とも》っている豆電球を見つめる。

陽世が小田嶋建設の会長の金を横領していないことは、身内にも話していなかった。敏郎もスエも美代子も、陽世が罪を犯したといまでも思っている。

自分の子供が罪を犯した親の辛さは、いかばかりのものだろう。それも、命を救ってくれた恩人の金を騙《だま》し取った罪に問われた親の辛さは、いかばかりのものだろう。さらには、父親の竹馬の友であり戦友だった男の金を、横領した子を持つ親の辛さは――。

敏郎とスエは、罪を犯した子供を責めず、罪を犯すような子に育てた自分たちを、責めた。小さな田舎町だ。まわりの目もある。敏郎とスエは陽世が刑務所に服役してからずっと、人に頭を下げて生きてきた。

そんなふたりを見ていると、本当のことをぶちまけたくなる。何度、あなたたちの息子は犯罪など犯してはいない、と言いかけたか。だが、陽世との今際《いまわ》の約束を思い出し、喉まで出かかった言葉を呑み込んできた。

橙《だいだい》色の小さな灯《あか》りに、陽世の顔が重なる。

佐方は心の中で、陽世に問いかけた。

──親父、あんたはこれで本望か。誤解されたまま、実刑を受けて獄中死するような人生で、満足だったのか。

闇に浮かぶ陽世は、なにも答えない。黙って佐方を見ている。

──答えろよ、親父。

問い掛けながら佐方は、瞼《まぶた》が重くなってくるのを感じた。酔いが回ってきたようだ。もう一度、問い掛けようとしたとき、瞼が落ちた。

ろうそくの明かりが灯る本堂で、英心は酒を飲んでいた。陽世が好きだった酒だ。

明日の準備は、すべて終えた。卒塔婆《そとば》も書いた。隅々まで掃除し、本堂の威厳も整えた。寺にあるだけの座布団も虫干しし、カバーを付け替えた。

英心は畳の上に、陽世の寺位牌《いはい》を置いた。位牌の前に猪口《ちょこ》を置き、酒を注ぐ。位牌に目を据え、語りかけた。

「明日はお前さんの法事じゃ。大事な日に酒臭い息をしとったらばちが当たるけ、飲まんほうがええんじゃろうが、どがあしても、今晩は飲みとうてのう。一合くらいなら、まあ大丈夫じゃろう」

英心は酒を、ぐびりと口にした。

「陽世。見とったか。今日、貞坊が訪ねて来て、お前さんがどがあして、進んで刑務所に入るような真似をしたんか、わしに訊《き》きおった。貞坊の言葉を聞いて、確信したわ。わしがしたことは、間違っちょらん。いや、これぞ仏さまの導きじゃ、とな」

英心は目を細め、位牌を見つめた。

「お前さんは昔から口が重い男じゃった。無口なお前が、弁護士になると聞いたときは驚いたわ。しゃべりが苦手な男に、人の弁護なんか務まるんか、思うてのう。じゃが、お前は持ち前の実直さと誠実さで、尊敬を集める立派な弁護士になった。奥さんを早ように亡くした不幸はあったが、貞坊を授かり、子供のために懸命に仕事をしておった。それが――」

英心は目を伏せた。

「それが、あがなことになるとはのう。刑務所の中で死んだと知らされたときは、ほんまに切なかった。逮捕を知ったとき、これはきっとなんかの間違いじゃ。人一倍、真面目なお前が人さまの金に手をつけるなどあるはずがない。そう信じとった」

どこかで蛙が鳴いている。

英心は目を開き、位牌を見据えた。

「じゃが、面会に行ってもお前の口からは弁明のべの字もなかった。申し訳ない、面目ない、の一点張りじゃ。正直言うて、お前への信頼が揺らいだこともある。ほじゃがのう、長い時間かかったが、やっと真実がわかった。本当のことを知ったとき、わしは嬉しかった。誇らしかった。愚直なまでの生き方はいかにもお前らしい、と思うたぞ」

英心は猪口を盆に置くと、位牌を手にとった。

「お前さんは、わしがやろうとしちょることを知ったら、反対するじゃろうのう。そっとしておいてくれ、と言うかもしれん。じゃがの、お前さんもいまとなっては現世《こっち》での罪を償い、あの世で修行しとる身じゃ。現世のことはわしに任せてくれんかの」

英心は、もの言わぬ位牌をしばらく見つめていたが、ゆっくりと畳の上に戻した。

「今日、貞坊から、なにか知ってることはないかと訊《たず》ねられたとき、わしは仏の存在を感じた。この世にはわしら人間の力が及ばない、仏さまのお導きがある、と心から思うた」

英心は先ほど盆に置いた猪口を手にすると、ゆっくりと揺らした。酒が波を打つ。

「本当のことを言うとな。わしもお前が、この世で誤解されたままでおるんは辛いんじゃ。なにより、遺《のこ》された家族が不憫《ふびん》でのう……」

英心はしんみりと位牌に語りかけた。

「陽世。お前さんは自分のしたいようにして、あの世へ行った。それで満足じゃろう。じゃが、遺された家族の気持ちも、少しは考えてやれいや」

風が吹いたか、ろうそくの炎がわずかに揺らぐ。

「のう、わかってくれい」

英心は諭すように言うと、位牌の前に供えた酒を、一息で飲み干した。

「さて、わしはもう休む。明日はいつも以上に、長い法話になるじゃろうからのう」

英心は位牌を本尊の前に戻すと、ろうそくの炎を手で扇《あお》いで消した。

翌日、英心は目を覚ますと、多恵子とふたりで本堂と境内を念入りに掃除した。朝食を摂《と》ると、風呂《ふろ》場で沐浴《もくよく》し、身を清めた。塩水でうがいを済ませる。

英心と多恵子が住んでいる住居は、寺と廊下でつながっている。英心は住居にある自分の部屋に戻ると、箪笥《たんす》から赤紫の衣と鳳凰《ほうおう》の刺繡《ししゅう》が施された袈裟《けさ》を出し、身につけた。

手持ちの衣や袈裟の中で、一番上等なものだった。姿見の前に立ち、全身を眺める。法衣《ほうえ》に乱れがないことを確認すると、英心は畳の上に正座をし、瞼を閉じた。ゆっくりと呼吸をし、心を穏やかにする。外では今日も朝から、蟬が鳴いている。

廊下を歩く音が聞こえ、部屋の襖《ふすま》が開いた。多恵子だった。

「淵上の佐方さんらが、見えんさったよ」

英心は目を開け、壁にかかっている時計を見た。九時。法事は十時からだ。早めに来て墓掃除でもしようというのだろう。

「うちはお茶の用意をするけえ、早よう出てあげてつかあさいや」

そう言って、多恵子は庫裏《くり》に戻っていった。

英心はゆっくり立ち上がり、虚空に向かってつぶやいた。

「長かったよのう、陽世」

瞼を閉じ、陽世の面影を思い浮かべる。瞼の裏の陽世は、黙ってこちらを見ている。

英心は目を開けた。

「ゆくぞ」

手にしていた数珠《じゅず》を握りしめ、英心は部屋をあとにした。


佐方は敏郎とスエ、美代子とともに、本堂の玄関にいた。美代子は花を、佐方は風呂敷包みを手にしている。風呂敷の中身は果物や菓子だ。墓への供え物だった。墓の掃除は先ほどすませてきた。早く家を出過ぎたかもしれない。

待っていると、本堂の奥から英心が姿を現した。佐方家の四人は深々と頭を下げる。

敏郎が腰を曲げたまま、顔だけあげて礼を言った。

「今日はほんまにありがとうございます。なにぶん、よろしゅうお頼みいたします」

英心は微笑んだ。

「まあま、ご丁寧にこちらこそ。堅苦しい挨拶《あいさつ》はええけ。ささ、あがりんさい、あがりんさい」

四人は靴を脱ぎ、本堂へあがった。

本堂に入った佐方は目を疑った。本堂にはたくさんの座布団が敷き詰められていた。座布団は佐方と英心がきのう語らった控えの間にも、所狭しと並べられている。百枚以上はあるだろうか。敏郎もスエも美代子も、目を丸くしている。

佐方は英心に訊ねた。

「父の法事のあと、どなたかの法事か葬儀でも、あるんですか」

英心は首を横に振った。

「いいや、今日は陽世の法事だけじゃ」

佐方は改めて本堂を見渡した。

「それならこの座布団は……」

「あとでわかるよ、のう」

英心は佐方の疑問をはぐらかす。納得がいかず、もう一度訊ねようと口を開きかけたとき、多恵子が麦茶を盆に載せてやってきた。

「今日も朝から暑いですねえ。まあ、冷たいもんでもどうぞ」

これはどうも、と言って敏郎は畳に座った。スエも敏郎の隣に座る。

「ほら、貞ちゃんも」

美代子に言われて、佐方もスエの隣に腰を下ろした。それきり、座布団の話は終わった。代わりにはじまったのは、佐方が幼かった頃の思い出話だった。境内の木に止まっている蟬をとろうとして、足を滑らせ地面に落ちた話や、屋外にある手洗いが夜は怖くてひとりで行けず、寝ているスエを起こしてついてきてもらった話など、英心と佐方家の面々が、ひとしきり談笑する。

自分の子供時代の話ほど、尻《しり》の据わりの悪いものはない。佐方は居心地が悪く、もういっぺん墓掃除をしてきます、と言って腰をあげかけた。

「ごめんください」

本堂の入り口で、女性の声がした。沙代だった。

「ご無沙汰《ぶさた》してます」

沙代は本堂に集まっている全員に向かって頭を下げた。長い黒髪が、顔の横にさらりと落ちた。会うのは七回忌のとき以来だ。六年前に高校三年生だったから、いまは二十代半ばのはずだった。まだ学生で幼い面影を残していた沙代は、いま、涼やかな目をした大人の女性になっていた。

敏郎とスエは、遠いところ参列してくれた礼を述べると、沙代の母親、亮子の死を悼んだ。佐方は沙代を気遣って言った。

「無理をなさらなくても、よろしかったのに。今年は亮子さんの初盆だ。いろいろお忙しいでしょう」

沙代は小さく微笑みながら、首を横に振った。

「私がそうしたいんです。母が生きていたら、同じことをしたでしょう。それに今日の法事は、どうしても来たい理由があって寄せてもらいました」

「どうしても来たい理由、ですか」

沙代は肯《うなず》くと、それきり口を閉ざした。訊いてはいけないような気がして、佐方はそれ以上、訊ねなかった。

沙代が茶を飲み終えると、佐方は本堂の壁に掛けてある柱時計を見た。あと十分ほどで十時になる。

佐方は正面に座っている英心に、膝《ひざ》を向けた。

「龍円さん。参列者も揃いましたし、少し早いですが、法事をはじめていただくわけにはいかないでしょうか」

英心は空になったグラスを盆に戻すと、静かに言った。

「いや、まだじゃ」

「まだ、ですか……」

佐方の心のうちを読んだかのように、英心が言った。

「まだ、参列者が揃っておらん」

――少しばかり参列者が増えてもかまわんかのう。

英心の言葉が脳裏に蘇《よみがえ》る。いったい誰が来るというのだろう。それに、あの座布団の数――。

「昨日おっしゃっていた、父の古い友人ですか」

英心は佐方から視線を外すと、目を閉じた。

「いまにわかる」

英心がそう言葉を発したとき、坂を登ってくる車の音が聞こえてきた。一台ではない。何台もいる。車のエンジン音は、寺に向かって徐々に近づいてくる。佐方は屋外に目を凝らした。

山肌の陰から姿を現した車列を見て、佐方は目を見張った。黒塗りのセダンが十台以上も連なっている。セダンの車列が寺の敷地に着くと、停車した車の中から礼服姿の人間が次々と降りてきた。車はぜんぶで十二台。一台に四人乗っていたとして、五十人近い人数だ。ほとんどが男性だが、女性の姿も見える。黒ずくめの団体は、本堂の前にやってくると、ずらりと並び、揃って頭を下げた。

「これはいったい、どういうことですか」

佐方は驚いて英心に訊《たず》ねた。敏郎、スエ、美代子も呆《ほう》けた態《てい》で、声も出せずにいる。

英心は静かに答えた。

「陽世の十三回忌にやってきた、参列者のみなさんじゃ」

言葉が出なかった。七回忌までは自分と敏郎とスエ、美代子、亮子、沙代の六人だけだった。それが、今年に限ってなぜ、こんなに多くの参列者が集まったのか。この人たちはいったい、誰なのだろう。

礼服姿の男女の輪の中に、見覚えのある顔を見つけて佐方は唸《うな》った。

篠原《しのはら》弁護士——

父が司法修習生時代、同期だった弁護士だ。陽世の葬儀にも法曹界からただひとり、参列してくれた。父とはかなり親しい間柄だったと、聞いている。

佐方が説明を求めようとしたとき、英心は立ち上がって本堂の入り口へ向かった。

「みなさん、遠いところを、ご苦労でしたな」

英心の労《ねぎら》いの言葉に、先頭にいた恰幅《かっぷく》のいい男性が、深々と頭を下げた。頭に白いものが交じっている。歳の頃は六十代前半、美代子と同じくらいだろうか。太い眉《まゆ》と角ばった顎《あご》が、意志の強さを感じさせる。

佐方は英心の後ろに立つと、先頭の男性に目を向けながら言った。

「龍円さん、こちらの方をご紹介いただけますか」

英心は男性に向かって、差し伸べるように手を出した。

「こちらは小田嶋建設の現社長、小田嶋一洋《かずひろ》さんじゃ。亡き小田嶋隆一朗氏のご長男に当たられる。後ろにおられるんは、小田嶋建設の役員や社員の方々じゃ。そうですよのう、一洋さん」

「はい。古参の幹部社員は全員、連れてきました」

佐方は驚いた。

陽世を憎んでいるはずの小田嶋建設が、なぜ——

佐方の戸惑いをよそに、一洋が畏《かしこ》まった顔で近づいてくる。

「龍円さん。こちらは、陽世さんのご子息ですね」

「いかにも。父親の背中を追って法曹界に飛び込んだ貞人くんじゃ。いまは検事さんじゃけ、目をつけられんようにした方がええぞ」

英心はそう言って哄笑《こうしょう》した。

一洋は英心の冗談には取り合わず、本堂に立つ佐方の姿を、感極まった態で見つめている。目には光るものが滲《にじ》んでいた。

一洋が近づいてきた。頭《こうべ》を垂れた肩が、ふるふると震えている。

「堪《こら》えてつかあさい。ほんま、すまんかった」

小田嶋建設の社員全員が一斉に、膝につくほど深く頭を下げる。異様な光景だった。

佐方の頭は思考停止の状態に陥っていた。なにがどうなっているのか、まるでわからない。佐方家の関係者もみな一様に、茫然《ぼうぜん》自失の態で事態の推移を見守っている。

納得のいく説明を求めようとする佐方を手で制し、ついでと言うちゃあなんじゃが――と、英心は一洋の隣の女性に目をやる。

「こちらにおられるんは、香苗《かなえ》さんじゃ。訳があって苗字《みょうじ》はちょっと言えんがの」

紹介を受けた女性が頭を下げる。

丸顔で髪は短い。黒々と艶《なま》めいている。どうやら染めているようだ。顔や手の皺《しわ》から七十歳前後に見えた。

名前にも顔にも覚えはない。本堂を振り返り、敏郎とスエ、美代子の顔を見た。香苗という人物を知っているか、と目で訊ねる。三人とも、知らない、というように首を振った。

英心が佐方の気持ちを代弁するように言った。

「小田嶋建設は、陽世を憎んでいるはずだ。それなのに、なぜいまになって、法事に来たのだろう。しかも詫《わ》びまで入れて。そしてこの女性は誰なのか。わからんことだらけだ」

佐方は、ええ、と答えた。

「ご説明願えますか。龍円さん」

英心は壁に掛かっている柱時計を見た。

「ちょうど、法事のはじまる時間じゃ」

そう言って英心は、寺の入り口に目をやった。

視線の先には、礼服姿の男女が数十人、群れをなしている。こちらは顔に見覚えがあった。隣組をはじめとする近在の住人たちだ。

英心は目を細めて、新たな参列者を手招きした。小田嶋建設の社員、香苗と篠原、住人たちが次々と、本堂の前で靴を脱ぎ、広間にあがりこんだ。まるで打ち合わせでもしていたかのように、それぞれが整然と座布団に腰を下ろす。英心は本尊の前に座ると、読経の準備をはじめた。

いったい――

英心は、何を考えているのだろう。心に晴れない霧を抱えたまま、佐方は席に着いた。

敏郎とスヱ、美代子、沙代も着座する。敏郎は右膝が痛むという理由で、脚の短い低座椅子を使わせてもらっていた。

一洋と香苗、篠原を筆頭に、小田嶋建設の幹部たちは、佐方たちの後ろに座っていた。さらにその後ろに、近隣住民の面々が座っている。一洋と小田嶋建設の役員たち、それに香苗と篠原は、神妙な面持ちで俯《うつむ》いていた。敏郎とスエ、美代子は落ち着かない様子で、視線をあちこち動かしている。対照的に住民はみな、一様に穏やかな表情を浮かべている。

鐘が鳴り、読経がはじまる。本堂は、英心の声と、蝉の声に包まれた。誰も口をきく者はいない。

英心は焼香を済ませると、席に戻り敏郎を見た。

「順番に、ご焼香をどうぞ」

「は、はい」

敏郎は突然現れた参列者たちに何度も頭を下げると、焼香を済ませた。続いてスエ、佐方、美代子、沙代と続く。そのあと、一洋や香苗、篠原、小田嶋建設の社員たち、住民の順番で、参列者たちが長い行列をつくり焼香を済ませた。百人近くの法要だ。

参列者全員が席に戻ると、英心はひときわ大きな声で経を唱え、鐘を幾度も鳴らした。最後に打ち鳴らした鐘の音の響きが本堂から消えると、英心はゆっくりと振り返った。

「今日はお暑い中、ご苦労様でございます。ささ、みなさんそう堅くならずに、楽になさってください」

が、英心の心遣いにも、本堂に足を崩す気配はない。空気がぴんと張り詰めている。

英心は数珠《じゅず》を手首にかけると、膝の上に手を揃えた。

「先人が残した言葉に、『光陰矢の如し』『光陰流水の如し』などというものがございます。双方とも、時が経つのはあまりに速い、という意味でありますが、歳を重ねるごとにその言葉が身に染みてくるものでございます」

　英心は本堂の壁に掛けられている十王図を見ながら、きのう佐方に話した、法要を営む意味を語った。

「故人が亡くなり、早いもので今年で十三回忌を迎えます。故人の現世での業も消え、今頃は清い身となり、修行を積んでいることでしょう」

　英心は十王図から目を戻し、視線を参列者に向けた。

「この十三回忌を機に、私の竹馬の友でもあった佐方陽世という人物をもう一度、みなさんに知っていただきたく、この場にお呼びした次第です。小田嶋さん、香苗さん、篠原さん、遠いところご足労願いましたな」

　一洋は膝に手を置いたまま、深々と頭を下げた。

「当然です。ご住職からお話を伺わなければ、私は一生、佐方陽世という人間を誤解したままでした。親父があれだけ世話になり、また多大な迷惑をかけたにもかかわらず、知らぬこととはいえ、息子である私が葬儀に参列もせず、不義理を働いてしまいました。ご遺族には顔向けできません。忸怩《じくじ》たる思いで一杯です。今日は衷心からのお詫びを込め、生前の陽世さんを知る社員全員で、駆けつけた次第です」

　香苗が一洋の言葉を受け継ぐ。

「私も、当時は佐方弁護士を憎んでいました。でも、和尚様から話を聞いて、今日は遺族の方々へのお詫びと自分の心の整理も兼ねて、参列させていただきました」

堪え切れなくなったのか、美代子が口を挟んだ。

「お話の途中、申し訳ありません。私たち遺族は、なにがなにやらさっぱりです。小田嶋さんがご参列くださった理由、香苗さんが陽世とどのようなご関係の方なのか、教えていただけますか」

英心は笑った。

「そうじゃな。このなかで事情を知らないのは、ご親族だけというのも変な話よの」

英心は穏やかな目で、佐方を見た。

「貞坊、お前は昨日わしに、なぜ陽世は自ら進んで実刑を受けるような真似をしたのか、知りたいと言ったな」

「はい」

「それを、これから話してしんぜよう。今日の法話は、少しばかり長くなりそうじゃ」

英心は、静かに語りはじめた。


同い歳の陽世と英心は、物ごころついた頃からの友だった。泥んこ遊びに興じ、山野を駆けまわり、あたりが暗くなるまでチャンバラごっこをした仲だ。

山の中に木の枝を集めて、ふたりで秘密基地を造ったこともある。年上の子供たちと遊び場の取り合いになり、ともに戦ったことも、しばしばだ。喧嘩《けんか》は惨敗だったが、決して逃げないお互いの勇気を、称《たた》え合った。

中学に入り同じ女生徒を、好きになったこともある。英心が陽世と殴り合いの喧嘩をしたのは、あのときがはじめてだった。が、お互い一歩もひかず決着はつかなかった。このときはお互いの腕力を、称え合った。

陽世と英心は、地元の高校に入学し、ともに勉学に励んだ。卒業するまでずっと、陽世は一番、英心は二番の成績だった。英心は実家のあとを継ぐため奈良県にある仏教系の大学に入学し、僧侶《そうりょ》免許を取得した。住職研修を本山で受け、龍円寺の副住職に就任したのは二十三歳のときだ。

陽世は広島大学の法学部に入学し、司法試験を目指した。卒業の翌年に二回目の挑戦で、みごと試験を突破した。合格後、二年間の司法修習を受けたあと、広島市にある事務所で居候弁《イソ弁》護士をしていたが、三十二歳で独立し、市内に弁護士事務所を構えた。

陽世は田舎に帰ってくると、必ず英心の寺へ顔を出した。陽世と英心は本堂で夜遅くまで、酒を酌み交わした。

陽世が仕事の悩みを語ったことはない。だがときに、人の世の空しさや、なぜ人は罪を犯すのか、などと英心に問いかけた。答えの出ない議論にふたり、徹夜したこともある。陽世と語り合う時間は英心にとって、何物にも代えがたい、充実したひと時だった。

陽世は滅多に、感情を表に出さなかった。人間、誰にでも喜怒哀楽はある。しかし陽世は、怒りや悲しみの負の感情を、表立って人に見せることはなかった。それは英心の前でも同じだった。が、お互い長い付き合いだ。ひと目見れば、なにか悩み事を抱えているのは、すぐにわかった。

悩んでいるとき、陽世は口数がさらに少なくなり、ちびりちびりと、酒を口にする。そんなとき英心は決して無理強いしない。ここでふたりして酒を飲むのが、男やもめの陽世の、最大の安らぎであることは、英心にもわかっていた。

だから英心も、陽世に合わせてなにも語らず、ただ酒を口にした。静かな本堂で、酒を酌み交わしながら飲んでいると、日付が替わるころ陽世はゆっくり立ち上がり、おもむろに辞去する。帰り際、陽世は必ず、また来る、と言葉を添えた。それが陽世なりの、礼だった。

陽世が見るからに憔悴《しょうすい》しきって寺を訪ねてきたのは、逮捕される二年前——いまから十六年前の初夏のことだった。

本堂の玄関で、夕陽を背にして立っている陽世は病人のようだった。顔は蒼白《あおじろ》く、頬はげっそりと削《そ》げている。まるで生気がなかった。これはただごとではない、と英心は感じた。急いで本堂へあげ、何があったのか訊《たず》ねた。

しかし、陽世はなにも答えない。打ちひしがれた声で「悪いが、酒をくれんか」と英心に頼んだ。

英心はすぐに酒と簡単な肴《さかな》を用意した。心配する多恵子を住居に戻し、本堂で陽世と向き合った。腹は減っていないか、と訊ねる英心に、陽世は首を振った。英心はそれ以上なにも訊《き》かず、黙って陽世のぐい呑《の》みに酒を注いだ。

しばらく経って陽世が、変わりはないか、と口を開いた。このところ墓への供え物をカラスが食い散らかし汚れて困る、供え物を控えてもらおうかと考えているところだ、と英心は答えた。本堂の屋根にツバメが巣をつくったのはいいが、糞《ふん》の始末が大変だ、とも付け加える。

黙って聞いていた陽世は、英心の話が途切れると、深い溜《た》め息《いき》をついた。

「俺はいったい、なにをしているんだろうな」

「なにって、罪をまっとうに裁かせる仕事を、しておるんじゃろう」

陽世は苦く笑って首を振り、英心の答えを否定した。

「正しくはそうじゃない。罪を犯した人間の、人権を守る仕事をしている。罪を犯したと思われる人間にも、言い分がある。盗人にも三分の理、だ。俺の仕事は被疑者の基本的人権を擁護し、冤罪《えんざい》のない社会を実現することだ」

「立派な仕事じゃないか」

だが、と言ったきり陽世は押し黙った。

「だが、なんじゃ」

英心は続きを促した。陽世はぐい呑みを見つめながら、重い口を開いた。

「だが、弁護士の職業倫理と、正義が相容《い》れなかったらどうする」

「ふむ」

英心は眉《まゆ》を上げた。

「正義と相容れないとは、どういう意味じゃ」

陽世はそれきり、また貝になった。

しばらくしてぐい呑みの酒を一息で飲み干すと、立ち上がって言った。

「邪魔したのう」

また来る、という言葉がなかったのは、後にも先にもこのときだけだった。


それから二年後、陽世は逮捕された。事件を英心は新聞で知った。社会欄のトップに『顧問先の会社の金を横領か　弁護士逮捕』という見出しが躍っていた。英心は目を疑った。容疑者の名前は佐方陽世、容疑事実は業務上横領罪、となっていた。

なにかの間違いだ。あの陽世が、人さまの金に手をつけるはずがない。

英心はすぐに、広島市へ向かった。陽世が勾留《こうりゅう》されている広島西警察署に行き、面会を求めた。

幸い陽世には、弁護人以外との面会を禁止する接見禁止処分が出されていなかった。

しばらく待たされただけで、本人と会うことができた。

警察官立ち会いのもと、英心は陽世と面会した。やつれてはいたものの、英心の顔を見て小さく笑う元気があった。

英心は、被疑者と面会人を隔てる透明ボードの窓に額がつくくらい、顔を近づけた。

「陽世、こりゃなにかの間違いなんじゃろう。いったいなにがあったんじゃ。誰かに騙《だま》されでもしたんか」

あの手この手で事実を確認しようとするが、陽世は口を開かなかった。申し訳なさそうに首を振り、態度で英心の言葉を否定する。

何も語らない陽世に苛立《いらだ》ち、思わず大きな声をあげそうになる。立ち会い警察官の「時間です」という声がかからなかったら、怒鳴りつけていたかもしれない。

陽世はゆっくりと席を立った。両手には、手錠がかけられている。陽世は遠いところを面会に来てくれた礼を言うと、英心の目を見つめ名前を呼んだ。

「英心」

「なんじゃ」

陽世の顔には、穏やかな笑みが浮かんでいた。

「これが、わしの望んどったことかもしれん」

陽世が警察官に連れられて部屋を出ていっても、英心はしばらく椅子に座っていた。耳の奥で、陽世が最後に呟《つぶや》いた言葉がこだましていた。

――これが、わしの望んどったことかもしれん。

いったい、どういう意味だろう。自分が罪に問われることを望んでいた？　もし本当にそうなら、そこにどんな意味があるというのか。

陽世は警察の取り調べで黙秘を貫いたが、公判でもまったく争わず、起訴事実を認めた。一審の判決は、懲役二年の実刑。が、陽世は控訴せず、実刑判決をそのまま受け容れる。法律の素人である英心にとっても、陽世の態度は面妖《めんよう》だった。

英心はふた月に一度は、陽世が服役した刑務所を訪れ、本人と面会した。立ち会い刑務官が記録を採っているので、事件に関して訊くことはできない。陽世の体調を訊ねたり、家族の近況を報告したりと、英心は当たり障りのない会話をした。ここを出たら出家して和尚にならんか、と冗談交じりに誘ったこともある。普段、あまり笑わない陽世も、それはいいな、と破顔一笑した。

面会の終了時間が来ると、英心は陽世に言った。

「また来るけん、のう。こんなが出所するまで、来るけん」

だが、英心の約束は、果たせずに終わる。

服役して一年半が過ぎたころ、陽世の体調が急変した。陽世は広島市内の病院に移送され、そこで治療を受けることになった。面会に行って移送を知らされた英心は、刑務官に病状を訊ねるが答えは親族以外には教えられない、とのことだった。

英心は山田町に戻ると、その足で陽世の実家を訪ねた。父親の敏郎によると、陽世は膵臓《すいぞう》を患っているらしかった。敏郎の様子から、病状は芳しくないことが窺《うかが》えた。

入院してから三ヶ月後、陽世はこの世を去った。末期の膵臓癌だった。知らせは敏郎から受けた。敏郎は目を真っ赤にし、「罪を犯した者ではあるが、一族の菩提《ぼだい》寺である龍円寺で、葬儀をお願いできまいか。昔から陽世をよく知っている龍円さんに、陽世を見送ってもらいたい」と頭を下げた。

目の前で畳に額がつくほど頭を下げる敏郎に向かって、英心は言った。

「お父さん、なにを言うとりんさるんな。陽世の葬儀はぜひわしの手で、この龍円寺で、やらしてつかあさい。断られたら土下座してでも、頼むつもりでしたけん」

英心は陽世の葬儀を、心を込めて執り行った。だが、親族以外の参列者は、数えるほどしかいなかった。それはそうだろう。地元の名士で立志伝中の傑物、小田嶋隆一朗の金を横領した犯罪者の葬式だ。

しかも、隆一朗は、陽世の命の恩人だった。陽世は子供の頃に結核を患い、広島市内にある総合病院に入院したことがある。狭い土地を耕し、わずかな米や野菜をつくり生計を立てていた敏郎たちに、陽世の入院費を工面する余裕はなかった。その金を用立てたのが、隆一朗だった。

命の恩人を裏切り、家名に泥を塗った盗人の葬儀である。近隣の列席者は、葬式を手伝う隣組以外ほとんどいなかった。山田町で初めて弁護士になった男——幼い頃から神童と持て囃《はや》された秀才の末路は、あまりにも惨めだった。

どこでいつ撮ったものか、遺影の中の陽世は、優しげに微笑んでいた。英心にとっては見慣れた笑顔だった。経を唱える英心は、声が震えないよう、臍下《せいか》丹田に力を込めた。陽世の葬儀をまさか自分が、しかもこんなに早く、手掛けるとは思ってもいなかった。

酒を酌み交わすふたりの時間は、これから先も、たっぷりあるものだと信じて疑わなかった。

目を閉じれば陽世の顔が浮かび、耳を澄ませば陽世の声が聞こえた。陽世を偲《しの》び、英心の眠れない日々が続いた。だが、陽世を偲ぶ想いと同じくらい、心に引っかかって拭《ぬぐ》いきれないものがあった。警察署で面会したときに陽世が発したひと言だ。

――これが、わしの望んどったことかもしれん。

あのときの言葉は、何年たっても澱《おり》のように英心の胸の奥に沈み、なにかのときに浮かび上がって英心の心を乱した。

陽世がこの世を去ってから、十二回目の春。今年の四月に英心は、同じ宗派の住職による交流会に出席するため、広島駅に降り立った。市内に移動しようと駅前のバス乗り場に向かって構内を歩いていると、後ろから声をかけられた。

「あの、龍円寺のご住職ではありませんか」

振り返ると、髪の短い小柄な女性が立っていた。歳は五十くらいだろうか。白いブラウスにベージュのスーツを身に着けている。小さな丸い目に、愛嬌《あいきょう》があった。

女性は英心を見ると、目尻《めじり》を下げて微笑んだ。

「やっぱりご住職だ。私、おわかりになりませんか」

英心は困った。顔に覚えがない。戸惑っている英心を見て、女性は「ふふっ」と笑った。

「覚えていらっしゃらなくて当然です。一度しかお会いしてませんから」

「はて、どこでお目にかかりましたかのう。歳をとると、物忘れが酷《ひど》うなっていけん」

女性は薄く微笑むと、自分の身元を明かした。

「私、佐方弁護士の事務所にいた大葉《おおば》厚子《あつこ》です。ご住職とは、先生の葬儀のときに、お目にかかっております」

「おお」

英心は声をあげた。

「陽世の葬儀で思い出しました。たしか、参列者の後ろの方にいらっしゃった方ですな。当時は髪を長く伸ばしておられた」

厚子は改めて、頭を下げた。

「ご無沙汰《ぶさた》しております」

「いやあ、それにしてもよう、わかりんさったのう。あれから十二年も経つというに」

厚子は口に手を当てて、おかしそうに笑った。

「ご住職は目立ちますから」

英心は改めて自分の姿を見た。

浅黄色の着物に同じ色の羽織を身につけ、草履をはいている。目につかないはずはない。

「いや、たしかに」

英心は頬を緩め、つるつるの頭を撫《な》でた。

厚子は微笑みを返したあと、陽世を偲ぶかのように目を伏せ、しみじみとした口調で言った。

「佐方先生の件は、とても残念でした。誰からも慕われる人だったのに……。葬儀のときのご住職のお姿が、目に焼き付いてます。悲しみを押し込めようとなさってるように見受けましたが、辛《つら》さが全身から滲《にじ》み出てました」

英心は小さく息を吐いた。

「そうか。わしもまだ、修行が足りんのう」

陽世が服役したあと、厚子は別の弁護士事務所に事務員として勤め、いまもそこで働いていると言った。

「いまの法律事務所の先生もいい方ですが、私は佐方先生を忘れられません。あれほど職業意識が高く、自分の利益を度外視して依頼人のことだけ考える先生は、なかなかいないです。あれから十二年経ちますが、私はいまだに佐方先生の夢を見ます」

「ほう、陽世の」

英心は感心したようにつぶやくと、言葉を続けた。

「それは陽世も喜んでおるじゃろう。死んだあとも自分を忘れずにいてくれる人がいる。これほど嬉《うれ》しいことはない」

厚子が唇を嚙《か》む。

「佐方先生があんな亡くなり方をしたことが、夢を見させるのかもしれません。でも、残念な気持ち以上に、納得がいかない想いが強いんです。それで、夢を見るんだと思います」

厚子はしばらく俯《うつむ》いていたが、思い切ったように顔をあげた。少し話す時間はないか、と英心に訊《たず》ねる。英心は腕時計を見た。交流会は夕方の五時からだ。いまは三時半。駅から会場まで、バスで二十分もあれば行ける。一時間くらいなら、と英心は答えた。厚子は英心を、駅ビルにあるコーヒーショップに誘った。

テーブルを挟んで席に着くと厚子は、時間がないから、とすぐに本題を切り出した。

「私が納得いかないと言うのは、実刑を免れようと思ったらできたのに、佐方先生はなぜそうしなかったのか、という疑問が解消できないからです」

「実刑を受けずに済んだ、とな」

厚子は肯《うなず》いた。

陽世は業務上横領罪を犯した。だが、裁判の前に金を返して示談に持ち込めば、あるいは供託などをして情状酌量の余地を残せば、実刑は免れたはず、と厚子は疑問を呈した。

「法律の専門家である佐方先生が、それをご存じないはずはありません。横領したとされる金を返すため、家を担保に銀行から借り入れされたことは知ってました。手続きをしたのは私ですし、佐方先生には何度も、同じ返すなら裁判の前に遺族に返金されたほうが、と申し上げました。でも佐方先生は、いいんだ、の一点張りで、頑として私の提案を受けつけません。結果、懲役二年の実刑を受けました。被害者に返金したのは、判決が確定したあとです。お金は用意してあったのに」

厚子は目を閉じ、首を横に振った。

「なぜ先生は、自分から実刑を受けるような真似をなさったのか、私にはいまだにわかりません。服役中じゃなかったら病気の発見も早く、もしかしたら助かっていたかもしれない。そう思うと悔しくて、悲しくて……」

英心は驚いた。法律に疎い英心にとって、横領した金を裁判前に返していれば実刑を免れたというのは、はじめて知る話だった。しかも、陽世はそれを知っていて、敢《あ》えて実刑を受けるまで、金を返さなかったという。

「陽世はなぜそんなことを……」

英心はつぶやいた。厚子は目を開けると、顔をあげた。

「実は、ひとつだけ思い当たる節があるんです」

あまり感情を表に出さない陽世が、ある日を境にはっきりと、沈鬱《ちんうつ》な表情を見せるようになった、と厚子は言った。

「もちろん、仕事はいつもどおりこなされてました。でも少しでも手が空くと、心ここにあらずといった感じで、なにか考え込みどっぷりと、佐方先生は落ち込むんです。悩みを抱えている様子だったので、それとなく訊ねてみました。でも佐方先生は貼りつけたような薄い笑顔で、なんでもない、と取り合ってくれませんでした」

英心は、はっとした。陽世の落ち込んだ姿には心当たりがある。英心は厚子に訊ねた。

「それはいつ頃のことか、覚えておいでかのう」

先生が逮捕される二年前の四月だ、と厚子は即答した。

「二年前の四月十日で間違いありません。娘の中学の入学式の日でしたので、よく覚えています」

その日、陽世は国選で回ってきたある事件の最終弁論のために、裁判に出廷していた。入学式のために休暇をもらっていた厚子が、事務所に置き忘れた学校への提出書類をとりに行くと、西日が差す事務所で佐方がぼんやり外を眺めていた。

いつもと違う様子に、裁判の行方が芳しくないのかと思い訊ねると、佐方は首を振って言った。たぶん、勝てる、と。なら、なぜそんなに沈んでいらっしゃるんですか、と厚子は訊《き》いた。佐方は問いには答えず、どこかで酒を買って来てくれないか、と厚子に頼んだ。

厚子は陽世の事務所に勤めて十年目だった。そのあいだ陽世が事務所で酒を飲むなど、一度もなかった。後にも先にも、あのときだけだ、と厚子は言った。

「私は近くの酒屋でウイスキーを買い、事務所に戻りました。なにかお手伝いすることはありませんか、と訊ねると佐方先生は、もう帰っていいよ、と私に背中を向けました。肩を落としたあのときの佐方先生の背中が、どうしても忘れられません」

英心は腕を組んだ。

陽世が憔悴《しょうすい》しきって寺にやってきたのも、刑務所に服役する二年前の春だった。陽世が訪ねてきた夜に、酒を飲みながらつぶやいた言葉は、いまでも耳に残っている。

だが、弁護士の職業倫理と、正義が相容《い》れなかったらどうする——

陽世は英心が留置場に面会に行ったとき「これは自分が望んでいたことなんだ」と言った。たしかに陽世は実刑を受けることを望んでいた。陽世の不可解な行動は、十六年前の四月に陽世が弁護した事件と、なんらかの関わりがあるように思える。

ときに、と英心は身を乗り出した。

「その四月十日に陽世が弁護した事件を、覚えておるかのう」

記憶の糸を懸命に辿《たど》っているのだろう。厚子はしばらく顎《あご》に手を当てて考えていたが、諦《あきら》めたように首を振った。

「佐方先生の事務所には、ひと月に何件もの依頼がありました。どんな事件だったかまでは、覚えていません。でも、篠原弁護士なら、おわかりになると思います」

篠原、という苗字《みょうじ》には覚えがあった。たしか、名前は宗之《むねゆき》。陽世の司法修習生時代の同期で、広島市内に事務所を構えていた弁護士だ。所用で広島を訪れたとき、陽世から紹介されて二、三度、酒席を共にしたことがある。

陽世が服役して弁護士資格を失い事務所を引き払うことになったとき、ほとんどの記録書類は厚子が陽世と相談のうえ処分した。が、立ち会った篠原は、陽世が法曹界で生きた証《あか》しだ、と言って、裁判で扱った事件番号と原告、被告の氏名が書かれた記録簿を、引き取ったという。

「篠原弁護士に連絡をとれば、十六年前の四月十日に佐方先生が弁護した事件の詳細がわかると思います。事件番号さえわかれば、広島地方裁判所で裁判記録の閲覧もできます」

「その閲覧っちゅうのは、わしのような部外者でもできるんじゃろうか」

厚子は申請用紙に必要事項を記入し、百五十円の手数料を支払えば誰でも見られる、と答えた。

時間があっという間に過ぎた。別れ際、英心は陽世の早すぎる死を悼む厚子をこう諭した。

すべての命は人の差配でどうこうできるものではない、いまは陽世が心安らかに眠っていることを願えばよいのだ――と。

龍円寺に帰った英心は翌日、篠原宗之の弁護士事務所に連絡を取った。電話に出た事務員に氏名を名乗り、佐方陽世の旧友だが篠原弁護士に取り次いでもらいたい、と用件を伝えた。事務員は保留に切り替えた。

保留のメロディが五回ほど繰り返され、かすれ気味のバリトンが受話器から響いた。

「はい、篠原です」

「篠原弁護士さんですか。お忙しいところすみませんのう」

英心は改めて自分の名前を名乗った。篠原は覚えていて、英心からの電話を歓迎してくれた。ひととおりの挨拶《あいさつ》を交わしたところで、篠原が本題に話を向けた。

「それにしても、ご住職からご連絡をいただくとは思いませんでした。最後にお会いしたのは、陽世の葬儀のときでしたから、もう十二年前になります。なにか、お困りですか」

篠原は個人的な悩みの相談のために、英心が電話をしてきたと思ったらしい。英心は、いやいや、と篠原の勘違いを正した。

「用件いうんは、陽世のことです」

「陽世の」

篠原は驚いたようだった。無理もない。この世を去って十二年も経ったいま、陽世のなにを訊ねたいのか、見当もつかないだろう。実は、と英心は話を切り出した。

「昨日、陽世の事務所で働いていた事務員の女性と、偶然、広島駅で会いましてのう。久しぶりだったもんで、一緒に茶を飲んだのですが、その女性から少々気になる話を聞きました。篠原さんならきっとご存じだと思い、連絡した次第です」

「気になることとは、いったいなんです」

「陽世が扱った、ある事件のことです」

英心は厚子から、陽世が扱った事件の記録簿は篠原が持ち帰った、と聞いた旨を伝えた。

「いまから十六年前の四月十日。陽世はある事件の最終弁論を、裁判所でしているらしいんです。その事件がどのようなものだったのか、知る必要が出てきましてな」

電話の向こうで、息を呑《の》む気配がした。英心は受話器を握り締め、言葉を続ける。

「弁護士に守秘義務があることは、存じとります。篠原さんの口からお聞きできないのであれば、その日に陽世が弁護した事件の事件番号だけでも、教えてくださらんか。あとはわしが、広島裁判所なりどこぞなりに出向いて、裁判記録の閲覧を申し込みます」

篠原は、ううむ、と唸《うな》ると、英心に訊《たず》ねた。

「いったい、なにがあったんですか。十六年前の事件を、なぜいまさら気になさるのです」

そうですなあ、と英心は言った。

「暇な住職の気まぐれ、とでも思っていただければ結構です」

電話の向こうに沈黙が広がる。十秒ほど間が空き、わかりました、という返事が戻ってきた。

「二、三日、時間をいただけますか。私もいま急ぎの案件を抱えておりまして、すぐの返答はできかねます。十六年前の記録ですので、見つけるのに多少、時間がかかるでしょう。探し出したら、こちらからご連絡を差し上げます」

英心は心から礼を言い、電話を切った。

篠原から連絡があったのは、一週間後のことだった。篠原は遅くなった詫《わ》びを言い、できれば会って話がしたいから、時間があるとき事務所に来ていただけないか、と言った。明日は法事が入っている。明後日なら一日空いている、と英心は答えた。明後日の午後三時に篠原の事務所で会う約束を取り付け、英心は電話を切った。

二日後の三時、英心は約束どおり篠原の弁護士事務所を訪ねた。

応接室に通され、ここで待つように事務員に言われる。部屋の中央に応接セットがあり、小難しそうな法律の本が並んでいる書棚の隣に、観葉植物が置かれている。英心がソファに座ると同時に、ドアが開いて篠原が入ってきた。

「お久しぶりです。ご住職」

十二年ぶりに会う篠原は、すっかり貫禄《かんろく》がついていた。髪に白いものが交じり、腹部もひと回り大きくなっている。背広の襟で弁護士徽章《きしょう》が光っていた。

篠原はテーブルを挟んで英心の向かいのソファに腰を下ろすと、深々と頭を下げた。

「いやあ、ご連絡が遅くなり、申し訳ありませんでした。気を揉《も》まれましたでしょう」

いやいや、と手を振りながら英心は笑った。

「気が短い者に、和尚は務まりません。毎日、長い経を読んだり禅を組んだりするのが仕事ですからな」

篠原は軽く笑うと、思わぬ話を持ち出した。

「実はこの前、陽世の件で週刊誌の記者が取材に来ましてな。横領で捕まった弁護士がなんで実刑をくらったのか知りたい、言うてです。弁護士じゃったら最低でも執行猶予がつくように算段するはずなのに、どうして実刑を受け入れたのか。不思議がっとりました。わしも、それがわからん、こっちが知りたいくらいじゃ、言うて追い返したんですが、陽世のことを思い出しましてのう……。まあ、記事にはならんかったみたいじゃが、今度はご住職じゃ。いったいなにがあったんですか」

英心は驚くと同時に、仏の導きを強く実感した。一連の経緯を篠原に話す。

黙って聞いていた篠原は、ほうじゃったんですか、と瞑目《めいもく》する。

目を開いた篠原は、色褪《いろあ》せたファイルと、数枚の紙をホチキスで閉じた書類を、テーブルの上に置いた。

「このファイルは、陽世の事務所から私が持ってきた記録簿です。これはすぐに見つかったのですが、こちらに手間取りましてね」

そう言って篠原はホチキスで閉じた書類を英心に差し出した。

「これはなんですか」

英心は書類を開きながら訊ねた。篠原は前屈《かが》みになり、身を乗り出した。

「ご住職が知りたがっていたものです。十六年前の四月十日、陽世が弁護した事件の裁判記録です」

篠原は陽世の事務所から持ってきた記録簿から、十六年前の四月十日に陽世が弁護した事件の事件番号を見つけ出し、広島地裁を訪れた。

しかし、裁判記録は地裁にはなかった。刑事事件ならば記録は刑事確定訴訟記録法により、第一審の裁判所に対応する検察庁が保管している、と受付の事務員は答えた。第一審の裁判所に対応する検察庁というのは、広島地方検察庁だった。

篠原はその足で、広島地方検察庁へ向かい、当該事件記録を謄写してきたのだという。

「古い事件でしたので、裁判記録を探し出すにも時間がかかり、ご連絡が遅くなってしまいました」

英心は訊ねた。

「ご面倒をおかけしました。それで、これは私が見てもよろしいのかな」

「もちろんです。そのためにコピーしてきました」

英心は裁判記録を開いた。記されている事件は、殺人事件だった。

本堂の中は静まり返っている。蟬の鳴き声しか聞こえない。

英心は手にしていた数珠《じゅず》を鳴らした。

「事件の被害者や被告人の名前など、個人的な事柄はこの場では申し上げませんが、陽世が扱った事件は殺人事件でした。被告人の男、仮に一男《かずお》としましょう。一男は四十代の独身で、現場作業員をしておりました。だがこの男、賭《か》けごとが大好きでしてな。給料のほとんどをパチンコや麻雀《マージャン》に使い、挙げ句の果てには知り合いの老人から、借金をするようになったのです。その老人が、十七年前の冬に、何者かによって殺害されました」

本堂の中に、緊張が走る。

「当然、警察は一男に目をつけました。重要参考人として警察は二十四時間の行動確認をしたのです。警察にマークされていると気づいた一男は、いつ家宅捜索されても不思議ではないと考えて、犯行当日に身につけていたシャツを、処分しようとしたのです。そのシャツには被害者の返り血が付いていて、殺人の物証になり得るものだったのです。なぜシャツを早く処分しなかったのか、そこはわかりません。警察の包囲網が思いのほか素早く、動こうにも動けなかったのかもしれないし、もともとあとでゆっくり処分するつもりだったのかもしれません。いずれにしても、喫緊の優先事項として、一男はシャツを裏庭で燃やそうとしました。しかしゴミ袋に入れ、夜中にこっそり家屋を出たところを、行動確認中の刑事に職務質問されたのです。一男は、庭の焼却炉で、ゴミを燃やすだけだ、と言い張ったが、証拠隠滅ではないかと考えた捜査員は、一男が拒否しているにもかかわらず、いきなりゴミ袋を押収しようとした。そのとき、刑事と揉み合った一男は、右手首を骨折します。これがあとで大問題になってくる。それはともかく、ゴミ袋を開けると、なかから血痕《けっこん》のついたシャツが出てきた。その血痕をＤＮＡ鑑定したところ、被害者である老人のものと一致し、一男は逮捕されたんです。その一男なる人物の弁護を国選で引き受けたのが、陽世でした。ここまで、間違いはございませんな」

英心は、参列者の右後列に座っている篠原を見た。参列者の目が、一斉に篠原に向けられる。篠原は肯《うなず》き、話を引き継いだ。

「公務執行妨害で現行犯逮捕された一男は、黙秘を貫いた。が、血痕の判定結果が出ると、別件というか本丸の、殺人容疑で検察から起訴されました。検察側はシャツから検出された血痕が、老人のものと一致したことを唯一の証拠とし、一男が犯人であると断定しました。だが――裁判で一男は無罪になりました」

本堂の中がざわつく。DNA鑑定で血痕が被害者のものと一致しているのだ。これ以上の証拠品はないだろう。なぜ無罪になったのかと、隣の者同士で囁《ささや》き合っている。

佐方が、小さいがよく通る声で言った。

「違法収集証拠排除法則、ですね」

「さすが本職だな。そのとおり」

篠原が認める。

あのう、と美代子が遠慮がちに、佐方と篠原の会話に割って入った。

「そのイホウシュウシュウショウコ……とはなんのことなんでしょう」

篠原が美代子の問いに答える。

「警察が証拠品を押収する際、裁判所が発行した捜索令状というものが必要なんです。これはみなさん、お聞きになったことがあると思います」

参列者たちは肯いた。美代子も納得した印に、首を何度か上下する。

「陽世は最終弁論で、〝唯一の物証であるシャツは警察が違法な捜査により収集したものであり、この事案は違法収集証拠排除法則に当たる。令状主義の精神を没却するような重大な違法があり、これを証拠として許容することが、将来における違法な捜査の抑制の見地からして相当でないと認められる場合においては、その証拠能力は否定される。警察官は令状も持たず、所持品を押収した。警察の違法な有形力の行使である。これは適法な公務ではない。それを妨害しようとしても公務執行妨害には当たらず、同容疑での現行犯逮捕および現場における差し押さえは違法だ。しかもその際、被告人に怪我まで負わせている。これは明らかな、違法捜査だ〟と被告人を弁護したんです。裁判所はこれを認め、一審で一男に無罪を言い渡しました」

佐方は顔をあげて、篠原を見た。

「珍しいケースですね。違法収集証拠排除法則は、覚醒剤《かくせい》や大麻の押収で適用されたケースがありますが、殺人事件で適用された例は、あまり聞いたことがありません」

「たしかに」

篠原は肯いた。

「ただ、陽世が扱った事件に関しては、警察のやり方があまりに強引だった。ゴミ袋を必死で抱える一男をいきなり力ずくで押し倒し、無理やりゴミ袋を奪い、押収しようとしたんだ。その際、転び方が悪かったんだろう。一男は右手首を骨折した。ちなみにこの事件、無罪判決後も検察は上告しなかった。勝ち目がない、と思ったんだ」

「どうして警察は、そんな強引なやり方をしたんですか」

訊《たず》ねた佐方に、篠原は逆に問い返した。

「陽世が事件を扱う一年前。昭和五十四年に広島市で起きた事件を、覚えていないか。全国的に大きく報道されたものだ」

佐方はすぐに気づいたらしく、目を見開いた。

「女子高生通り魔殺人事件ですね」

篠原は、そうだ、と答えた。

「当時、十七歳だった女子高生が、帰宅途中に乱暴され絞殺された。目撃者はなく、遺留品もわずかしか押収されなかった。捜査は難航し、犯人はいまだに捕まっていない」

本堂にいる者すべてが、真剣な顔で篠原の話を聞いている。篠原は話を続けた。

「事件当時、犯人を逮捕できずにいる広島県警を、マスコミはこぞって叩《たた》いた。横から聞こえてきた話だが、老人が殺害された事件が起きたときの警察の焦りは相当で、県警のお偉方は、なにがなんでもホシを挙げろ、と現場の尻《しり》を叩いたそうだ。女子高生通り魔殺人事件に続き、また犯人を取り逃がしたら、県警の面子《メンツ》に関わると思ったんだろう。そして、現場は上の指示どおり、強引なやり方で証拠品を手に入れた」

篠原は目を伏せた。

「われわれ弁護士の仕事は、あくまで依頼人の利益になるように弁護することです。ですが、弁護士も人間です。案件の中には、依頼人が明らかなクロで、反省の情もない、という場合も少なくない。悲惨きわまりない被害者の実情を知ると、刑務所にぶち込んでやりたくなる、鬼畜のような奴もいます。でも、われわれの仕事は依頼人の利益を優先することです。職業倫理と実体的正義の狭間《はざま》で、苦しむ弁護士は多いんです。陽世も、そのひとりでした。この事件の数年前に一度、陽世が私に漏らしたことがあります。法律は確かに武器だ。使い方次第で人の心を、救うことも殺すこともできる、と。もしかしたら、陽世は弁護士という仕事に、いささか嫌気が差していたのかもしれません」

俯《うつむ》いて話を聞いていた佐方は、顔をあげて篠原の目を真っ直ぐに見た。そして誰もが訊《き》きたくても訊けないことを、篠原に訊ねた。

「その事件の被告人は、犯人《クロ》だったのですか」

本堂の中に、緊張が走る。

篠原は一瞬、言おうか言うまいか迷ったような表情をしたが、腹を括《くく》ったのか佐方の目を見返し、はっきりとした声で言った。

「間違いなく、クロだった」

参列者たちの、息を呑む気配がする。佐方は抑揚のない声で訊ねる。

「親父は、それを知っていたんですか」

篠原は確信を込めた口調で答えた。

「犯人がうそぶいたそうです。やったとしても、違法な証拠で俺は無罪だ——と。陽世は一男がクロだと知りながら、被告人の利益を守る、という弁護士の職務をまっとうしなければならなかった。そして奴は見事に、自分の職務をまっとうした」

篠原は本堂に響き渡るような、凜《りん》とした声で言った。

「陽世はあの事件をきっかけに変わりました。塞《ふさ》ぎ込み、なにかじっと考え込むことが、多くなりました。酒の席で珍しく深酒し、弁護士を辞めたい、と漏らしたこともあります。あいつが職業倫理と正義との狭間で、深く悩んでいたことは確かです。見ている方が辛《つら》くなるほどでした」

篠原は目を閉じた。

「私に言えることは、これだけです」

本堂は静まり返っている。誰も口を開く者はいない。

風が吹き、窓辺の風鈴が鳴った。英心が沈黙を破って言葉を発する。

「篠原さんがいまお話しになったことは、私も今年の春にはじめて知ったことです」

英心は見るともなしに、遠くを見つめた。

「陽世は今年で十三回忌じゃ。もう、本当のことをお伝えしてもいいじゃろうと思いました。それで、みなさんにお話しした次第です」

敏郎は頭《こうべ》を垂れ、スエはハンカチで目元を押さえている。

英心は席から立ち上がると、本尊の前に置いてある陽世の位牌《いはい》を手にとった。

「じゃが、この話にはまだ続きがありましてな」

「続き？」

項垂《うなだ》れていた敏郎が、顔をあげた。

英心は佐方を見た。

「陽世は仕事とはいえ、職業倫理と己の感情のあいだで苦しんでおった。そこに、小田嶋会長の事件が起きた。裁判の前に金を返しておけば実刑は免れられたはずなのに、奴はそうしなかった。貞坊、お前はそれが腑《ふ》に落ちないと言っておったな。いまなら、その理由がわかるか」

佐方は真剣な面持ちで、わかります、と答えた。

「親父は真犯人だった男を無罪放免にしたことに、ずっと罪の意識を持っていた。だから、自分で自分を裁いたのです」

英心は深く肯《うなず》いた。

「そう。しかも、無実の罪でな」

敏郎が驚いて叫んだ。

「無実の罪って、それは、どういう意味ですか」

英心は穏やかな目で沙代を見た。沙代は黙って俯いている。

敏郎は英心と沙代を、交互に見ながら訊ねた。

「なんぞ、沙代さんに関係があるんですか。沙代さんはお母さんの亮子さんと一緒に、陽世の法事に来てくださっとる方じゃが、陽世が昔お世話した方だと聞いとります」

「沙代さんは」

英心を挟んで、敏郎の向かいに座っていた一洋が、口を開いた。

「沙代さんは、私の妹なのです。腹違いの」

敏郎もスエも、美代子もうろたえている。敏郎は縋《すが》るような目で、英心を見た。

「わ、わしはこのとおり頭が悪いですけ、社長さんがおっしゃることがようわからんのですが……」

英心は敏郎に顔を向けた。

「沙代さんは小田嶋隆一朗が、外に作った子供なのです」

「外に……」

敏郎は、口を開けたまま沙代を見た。

沙代は俯いたままだ。英心は沙代に優しく声をかけた。

「先ほど話したとおり、陽世は現世での業を背中からおろし、修行している頃じゃ。当事者の小田嶋隆一朗さんも、陽世も、亮子さんも、もうこの世にはおらん。すべて話してもいいじゃろう。のう、沙代さん」

名前を呼ばれた沙代は、ゆっくり顔をあげると、英心を見つめ小さく肯いた。

沙代の母、亮子は小田嶋建設の従業員で、同じく小田嶋建設で働いていた清水憲吾と結婚した。しかし、憲吾は糖尿病を患っていたうえ、腎臓《じんぞう》に癌ができ、結婚五年目にしてこの世を去った。

夫の余命を知り、献身的に介護する亮子を支えたのが、ふたりの媒酌人を務めた小田嶋隆一朗だった。隆一朗は、当時なかなか手に入らなかった高価な牛肉や滋養のつく食べ物を、なにくれと届けてくれた。亮子は隆一朗に感謝と尊敬の念を抱きながら、夫の看護に専念した。

　亮子と隆一朗の関係が変わったのは、憲吾が病院に入院し、余命いくばくもない頃だった。

　ひどい雷雨の日だった。差し入れを届けに来た隆一朗は、ずぶ濡《ぬ》れだった。亮子は「雨が止むまで」と言って隆一朗を家にあげた。ふたりきりの空間と、落雷で停電になった暗闇が、隆一朗の理性を奪ったのだろう。隆一朗は、亮子を強引に抱いた。

　事が済み正気に戻った隆一朗は、泣きながら亮子に詫《わ》びた。亮子は今日のことは忘れるからもう来ないでくれ、と隆一朗を追い返した。

　だが、隆一朗はその後も亮子のもとを訪れ、何も言わず、玄関先で食べ物を渡して帰っていく。心から詫びている隆一朗の真摯《しんし》な態度に、亮子は次第に恋慕を抱くようになった。やがて隆一朗と亮子は、ふたりだけで会う関係になった。そして亮子は、憲吾が亡くなる三ヶ月ほど前、隆一朗の子を身ごもった。

「会長は、私を認知しようとしたようです。ですが、母が、会長の奥様やお子様方に申し訳が立たないと、認知を拒んだのです。そして、私は亡き清水憲吾の子として育ちました」

　沙代は手にしていたハンカチを、握り締めた。

「私がそのことを知ったのは、母が他界する数ヶ月前です。自分の命は長くないと悟ったのでしょう。母は私に、本当の父親は小田嶋隆一朗であること、佐方陽世さんは、本当は会社のお金など横領していなかったこと、そのお金は会長が、自分が亡くなったあと私たち親子が生きていくのに困らないようにと、陽世さんに預けたお金であること、を私に話しました」

黙って話を聞いていた美代子が、話を遮った。

「あの、そのお金ですが、陽世は遺族に返したんですよね。結局、隆一朗さんが陽世に預けたお金は、あなた方には渡らなかったんですね」

沙代は首を横に振った。

「いえ、母は父からのお金を、確かに受け取りました」

「でも、陽世は実刑を受けて、刑務所に服役しました。いったいどうやって、お金を亮子さんたちに渡したのですか」

沙代は俯いていた顔をゆっくりあげると、潤んだ目で佐方を見た。

「陽世さんの息子さん、佐方貞人さんです」

敏郎とスエ、美代子は驚いて佐方を見た。沙代はハンカチを目頭に当てた。

「父から預かったお金を息子の貞人さんに託し、母に渡してくれたのです」

「貞人——お前、陽世が無実だと知っとったんか……」

敏郎は腰が抜けたようにがっくりと肩を落とし、座布団に手をついた。すみません、と佐方は頭を下げた。

「何度も言おうと思ったんです。でも、親父との固い約束でしたから。俺は、親父を裏切ることはできなかった」

沙代は敏郎とスエに膝《ひざ》を向けた。

「佐方家の方々には、言葉では言い尽くせないくらいのご迷惑とご苦労をおかけしました。本当にお辛かったと思います。申し訳ないと思いながらも、春に和尚さまが自宅に訪ねてこられるまで、誰にもお話しするつもりはありませんでした。母から、父や陽世さんの遺志を無駄にするな、絶対に他言しないように、と言われていましたから」

「沙代さんのご自宅に行かれたんですか」

佐方が英心に訊《たず》ねる。英心は髪のない頭を撫《な》でた。

「芳名帳を見れば、連絡先がわかるでのう」

沙代は言葉を続けた。

「和尚さまから陽世さんが、自分が弁護した事件で悩んでいらしたことや、小田嶋建設の横領事件で、本当は陽世さんは実刑を受けずに済んだことなどを伺いました。和尚さまはすべて話されたうえで私に、小田嶋建設の横領事件について、なにか知っていたら教えてくれ、とおっしゃいました」

沙代は目を伏せた。

「母から話を聞いたとき、私は驚きのあまり声も出ませんでした。そして、陰ながら母と私の面倒を見てくれた父と、約束を守り真実を語らずに罪を被《かぶ》った陽世さんに、心から詫びるとともに感謝しました」

沙代はハンカチで目頭を押さえると、敏郎とスエに向かって畳に両手を揃えた。

「いまは会長も陽世さんも母も、そして本宅の奥様も、もうこの世にはいない。そう和尚さまから諭されました。お話しするならいましかないと、和尚さまにすべてをお伝えした次第です」

龍円寺は小田嶋家の菩提《ぼだい》寺でもある。隆一朗の妻は六年前に肺炎で亡くなっていた。七十六歳だった。葬儀は龍円寺で行われ、英心が丁重に弔っていた。

沙代は深々と頭を下げた。

「本当に、申し訳ありませんでした」

隣で一洋も、畳に額がつくほど頭を下げた。

「うちの親父のせいで、みなさんにはご迷惑をおかけしました。詫びの言葉も見つかりません。本当に……」

あとは言葉が続かないようだ。

こちらは、と言って英心は香苗を見た。

「先ほど話した十七年前の事件で、被害者となった方の奥様じゃ」

香苗は誰にともなく頭を下げた。

英心は諭すような声で、香苗に話しかけた。

「のう。あなたも、夫を殺した犯人が無罪になったときは、世の中の理不尽さを恨んだじゃろう。犯人と、その犯人を弁護した陽世を、憎んだはずじゃ。じゃが、罪というものは残酷なものでな。誰も幸せにはしてくれん。犯人を弁護した陽世も、職業倫理と自分の感情の狭間《はざま》で苦しんでおった。わかってくれるかの」

香苗は静かに目を閉じ、再び瞼《まぶた》を開けた。そのあたり、その目は澄んでいた。

「和尚さまから、陽世さんの十三回忌に出てくれないか、と連絡があったときは驚きました。なぜ私が、夫を殺害した犯人を野に放った人の法事に、出なければいけないのか。わけがわかりませんでした。ですが、和尚さまから理由を伺って得心しました」

香苗は目を伏せた。

「どんな理由があっても、夫は戻ってきません。でも、犯人を弁護した人が、あの事件のことで悩み、その後も辛い思いをしていた。そして、贖罪《しょくざい》の道を求めて刑務所に入ることを選んだ。そのことを知ったとき、長年、胸に重くのしかかっていた恨みつらみが、すうーっと薄らぎました。犯人への憎しみは消えませんが、夫もあの世で私が参列したことを、理解してくれていると思います」

スエがハンカチで口元を押さえた。ハンカチの隙間から嗚咽《おえつ》が漏れる。敏郎は天井を仰ぎ、美代子は項垂《うなだ》れたまま唇を嚙《か》みしめている。

蟬の声が溢《あふ》れる庭に、英心は目をやった。

「君看《きみみ》よや　双眼の色　語らざれば　憂いなきに似たり」

参列者に目を戻す。

「これは江戸中期に僧となった、大愚良寛《たいぐりょうかん》という人物が愛しょうした詩句での。〃この私の目を見てくれ。何も語らないからといって、心に何もないわけではないのだ〟という意味じゃ」

英心は手にしている陽世の位牌《いはい》を眺めた。

「はたして陽世が、自分の心の内をわかってほしい、と望んでいるかどうか、わしにはわからん。じゃが、事のすべてを知り陽世の真情を知ったわしとしては、あいつが現世で誤解されたままでいるのが苦しゅうて苦しゅうて、かなわんかったのです」

英心は佐方を見た。

「貞坊」

佐方は英心に顔を向けた。心なしか目元が赤いような気がする。

「お前は昨日、陽世がなぜ、進んで実刑を受けるような真似をしたのか知りたい、と言ったな」

「はい」

英心は佐方の目を真っ直ぐに見つめた。

「その答えが、いまわしが話したことじゃ。お前の父親は、そういう男じゃ」

佐方は無言で、目を閉じた。

本堂の中が静まり返り、蝉の声が一段と高くなった。

法事のあと、敏郎の家でささやかなお斎《とき》が行われた。敏郎とスエは、一洋や香苗、篠原にも、「ぜひお斎に来てくれ」と頭を下げたが、一洋たちは「お気持ちだけ」と言い残し帰っていった。近所の者たちも、今日は家族水入らずでと考えたのか、申し合わせたように会釈を交わして去っていった。しかし淵上に向けたその顔は、これまでとは明らかに違っていた。軽蔑《けいべつ》の色から尊敬の色へ、百八十度、様変わりした。

自分の息子が罪を犯していなかった——それがよほど嬉《うれ》しかったのだろう。敏郎は英心に酌をしながら、息子の無実を教えてくれた礼を繰り返し述べた。スエはお斎のあいだ、何回も仏壇に線香をあげ、手を合わせていた。

お斎が済むと、佐方がタクシーで英心を寺まで送った。

寺からは橙《だいだい》色に染まる町が一望できた。昼間鳴いていた油蟬は声をひそめ、代わりに蜩《ひぐらし》が鳴いている。

車を降りた佐方は、英心に頭を下げた。

「龍円さん、このたびはありがとうございました。忘れられない法事になりました」

英心は佐方を見つめた。

「貞坊。今日の話を聞いて、お前さんはどう思った。父親への尊敬の念が薄れたか」

佐方は首を振った。

「父は父のやり方で、自分の仕事をやり遂げました。私は私のやり方で、自分の仕事をするだけです」

まるで他人事《ひとごと》のような言い方だが、瞳《ひとみ》にはどこか誇らしげな色が浮かんでいた。英心は小さく笑ってつぶやいた。

「蛙の子は蛙じゃな」

「なにかおっしゃいましたか」

聞きとれなかったのだろう。佐方が訊ねる。英心は、なんでもない、と言いながら首を振り、佐方を目を細めて見つめた。

「貞坊、ええ検事になるんじゃぞ」

「はい」

佐方は深々と頭を下げて、タクシーに乗り込んだ。佐方が乗ったタクシーが、ゆるゆると坂を下っていく。

ひとりになった境内で、英心は空を見上げた。茜《あかね》色の空に、アキアカネが飛んでいる。

心に陽世の顔を思い浮かべながら、英心はつぶやいた。

「もう秋じゃな。わしの人生も、もう秋じゃ。いずれそっちへ行く。そのときは、今日のことを怒らんでくれよ、陽世」

英心はいつまでも、暮れゆく空を眺めていた。

第三話　死命を賭ける　「死命」刑事部編

なにかが目の端を横切ったような気がして、増田陽二は顔をあげた。検事室の窓際に置いてあるコーヒーメーカーから、視線を外に移す。

外気の寒さと暖房がきいた室内の温度差で、窓には結露ができていた。指でガラスをZの形になぞり、曇りがとれた部分から外を覗《のぞ》いてみる。

増田が勤務する米崎地検の真向かいには、米崎地方裁判所がある。出庁前は止んでいた雪が、建物のあいだに見える鈍《にび》色の空から、絶え間なく落ちてくる。

増田は溜《た》め息《いき》をついた。

九州ではもう梅が咲く季節だが、このあたりの梅は蕾《つぼみ》すらつけていない。暦の上では春だが、東北の二月はまだ冬の真っただ中だ。東京から新幹線で北に二時間の距離にある米崎市も、今月に入ってからほぼ毎日、雪が降っている。

「このぶんじゃ、帰る頃にはけっこう積もりますね。嫌だなあ」

アパートの青空駐車場の雪かきを考えて、増田は思わずぼやいた。手にしている淹《い》れたてのコーヒーを、検事机に置く。

窓を背にして机に向かっていた佐方貞人が、すいません、と頭を下げてコーヒーに手を伸ばした。

「ほんと、雪は困りますよね」

つぶやくように言って、カップに口をつける。

増田は意外な思いで佐方を見た。

たしか佐方は以前、雪は好きだと言っていなかったか。北海道大学を選んだのも、広大な白い大地に憧《あこが》れてのことだ、と聞いたことがある。それに佐方には、雪下ろしや雪かきの心配がない。

地元出身の増田は車通勤だが、佐方は車を所持せず、官舎からバスで通勤している。帰りが深夜になればタクシーだ。屋根の雪下ろしや敷地の雪かきは、委託業者が担当しているはずで、雪が降っても佐方がさほど困ることはない。

増田がそう言うと佐方は、手にしていた書類から顔をあげて、よれよれの上着の胸ポケットを叩《たた》いた。

「これですよ」

ああ、と増田は納得して肯《うなず》いた。

佐方はいつも、背広の内ポケットに煙草を入れている。若いが、かなりのヘビースモーカーだ。就業前と昼休みには、屋上か庁舎の外にある喫煙所に必ず煙草を吸いに行く。検事には残業手当がつかない。米崎地検の愛煙家検事の大半は、正規の就業時間が終わると、ニコチンが切れるたびに補給に出向いている。佐方も例外ではなく、夜は二時間に一度程度、休憩がてら屋上に消えていた。

佐方は椅子ごと身体を窓側に回転させると、恨めしそうに灰色の空を見た。

「屋上で煙草を吸うのが好きなんです。広い空に向かって煙を吐き出すと、なんか胸の中がすっきりするんですよ。でも、雨や雪が降ると、外にある屋根付きの喫煙所に行かなければいけない。今日だって雪さえ降らなければ、どんなに寒くても屋上で吸うんですけどね」

煙草を吸わない増田には、寒風に震えてまで煙草を吸う気持ちがわからない。第一、健康に悪い。しかも、この春から消費税が三パーセントから五パーセントにあがる。煙草もたしか、十円近く値上げするはずだ。百害あって一利なし。そのうえ不経済とくれば、これを機に禁煙したらどうか。少しでも貯金が多い方が、嫁の来手《きて》も増える。

増田が冗談めかして進言すると、佐方は困ったように頭をくしゃくしゃっと掻《か》いた。

「嫁さんはともかく、こればかりはどうにも……」

歯切れの悪い返答に、佐方の頭にはいまのところ、結婚と禁煙の二文字は存在しないことを、増田は確信した。

なんにせよ、雪が止んでくれればいい、と願う気持ちは一緒だ。それを見解の一致と見做《みな》し、今日一日、気持ちよく仕事に励むことにしよう。

増田は自分のコーヒーを手に、事務官席へ向かおうとした。増田の机は、壁を背にする形で佐方の斜め左にある。窓際を離れかけたとき、庁舎の裏側にある通用口から一台のワゴン車が敷地に入ってきた。窓に鉄製の柵《さく》がついた灰色の車両。所轄から身柄が送検されてきたのだ。

今日も仕事がはじまる。

増田は席に着くと熱いコーヒーを啜《すす》り、自分に活を入れた。

増田は佐方の元へ配点されてきた案件の、一件記録を開いた。案件は全部で五つ。そのうち、身柄付きは二件で、ひとりは酔った勢いで口論の相手を殴り傷害で逮捕された男。もうひとりは、電車内で痴漢行為を働き、迷惑防止条例に違反したとされる男だった。

五つの案件読みと、ふたりの被疑者の弁解録取だけで午前中は終わってしまう。午後は別な案件の被疑者を事情聴取するため、勾留《こうりゅう》先の所轄へ赴き、地検に戻ってきたら捜査中の事件の調書をまとめなければならない。

一件記録にざっと目を通した増田は、身柄付きの案件を開くと手を止めた。迷惑防止条例違反の案件だ。

被疑者の名前は武本弘敏《たけもとひろとし》、四十三歳。事件内容は電車内における痴漢行為だった。同じ痴漢でも、下着の中に手を入れたり胸を鷲摑《わしづか》みにしたりすると強制わいせつ罪に問われるが、衣服の上から身体を触った程度では、適用される法令は迷惑防止条例違反だ。

武本は一昨日の二月十一日、建国記念の日に、自宅の最寄り駅である神原《かんばら》から富岡《とみおか》行きの電車に乗った。

神原は閑静な住宅街で、古くは米崎城に出仕した家臣たちの武家屋敷があった場所だ。いまでも黒光りする瓦《かわら》屋根に重厚な門構えの日本家屋が多く、町全体に格調の高さが漂っている。

一方、武本の目的地だった富岡は、米崎市の郊外に位置する商業地区だった。もとは田圃《たんぼ》と畑しかなかった淋《さび》しい場所だったが、十年前に大型ショッピングセンターがオープンし、集客力を当て込んだ全国チェーンの飲食店や小売業の進出も目覚ましく、一気に開けた土地だ。

事件当日、武本は神原から午後一時三十二分発の富岡行き準急電車に乗った。

その日は休日にもかかわらず、途中の米崎駅を過ぎる頃には、車中は身動きが取れないほど混雑していた。富岡にある大型イベント会場の「富岡アリーナ」で、大手レコード会社が主催するロック・フェスティバルが午後四時からあり、開場の三時を目指して向かう大勢のファンが乗り合わせていた。

武本の乗車位置は前方から三両目の、乗り口とは反対側のドアの戸袋付近。右手でポールを摑み立っていた。

武本は電車の混雑を利用して、被害者に痴漢行為を働いたとのことだった。

被害者の氏名は仁藤玲奈《にどうれいな》、米崎市内の高校に通う十七歳の少女だった。事件を担当した警察官が作成した被害者の供述調書によると、玲奈は富岡アリーナで行われるロック・フェスティバルに参加するため、神原駅の三つ先にある上郷《かみごう》駅からひとりで乗車。武本と同じ電車に乗った。後ろの乗客から押されるように電車に乗り、武本がいる戸袋付近に立った。外を見る形で窓際に立っていたところ、電車が上郷を出てからまもなく、自分の尻《しり》のあたりになにかが触れるのを感じた。最初は乗客のカバンかなにかが触れているのかと思ったが、感触や動きから、臀部《でんぶ》に当たっているのは人の手だということに気づいた。しかも手は明らかに意図して臀部を触ってきている。

右斜め後ろを見ると、ひとりの男が玲奈にぴったりと寄り添う形で立っていた。直感で、触っているのはこの男だ、とわかった。

痴漢だ、と訴えようとしたが、満員電車の中で叫ぶにはかなりの勇気が必要だった。玲奈は、すぐに行為をやめるだろう、少しの辛抱だ、と考え辱めに耐える。

だが、痴漢行為はその後も続いた。手の動きは次第に大胆になり、最初はコートの上から触れていただけだったものが、コートを捲《まく》ってスカートの上から臀部を弄《もてあそ》び、尻の割れ目から陰部にまで触れようとした。

必死に我慢していた玲奈も羞恥《しゅうち》が怒りに変わり、男の左手首を掴み上に掲げて「この男、痴漢です！」と叫んだ。手首を掴まれた男は、青ざめながら首を振り、強く否定した。その男が武本だった。

玲奈は武本の手首を摑んだまま、目的地のふたつ前の町田《まちだ》駅で下車。二番線のホーム中頃で揉《も》み合っていると、騒ぎを聞きつけた駅員が駆け寄ってきた。駅員に対して武本は、自分はやっていない、と強く主張。一方、玲奈は「この男は痴漢だ」と譲らなかった。

「触った」「触っていない」で埒《らち》が明かず、駅員はふたりを駅員室に連れて行き話を聞くが、どちらの言い分が正しいのか判断がつかない。駅員が警察へ連絡すると、ほどなく所轄の米崎東署の捜査員が駅に到着した。捜査員は武本を署へ連行し事情聴取したが、武本は警察の取り調べにおいても、痴漢行為を一貫して否認し、無実を訴えている。

地検に送致されてくる痴漢の案件は、現逮で犯人が明確であり、被疑者が犯行を認めているものが大半だ。容疑を否認しているケースは稀《まれ》で、このような場合、捜査が長引くことが多く、起訴するかしないかで、重要な判断を迫られる。

——面倒な案件が配点されてきたな。

心で愚痴りながら書類を読みこんでいた増田は、被疑者の経歴に顔を曇らせた。

武本の職業は会社員で、地元の大手予備校で経理課長を務めていた。家族構成は武本を含めて六人。妻の麻美《あさみ》と、麻美の父で武本から見ると義父にあたる保《たもつ》、そして麻美の母親で義母の篤子《あつこ》、それに小学生の娘がふたりいた。麻美とは職場恋愛で、武本が三十歳、麻美が二十八歳のときに結婚。武本は婿に入っている。

増田が気にとめたのは、その下に記載されている、武本の義父と義母の経歴だった。

義父の保は県教育委員会の元教育長で、県立高校の校長を歴任した経歴を持つ。地元では有名な教育者だ。

義母の篤子は、旧姓本多《ほんだ》。県内有数の資産家一族である本多家の四女だ。東京の大学を卒業後、地元に戻り、知人の紹介で知り合った保と結婚。若い頃から華道や書道に勤《いそ》しみ、麻美を産んだあとも華道の師範を務める傍ら、地元の文化財の保護運動に力を入れるなど、地域の文化活動に貢献している。

一方、被害者である玲奈は、有力者の伝手《つて》などまったくない母子家庭の娘だ。両親は玲奈が十歳のときに離婚、玲奈は母親に引き取られる。現在、米崎市内のアパートで母親の房江《ふさえ》とふたり暮らしだ。房江は、昼はホテルの清掃スタッフ、夜は弁当屋の従業員として働いている。

増田は目の端で佐方を見た。

被疑者は県内の名門一族の係累で、被害者は決して恵まれているとは言えない家庭環境で育っている少女だ。しかも少女には、万引きと恐喝で補導された前歴があった。客観的に見て、社会的な信用は被疑者にある。佐方は被疑者と被害者の置かれている立場を、どのように捉《とら》えているのだろうか。

視線に気づいたのか、書類を見ていた佐方が顔をあげた。

「どうかしましたか」

「いえ、なにも」

増田は慌てて、佐方から視線を逸《そ》らした。

佐方は開いていた書類を閉じると、腕時計を見た。

「そろそろ時間ですね。時間になったら武本の弁解録取を行いますから、準備をお願いします」

武本の聴取は九時半からの予定だった。現在、九時十五分。増田は飲み終えたマグカップを洗い、部屋の隅にある棚に戻した。机のパソコンを起動し、文書作成ソフトを開く。

――面倒なことにならなければいいが。

取り調べ用の文書フォーマットに日付や被疑者名を打ち込みながら、増田は小さく息を吐いた。

検事室の椅子に座る武本は、怯《おび》えた熊のようだった。

目鼻立ちは整っており、見ようによっては愛嬌《あいきょう》のある顔だ。が、眼鏡の奥に見える目は小さく丸まり、頰骨がわずかに張っていた。鼻梁《びりょう》は太く、鼻先は少し上を向いている。なにより、背が高く筋肉質の身体が、増田にそう思わせた。武本はベージュのパンツにワイン色のセーターという服装で、背を丸めながら佐方と増田を目だけでちらちらと見ている。

「ではいまから、弁解録取をはじめます」

佐方の声に、武本はびくりと身体を震わせ、身を起こした。

佐方は武本の氏名、生年月日、現住所を確認すると、武本には黙秘権があることを説明し、警察からあがってきた送致事実を読み上げた。

「被疑者は、平成九年二月十一日午後一時五十分から同二時前後にかけて、米崎市上郷町三丁目のＪＲ米崎東線《よねさきとうせん》上郷駅から富岡市町田五丁目の同線町田駅の間を走行中の仙山《せんざん》駅発富岡駅行準急電車内において、自分の左脇に立っていた仁藤玲奈（当時十七歳）に対し、同女が着用していたスカートの上から臀部を手で弄ぶなどし、もって、公共の乗物において、人を著しく羞恥させ、かつ人に不安を覚えさせるような卑猥《ひわい》な言動をしたものである」

佐方は書類から顔をあげて、武本を見た。

「送致事実に、異存はありますか」

武本は膝《ひざ》の上に置いていた両手を強く握ると、椅子の上で佐方の方に身を乗り出した。

「もちろんです。私は少女の身体に触れてなどいない。痴漢なんかしていません！」

武本の声には、悲痛な響きがこもっていた。佐方は調書を捲《めく》ると、武本への質問を続けた。

「二月十一日、あなたはひとりで家を出て、富岡行きの電車に乗った。目的はなんですか」

佐方の問いに武本は、自分は釣りが趣味だ、と切り出した。天気がいい休日は、よく川釣りに行く。釣りには竿《さお》はもちろんのこと、糸や重り、リールなど様々な道具が必要だ。武本が釣り道具を購入する店は決まっていた。釣り道具専門店の「フィッシング・オオタ」だ。オオタは富岡にあり、品数が豊富で質のいいものを置いてあることから、武本はよくこの店を利用していた。事件当日も、新商品の毛ばりを買うために店へ向かったとのことだった。

オオタに関しては、米崎東署が裏をとっていた。店主から、武本は月に何度か来店し釣り道具を買ってくれる上得意だ、という証言を得ている。武本の供述に、間違いはない。

佐方は質問を続ける。

「警察からあがってきた調書によると、あなたは自分の車を所有していますね。なぜ、この日は車を使わずに電車を利用したんですか」

武本は自分が持っている車について述べた。車名はシーマ、排気量は三千五百あるという。オオタの駐車スペースは狭く、他の車が一台でも停まっていると、幅がある自分の車は入らない。普段は近くにある富岡アリーナの駐車場に停めているが、イベントがある日は駐車場が満車になるため、電車で移動をしている。武本はそう言って、佐方の表情を窺《うかが》うように見た。

佐方は武本の視線を無視し、話を変える。

「神原から乗車したとき、車両内は混んでいましたか」

武本は、いいえ、と答えた。

「さほど混んでいません」

「座席に空きはありましたか」

この問いにも、武本は首を振った。

「混雑はしていませんでしたが、席はすべて埋まっていました。座れなかったので、乗りこんだ扉の反対側にあるドアの戸袋付近に立ち、ポールに摑《つか》まりました」

佐方は無表情で書類を捲る。

「調書では、車両が混み合ったのは上郷から、となっています。上郷は被害者が乗車してきた駅ですが、被害者が自分の近くにいることに、いつから気づきましたか」

困惑気味だった武本は、さらに難しい顔をした。

「上郷でたくさんの人が一気に乗り込んできたことは覚えていますが、少女がいつから自分の側にいたかまでは覚えていません」

次いで、佐方は車両内での様子を訊《たず》ねた。被害者との位置関係や体勢、少女を触ったとされている左手はどのような状態だったかを問う。

武本は、自分は少女の右斜め後ろに立つ形で、ずっと窓の方を向いて外を眺めていた、右手でポールを摑み、左手は肘《ひじ》を折り曲げて自分の腹部に添えていた、と答えた。

佐方は顔の前で指を組むと、武本を見た。

「そして、電車がスピードを緩め、もうすぐ町田駅に着くというあたりで、被害者から左手を取られて痴漢だと訴えられた」

痴漢、という言葉に、武本は悔しそうに顔をゆがめた。

「突然のことでした。なにが起こったのかわからなくて、私は必死に、自分は知らない、と訴えました。でも、少女は私を睨《にら》みつけたまま手を離そうとしない。周りの乗客も騒ぎはじめた。私たちがいる側のドアが開くと、少女はそのまま、私を引っ張るようにして強引に電車から降ろしました」

「手を摑んだままですか」

武本は、はい、と言いながら佐方の言葉を引き継いだ。

「ホームに降りたときはもう、相手の両腕で、左肘のあたりをがっしり摑まれていました。少女は、絶対に逃がさない、と叫びました」

「絶対に逃がさない……」

佐方は鸚鵡《おうむ》返しに言った。武本は肯《うなず》くと、そのあと示談の話を持ちかけられた、と語った。

「私が、違う、やってない、と言うと少女は、水掛け論で埒《らち》が明かない、出るところに出て白黒つけよう、というような意味のことを言いました。正確には覚えてませんが、もうあんたはおしまいだ、とも言いました。でも——と、少女はそのあとすぐ、私の耳元で囁《ささや》いたんです。お金を払えばなかったことにしてやる、と」

記録を取りながら増田は、眉間《みけん》に皺《しわ》を寄せた。この事件は、被疑者と被害者の供述で、大きな相違が二点ある。ひとつは、痴漢が行われたかどうか。玲奈は武本が自分の臀部《でんぶ》を触ったと言っているが、武本は否認している。もうひとつは、被害者が示談の話を持ちかけたか否かだ。警察の調書によると、武本は町田駅で降ろされたあと、駅員が来るまでの間に、玲奈が示談を持ちかけたと言っている。これに対して玲奈は、金の話はいっさいしていないと主張している。

お互いの認識が食い違っているという点においてはふたつとも同じだが、相違の質は異なっていた。痴漢行為があったか否かという認識の違いは、玲奈が犯人を取り違えているとすれば、双方の言い分は間違っていない。玲奈は確かに痴漢に遭った。だが、犯人は武本ではなく、別な人間だった、とすれば双方嘘は言っていないことになる。

しかし、後者は違う。金の話をしたかしないかは、認識の違いではない。明らかにどちらかが、供述を偽っていることになる。示談の話があったか否かは、この事件を裁く重要な鍵《かぎ》となるかもしれない。

その後、駅員が駆けつけてからの武本の供述は、玲奈の証言と大きく食い違うことはなかった。

武本と玲奈がホームで言い争っていたところへ、騒ぎを聞きつけた駅員がやってきた。ホームでは野次馬らしき乗降客が、ふたりを遠巻きにして様子を窺っていたという。駅員がふたりを駅員室へ連れて行き、別々の場所で事情を聴取した。玲奈の訴えを受けた駅員は、事件性ありと判断し警察へ通報。武本と玲奈は所轄の米崎東署へ移され、そこでさらなる聴取を受ける。武本は警察の取り調べに対して、自分の無実を強く主張した。

逮捕されるまでの流れを話し終えると、武本は力尽きたように項垂《うなだ》れた。

「私は本当にやっていません。信じてください」

喉《のど》の奥から絞り出すような声に、虚偽の匂いは感じられなかった。開いていた調書を閉じると、佐方は弁解録取を終えた。

翌日、佐方は玲奈の事情聴取を行った。玲奈が高校生であることを考慮し、時間は学校が終わった三時半からに設定した。玲奈は三時過ぎに、母親とともに地検にやってきた。

玲奈は母親を控え室に残して検事室に入ると、佐方の机の前に用意された椅子に腰かけた。座面に浅く腰かけ、背もたれに身を預ける。

家具らしきものと言えば机と椅子とキャビネットしかない無機質な空間で、制服姿の少女は浮いて見えた。検事室に出入りする人間は成年男女が大半だ。女子――それもこの年齢の少女が、検事室を訪れることは滅多にない。

玲奈は足を投げ出すように、無言で椅子に座っている。決して行儀がいいとは言えない姿勢だ。

場慣れしている態度に、増田は玲奈の経歴を思い出した。玲奈には前歴があった。一回目は十四歳のときに万引きを犯し、二回目は十六歳のときに恐喝容疑で補導されている。事情聴取には、慣れているのだろう。

態度だけ見れば大人顔負けのふてぶてしさを感じるが、玲奈は実際の年齢よりも幼く見えた。長い髪を染め、化粧をし、精一杯背伸びをしているが、表情にはまだあどけなさが残っていた。無理に大人ぶっている様子が、逆に彼女の若さを強調している。

玲奈は、佐方に処分の決定権があるとわかっているのだろう。検事室に入ってきてからずっと、佐方を挑むような目で睨みつけている。

玲奈の視線を気にする様子もなく、佐方は普段どおり取り調べを開始した。玲奈の氏名や生年月日など人定に間違いがないことを確かめると、警察からあがってきた玲奈の供述調書に目をやる。

事件当日、玲奈は富岡アリーナで行われるイベントに参加するため、上郷から午後一時五十二分発の富岡行きの電車に乗った。ホームには、電車に乗るためにたくさんの人間が待っていた。電車の扉が開くと、玲奈は同じ上郷から乗りこんだ乗客に、反対側のドアの戸袋付近へ押し込まれた。

右寄りの戸袋に立った玲奈は、ポールに手が届かなかったため、閉まっている扉に身を預ける形で身体を支えた。車両内は身動きがとれないほど混み合っていた。玲奈は小さめのトートバッグを胸に抱えながら、窓の外を見ていた。

そして、事件は起きた。最初は恥ずかしさから男の辱めに耐えていた玲奈だったが、次第にエスカレートする行為に堪忍袋の緒が切れ、自分の臀部を触っている左手を掴み高く掲げ、周囲に痴漢行為を訴える。相手は即座に否定した。

ちょうどそのとき、町田駅で電車が止まり、玲奈たちがいた側の扉が開いた。男の左の手首を掴んだままホームに降りた玲奈は、逃げられないように両腕で相手の左腕を抱え、押し問答を繰り返す。

「そして、被疑者と君が言い争っているところへ駅員がやってきて、被疑者の身柄を確保した。駅員室で駅員から事情を聴かれた君は、駆け付けた警察官にも被害を訴えた。ここまでは間違いないかな」

玲奈は無言で肯く。佐方は、では、と言いながら、書類を手早く捲《めく》った。

「電車を降りたあとのホームでのやり取りに関してだが、被疑者は君が示談を持ちかけたと供述しているが」

佐方がそこまで言ったとき、玲奈が叫んだ。

「金の話なんかしてねえよ!」

声の大きさに驚き、増田はパソコンから顔をあげた。玲奈はもたれていた身体を起こし、佐方の方に身を乗り出していた。射るような目で佐方を睨み、口を真一文字に結んでいる。

「あたしはそんな話、してない」

玲奈は同じ主張を繰り返した。玲奈の気迫に、増田は思わず息を呑《の》んだ。佐方はいつもと変わらない落ち着いた表情で、質問を繰り返す。

「君はそう主張しているが、被疑者は町田駅のホームで君から、金を払えばなかったことにしてやる、と唆されたと言っている」

「ふざけんな!」

玲奈は再び怒声をあげた。

質問のたびに叫ばれては、事情聴取が進まない。増田は椅子から腰をあげ、冷静になるよう玲奈に促そうとした。意図を察したのか、佐方は増田を手で制した。増田は喉まで出かかっていた言葉を呑み込むと、佐方と玲奈を交互に見やり、浮かせた尻《しり》を椅子に戻した。

佐方は調書に目を落とすと、確認するように紙の上を指でなぞった。

「この書類には、君が警察で話したことが書かれているが、君は警察でも、示談を持ちだした件については否定しているね」

自分の話が正しく伝わっていることに安堵《あんど》したのか、玲奈は少し落ち着き、起こした身体を再び椅子に沈めた。

「同じこと何度も言わせないでよ」

玲奈は吐き捨てるように言う。

ちなみに、と佐方は言葉を続けた。

「金、という言葉を使わなかったとして、被疑者が示談を持ちかけられたと思うような言葉を口にした覚えは？」

治まりかけた怒りがぶり返したのか、玲奈はいきなり椅子から立ち上がった。

「あたしの言ってることが信じられないのかよ！」

玲奈の荒っぽい振る舞いにも、佐方は動じなかった。わかりやすく、玲奈に質問の意図を説明する。

「言葉というものは、人間にとって大切なコミュニケーション・ツールだ。人は言葉を声や文字に置き換えて、自分の考えを相手に伝える。だが、ちょっとした行き違いで、こちらの思いが、相手に真っ直ぐ伝わらないことがある。今回の件も、その気がなくて口にした言葉を、相手が示談の話だと取り違えた可能性がある。そこを確認しているだけだ」

玲奈の反抗的な態度を見かねた増田は、少女をこれ以上刺激しないように言葉を選びながら、椅子に座るよう促した。

叫んだり、威嚇的な態度をとっても、自分の心証が悪くなるばかりだと悟ったのだろう。玲奈はしばらくのあいだ増田を睨《にら》んでいたが、悔しそうに唇を噛《か》むと椅子に腰を下ろした。

佐方はなにごともなかったかのように、同じ質問を繰り返した。

「さっきの質問だが、もう一度聞くよ。相手が示談を要求されたと感じるようなことを、口にした覚えはないかな」

玲奈は宙を見ながら、少し間を置いてぶっきら棒に言った。

「ない」

「よく思い出してほしい。たしかに、お金に関する話はしなかったかい」

玲奈は目に怒りを宿して佐方を見ると、握り締めた拳《こぶし》を自分の腿《もも》へ強く振り下ろした。

「町田で降りたあたしは、逃げようとする男を捕まえて、警察に突き出してやるって言ったんだ。男は真っ青な顔で、自分はしていない、って言ったけど、あいつが犯人に間違いないんだ。だって、あたしのお尻を触っていた手を摑まえたんだもん。あたしは嘘を言っていない。あたしを信じてよ！」

言葉の最後は悲鳴に近かった。佐方は手元の書類に、しばらくペンを走らせると、顔をあげて玲奈に言った。

「ご苦労さま。今日はこれで結構です」

玲奈が退出したあと、佐方は内線を手に取り、娘の事情聴取が終わるのを控え室で待っていた玲奈の母親を検事室に呼んだ。

調書によると、母親の房江は現在四十二歳だった。が、検事室のドアを開けて入ってきた房江は、まもなく五十歳だと言われても肯《うなず》けるような容貌《ようぼう》の持ち主だった。短い髪の根元は白く、顔にシミが目立つ。身につけているものも、襟まわりが伸びたトレーナーに膝《ひざ》の出たベージュのパンツという、見た目よりも動きやすさを優先した服装だ。加えて、どことなく儚《はかな》げな表情も、房江を実際の年齢より上に見せていた。

「このたびはご面倒をおかけします」

房江は椅子を前にして立ったまま、深々と佐方に頭を下げた。今回の事案において、玲奈は被害者だ。被害者の母親であれば毅《き》然《ぜん》としているべきなのだが、房江の態度は卑屈なまでに控えめだった。教師に叱られた生徒のように、悄然《しょうぜん》と肩を落として立っている房江の姿を見ると、人に詫《わ》びることが身に染みついているのではないか、と思えてくる。

　佐方は房江に椅子を勧めると、一連の流れを説明し、玲奈の供述と房江が聞いている内容に相違がないか訊《たず》ねた。房江は椅子の上で縮こまりながら、娘からはそう聞いています、と小さな声で答えた。

　佐方は書類を閉じ、房江を見ながら穏やかな口調で訊ねた。

「警察から連絡があったとき、さぞ驚かれたでしょう」

　房江は項垂《うなだ》れていた顔をあげて佐方を見た。佐方の顔をまともに見られないのだろう。戸惑いの表情を浮かべて目を瞬《しばた》かせると、再び俯《うつむ》く。

「警察から電話があったとき、私はてっきり、また玲奈がなにかご面倒をおかけしたのかと思って申し訳なくて……、本当にすみません」

　房江が言う、また、というのが、警察の世話になった二回の素行不良を前提にしていることは、すぐわかった。親の立場で事情聴取を受けるのは三回目なのだろう。

　しかし今回は、いままでとは事情が違う。前は罪を問われた側だが、今回、玲奈は被害を受けた側だ。房江が詫びることはない。

　だが、房江にとってはどのような立場であれ、娘が警察の世話になるというのは、世間に対して負い目に感じることなのだろう。母子家庭になった事情はわからないが、玲奈を片親にしてしまった罪の意識が、房江にそう思わせているのかもしれない。

ところで、と佐方は話の矛先を変えた。

「玲奈さんの小遣いですが、月にどのくらい渡していますか」

痴漢事件に小遣いの額が、なんの関係があるのか。そう思ったらしく、房江は当惑した表情で佐方を見た。

「ご存じのように、家《うち》は稼ぎ手が私しかいません。しかも、なんの資格も持っていませんから、安い時給の仕事しかなくて、暮らしは楽じゃないんです。だから娘にも、あまり多くはあげられません。でも、それがなにか……」

佐方は房江の問いには答えず、同じ質問を繰り返した。

「具体的には月にどのくらいでしょう」

「三千円です」

つぶやくような声で、房江は言った。

佐方は軽く肯き、質問を続けた。

「普段、玲奈さんがお金を欲しがっていた様子はありましたか」

房江の顔色が、さっと変わった。ようやく、佐方がなにを聞きだそうとしているのか、理解した様子だった。武本が玲奈から示談の話を持ち出されたという話は、警察か玲奈本人の口から聞いているのだろう。怒りと恥辱からか、房江は目の縁を赤く濡《ぬ》らし、首を激しく振った。

「違います。玲奈はお金のために、嘘をつくような子じゃありません。あの子は自分で、足りない分は、ときどきバイトで補っていました。パン屋さんとかで働いて」

か細いが、声には強い意志が込められていた。佐方を真っ直ぐ見据える目には、一点の曇りもない。

娘を信じる母親の言葉を肯定も否定もせず、佐方は黙って房江を見つめている。

検事へ意見したことに臆《おく》したのか、房江は我に返ったような表情で佐方から顔を背けた。だが、意を決したように首を振ると、房江は娘を擁護する言葉を、選ぶように続けた。

「たしかにあの子は、警察に二回も補導されてるし、素行も良くないです。言葉遣いも悪いし、大人に接する態度も、決して良くありません。でも、本当はいい子なんです。学校の先生方やご近所の人が思っているような、悪い子じゃありません。まして、お金欲しさに人さまを貶《おとし》めるような……そんな子じゃ、ありません」

房江は縋《すが》るような目で佐方を見た。

「本当です。信じてください」

佐方はわずかに目を伏せ、房江に時間を取らせた詫びと礼を言った。

房江が立ち上がり頭を下げる。

佐方は机に置いていた腕を肘《ひじ》かけに乗せると、また話を聞くことがあるかもしれない、そのときは協力を願う、という趣旨の言葉を述べ、房江の事情聴取を終えた。

控え室で落ち合った母娘をエレベーターの前まで送ると、増田は手洗いに立ち寄り検事室へ戻った。

佐方は自分の席で、先ほど聞いた玲奈と房江の話を書き留めたメモを手に持ち、じっと眺めている。

席に着いた増田は、無意識に大きな息を吐いた。溜《た》め息《いき》に気づいたのか、佐方はA4判の書類から顔を半分だけ覗《のぞ》かせて言った。

「どうしました」

増田は眉根《まゆね》を寄せて、椅子の背にもたれた。

「今回の事件、佐方さんはどう思われますか」

「どう、というと」

佐方は書類を机に置くと、増田を見た。増田は以前からひっかかっている点を口にした。

「武本が痴漢行為を否認している件に関しては、別な真犯人がいると仮定すれば、双方の言い分は正しいことになります。しかし示談の件に関しては、どちらかが嘘の供述をしていることになります」

でも、と増田は考え込んだ。

「私には、どちらも嘘をつくような人間には見えません」

武本の無実を訴える必死な表情と、玲奈の怒りを宿した強い目、そして娘の言葉を信じる房江の目に滲《にじ》んでいた涙が、増田の脳裏で交差する。

佐方は表情を変えずに、一度机の上に置いた書類を、再び手に取った。

「現時点では、判断材料が足りません。乏しい情報で推論を立てるのは、むしろ事件を色眼鏡で見てしまう危険性がある。いまは粛々と捜査を進めるのが、終局処分を決する一番の近道です」

終局処分とは、起訴するかどうかの最終的な処分を言う。佐方の意見はもっともだ。いまは事件解決を焦らず、捜査を進めることが先決だ。わかりました、と答えると、増田はパソコンのマウスに手を添え、溜まっていたフォルダの資料整理に取りかかった。


道路から続く石段を上りきった増田は、重く閉ざされた門の前に、茫然《ぼうぜん》と佇《たたず》んだ。

「ここが本当に個人の家なんでしょうか、佐方さん」

隣にいる佐方は、増田と同じように門を見上げたままぽつりと答えた。

「そのようですね」

増田と佐方は、武本の家を訪れていた。

玲奈と房江が帰ったあと、武本の家に行く、と佐方は増田に言った。玲奈の母親から話を聞いたように、武本の家族から被疑者に関する話を聞きたいという。増田が武本の家に連絡を取ったところ、家政婦と思《おぼ》しき女性が取り次ぎ、明日の午前十時にお越し願いたい、と増田に伝えた。増田と佐方は、約束の時間に間に合うように、タクシーで武本の家を訪れた。

武本の家が、県内有数の名家だということは知っていた。自宅も一般家庭よりも立派な造りだろうと思ってはいたが、実際は増田の想像を超えていた。

道路沿いにあるガレージの間口は、大型乗用車が三台は余裕で並ぶほど広く、その横にある石段の先には、観音開きの門があった。門の両側には瓦《かわら》が載った塀が、延々と続いている。門の隙間から中を覗くと、敷石が置かれたアプローチが見えた。緩やかなカーブを描いているため、奥にある母屋は見えない。門の上から空に向かって伸びている松を眺めながら、増田は学生時代に旅先で見た武家屋敷を思い出した。

佐方は腕時計を見た。

「時間ですね」

増田も自分の腕時計で、時間を確認する。十時ぴったりだった。すでに肩が凝りはじめている。増田は固まった肩をぐるりと回すと、門の横についているインターホンを押した。

武本家の屋敷は、増田が思い描いたとおりのものだった。広い玄関ポーチには大理石と思われる石が敷き詰められ、軒が大きくせり出している。中庭には至る所に大きな庭石が配置され、手入れの行き届いた庭木が影を落としている。敷地の中に三棟ある住居は、料亭だと言われても肯《うなず》ける、趣のある造りだった。

増田と佐方は、女性に導かれ、客間に通された。二十畳近くある部屋の中は、青々とした畳が敷かれ、床の間には由緒ありげな掛け軸がさげられている。その下には、これも値が張りそうな香炉が置かれていた。

一枚板の座卓を前にした増田は、隣に座っている佐方に言った。

「なんだか落ち着きませんね」

そうですね、と同意しながらも佐方は、いつもと変わりなく落ち着いた様子だった。

手持ち無沙汰《ぶさた》で、天井の美しい木目や、客間から続く広縁の奥に見える中庭を眺めていると、襖《ふすま》が静かに開き、ふたりの女性が部屋に入ってきた。ひとりは見た目が四十歳くらいで、切れ長の目と薄い唇、肩で真っ直ぐに揃えた黒髪が日本人形を思わせた。顔立ちは整っているが、目を惹《ひ》かれるほどではない。表情のない顔と冷たい視線が、取り澄ました印象を相手に与える。

もうひとりは、六十代後半だろうか。見事な銀髪で、膝下《ひざ》丈の紺色のスカートに、光沢のある白いカーディガンを羽織っている。胸元にぶら下げている大きな石のネックレスは、おそらく増田の年収くらいするのだろう。口元に刻まれた皺《しわ》は深く、尖《とが》った鼻梁《びりょう》と相俟《あいま》って、近寄りがたい威厳を漂わせていた。

ふたりの目元を見て、親子だということはすぐにわかった。目尻《めじり》のあがり具合と、人を見下すことに慣れていそうな冷徹な目つきが、そっくりだった。

女性が四人の前に茶を置いて退室すると、佐方は上着の内ポケットから名刺入れを取り出し、中から一枚抜いて老女の前に置いた。

「米崎地検の、佐方貞人です」

老女は卓上に置かれた名刺を目で見ただけで、手に取ろうとはしなかった。興味のない広告のチラシでも見るような、そんな目つきだった。老女は少し掠《かす》れ気味だが、凜《りん》とした声音で言った。

「私は弘敏さんの義母《はは》の篤子です。隣にいるのが、弘敏さんの妻で、私の娘の麻美です。今日、主人は教育団体の講演で不在にしております。お話は私と麻美が伺います。よろしいですか」

よろしいですか、のニュアンスは許可を求めるものではなかった。自分と娘が話を聞くから問題ない、と断定するものだ。

増田は一件記録にあった武本の家庭状況を思い出した。調書によれば武本家は親世帯と子世帯の二世帯住宅で、家族は本人を含めて六人。高級車を三台所有し、子供たちは地元の小中高一貫の私立小学校に通っている。

武本の勤務先や近所の住人の話によると、武本は子煩悩で夫婦仲も良く、心配事や苦労という言葉とは無縁の家庭に見える、とのことだった。問題があるとすれば、婿養子である弘敏が、妻や義父母に頭があがらないことくらいだろう。

弘敏の父は市役所の元助役で、音大卒の母親は自宅でピアノを教えている。名門とまではいかなくても、世間一般からすればそれなりの家柄と言える。だが、妻の実家はさらに高い家格だ。義父は県の元教育長で有名な教育者、義母は県内一、二を争う名門一族の出となると、弘敏も張り合うことはできない。家の中で肩身を狭くしているのではないか、というのが世間の見方だった。

あくまで臆測《おくそく》でしかないが、篤子や麻美の高慢ともとれる態度を見ていると、噂は当たらずとも遠からずなのではないか、と増田は思った。

早速ですが、と佐方は前置きを省いて話を切り出した。

佐方はまず麻美に、武本の普段の生活について訊《たず》ねた。麻美から見た夫の性格や家族関係、家にいるときの過ごし方を聞いていく。

麻美は本を朗読しているかのように、淡々と答えた。武本は温和な性格で、結婚してから十年以上経つが、夫が大きな声をあげたところを見たことがない。子供にも優しく育児にも積極的だ。学校ではPTAの会長を務めている。夫に不満はない、という。

「もちろん、夫も同じ気持ちのはずです。夫が家庭や夫婦間の不満を口にしたことは、一度もありませんから」

親だろうが、親友だろうが、夫婦だろうが、相手の心の内をすべて理解することは不可能だ。人は必ず本人しか知らない――いや、本人すら知らない、心の奥に秘めたものを持っている。検察事務官として多くの事件を扱ってきた増田は、周囲が思っている被疑者の人物像が、その内実と大きくかけ離れているケースを何度も見てきた。堅実なサラリーマンだと思っていた夫が、浮気相手のために会社の金を使い込んでいたり、学校では優等生だった子供が裏では窃盗や置き引きを繰り返していたり、表面上からは想像がつかない裏側を、人間は併せ持っている。それを知っている増田は、相手を完全に理解している、と思い込むことは自己欺瞞《ぎまん》に過ぎない、と考えていた。

なんとなく気分が重くなり、増田は目の端で佐方を覗《のぞ》き見た。佐方は麻美の返答をどのように感じたのだろう。

佐方の横顔は、部屋に入ったときと変わりなく無表情だった。麻美の答えに気分を害した様子はなく、かといって、話に熱心に耳を傾けているという感じもない。ただ黙々と、手帳にペンを走らせている。

メモをとり終えると佐方は、顔をあげて麻美を見た。

「昨日、ご主人からお話を伺いましたが、武本さんは釣りが趣味だそうですね」

麻美は、そうです、と肯定しながらも、それだけではありません、と話を広げた。麻美によると、武本は釣りのほかに映画も好きで、よく借りてきたDVDを観ているし、最近ではパソコンにも凝っているという。アウトドアとインドア——武本はどちらも好んでいたようだ。麻美は誇らしげに言葉を続けた。

「主人は昔からこだわりがある人で、釣りの道具も映画鑑賞用の設備も、すべて自分が納得したものしか使いません。主人が使っているパソコンも、一般にはほとんど出回っていない、ハイスペックの高級品だと聞いています」

夫は特別なものを購入できる特別な人間、とでも言いたいのだろう。麻美の声には明らかに、驕慢《きょうまん》の響きが感じられた。

「釣りの道具、映画のDVD、パソコン機器。ご夫婦の部屋は、ご主人の趣味のもので溢《あふ》れているんじゃないですか」

佐方の問いに、麻美は冷笑を浮かべた。

「夫は自分の書斎を持っていますから」

麻美の話によると、子供に触れられては困るパソコンや映画鑑賞用の設備一式は、夫の部屋に置いているとのことだった。パソコンは個人で所有しているのだろうが、DVDの再生デッキを自分の部屋に持ちこんでは、家族で一緒に観ることができないのでは、と佐方が訊《き》くと、家族用には家族用の機器が居間にあるという。

「夫が好きな映画は、戦争映画やホラーといったジャンルで、あまり子供には見せたくないものなんです。血が出るものや心臓に悪いものは私もあまり好みませんし、夫も部屋に鍵《かぎ》をかけてまで、映画はひとりでじっくり観たいという人なので、お互いちょうどいいんです。子供がディズニー映画やアニメを観るときは、居間にあるDVDプレーヤーを使っています」

なるほど、とつぶやくと佐方は本題を切りだした。

「ところで、今日、私たちがこちらに伺った、ご主人の迷惑防止条例違反容疑の件ですが」

続く佐方の言葉を、強い声が遮った。

「あり得ません」

篤子だった。篤子は毅然《きぜん》とした口調で断言した。

「あなた方がお疑いのような事実はありません」

篤子は斜に構えて佐方を見た。

「弘敏さんがどのような仕事に就いているか、おわかりですよね」

はい、と佐方は答える。篤子は前を見据えてわずかに顎《あご》をあげた。

「私の夫は、県立高校の校長を務めた教育者です。夫の姉や弟、従兄《いとこ》にも、学校の教師や大学の教授など、教育現場に携わっている者が多くおります。武本の家は、倫理や道徳といった精神をずっと重んじてまいりました。武本の家風は、武本の姓になった弘敏さんもよくおわかりです」

家風といえば、と篤子は持って回った言い方をした。

「検事さんは、こちらの方ではございませんよね」

佐方は、西の生まれです、と答えた。篤子は佐方の出身地については何も触れず、話を続けた。

「地元でない方はご存じないかもしれませんけれど、私の実家、本多はこのあたりでは広く知られている家です。父の正光《まさみつ》が十八代目、私の一番上の兄、喜成《よしなり》は十九代目を継いでいます。家系図によると、先祖は米崎藩の家老で、俸禄《ほうろく》は一万二千石あったとか。一万石といえば大名並みの禄高です。明治以降は海運業や材木、昭和になってからは不動産の仕事にも携わってきました」

増田は、篤子の話が途切れる頃あいを窺《うかが》っていた。今日、ここを訪れたのは、武本家と本多家の話を聞くためではない。武本弘敏個人の生活状況を知るためだ。タイミングを見て話を本筋に戻さなければ、いつまで御家《おいえ》自慢を聞かされるか、わかったものではない。だが、篤子の口が閉まる様子はなかった。本多家がいかに由緒ある家柄なのかを、延々と語る。

「そうそう、米崎出身ではない検事さんは、武本や本多がどのような家かご存じないでしょうけれど、大河内定和《おおこうちさだかず》というお名前はご存じかしら」

増田はむっとした。

大河内は米崎選出の衆議院議員で、将来は総理候補のひとりと目される与党の実力派代議士だ。年齢は五十代後半。弁護士出身で当選はたしか四期目だったはずだ。次の内閣改造では入閣が確実視されている。現在、衆院の予算委員会と法務委員会に所属し、検察庁関連の予算に好意的な後押しをしている。検察としては、もっとも頼りになる国会応援団のひとりと言えた。

加えて、定和の父、大河内源蔵は元検事総長で、弁護士に転身後も、重鎮として法曹界に睨《にら》みを利かせている。高裁の判事を務めた先々代も含めれば、大河内家は親子三代に亘《わた》り法曹界にかかわっていた。その影響力は、計り知れないものがある。大河内の名前を知らない法曹関係者は、皆無と言っていい。

そのことを承知の上で、篤子は佐方に大河内の名を知っているか聞いているのだ。佐方を軽く見ているのは明らかだった。

茶にされていることに気づいているのかいないのか、佐方は普段と変わらない声で、知っています、と答えた。

篤子は満足の笑みを口元に浮かべると、銀髪のほつれを掻《か》きあげた。

「さきほどお話しした兄の喜成ですけれども、大河内代議士の後援会長を務めています。代議士は地元の後援会を大事にされていて、米崎に帰ってくると必ず本多の家を訪ねてみえます。兄や後援者の前で国政報告をされ、党の施政方針を熱く語るそうです。私はそのような方の応援役を務めている兄を、国や地域に貢献している本多の家を、とても誇りに思っています」

篤子はそこで言葉を区切ると、口元から笑みを消し、佐方をひたと見据えた。

「わたしは本多の人間です。つまり、弘敏さんも本多の人間です。人さまに顔向けできないような破廉恥な行いを、本多の人間がするはずはありません」

部屋の中が静まり返る。増田は息を吞《の》んだ。さすが、城主とともに藩の政治経済を担ってきた家老の家の血を引くだけのことはある。背筋を伸ばし佐方を見据える篤子の目には、相手を圧する気迫があった。

篤子が話し終えると、それまで黙っていた佐方は、小さく笑いながら困ったように頭を搔いた。

「なにが可笑《おか》しいんですか」

篤子の表情が険しくなる。

佐方は頭に手を置いたまま、独り言のようにつぶやいた。

「家柄と人間性が比例するとは思いませんが」

篤子の顔が赤くなる。

「弘敏さんの人間性を疑っていらっしゃるの」

篤子の問いに答えず、佐方は立ち上がった。

「お邪魔しました。また、お話を伺うことがあるかもしれません。そのときはご協力願います。増田さん、帰りましょう」

客間の襖《ふすま》を開けて、佐方が出て行く。増田は慌てて立ち上がると、怖い顔のまま座っている篤子と麻美に頭を下げて、佐方のあとを追った。

近くの空き地まで来ると、増田は首をぐるりと回した。

「いやあ、参りましたね。佐方さん」

「まったくです。参りました」

佐方が大きく息を吐き出して同意した。

増田は腕時計を見た。十二時十五分。およそ二時間、武本の家にいたことになる。慣れない場での緊張もあったが、それ以上に篤子の迫力に気圧《けお》された。肩ががちがちだった。

増田の愚痴に佐方は、ほんとに参りましたね、と同意しながら、懐からハイライトを取り出した。

「これが吸えないと、ほんとに参ります。落ち着かなくて」

佐方はズボンのポケットからライターを取り出し、煙草に火をつけた。

佐方が言う「参った」と、増田が言う「参った」は意味が違うようだ。佐方は半分ほど吸ったところで、煙草を携帯灰皿で揉《も》み消すと、前方を見つめながら言った。

「増田さん、東署に連絡をとってもらえませんか」

「東署に、ですか」

唐突な要求に、増田は思わず聞き返した。佐方は、米崎東署にこのあたりのレンタルビデオ店の捜査を求めたい、という。

「武本が会員になっている店を探し出し、武本が借りたビデオやＤＶＤの履歴を取り寄せたいんです」

佐方の狙いはこうだった。特異な性癖がある者は、その手のビデオやＤＶＤをレンタルしているケースが多い。痴漢行為を扱ったビデオを武本がレンタルした形跡がないか確かめ、突破口にする。

増田は佐方に顔を向けた。家柄や肩書などの権力は、佐方には通用しない。向かう相手が誰であろうと、佐方は真実を追い求める。

身体に重く伸《の》し掛かっていたものが、一気に取れて行くように感じる。増田は、冬のボーナスで買い求めたばかりの携帯電話を取り出すと、手帳を見ながら米崎東署の番号を押した。

増田と佐方が外で昼食を済ませて検事室に戻ると、受付から内線が入った。佐方に、井原《いはら》と名乗る人物が会いに来ているという。来意を訊《たず》ねると受付の女性は、武本弘敏という方の弁護士だそうです、と答えた。

名前を聞いた増田は驚いた。が、武本家の門構えを思い出してすぐに得心する。井原智之《ともゆき》弁護士が代表を務める井原法令綜合《そうごう》事務所は、県下最大の法律事務所だ。十人以上の弁護士のほか、司法書士や税理士といった専門的知識を持つ人材を何人も抱えていた。武本家の、いや本多家の財力と人脈を考えれば、当然の帰結かもしれない。

増田は受話口を手で押さえ、佐方に井原の来訪を伝えた。佐方の顔に束の間、戸惑いの表情が浮かぶ。が、すぐに、軽く肯《うなず》いた。

「御大《おんたい》自らお出ましとは、光栄ですね」

検事室の来客用ソファに座る井原は、エグゼクティブを絵に描いたような人物だった。濃紺のスーツに落ち着いたグレーのネクタイ、つま先が尖《とが》った黒い靴は、いま磨いてきたばかりのように光っている。腕にはロレックスだろうか、一目でそれとわかる高級時計をはめていた。身につけているもの一式で、軽く増田の年収を超えそうだ。

学生時代になにかスポーツでもしていたのだろう。長身の井原は肩幅が広く、骨太で均整の取れた身体つきをしている。内から滲《にじ》み出ている貫禄《かんろく》や風体から、歳は五十前後のように思えるが、力強い目や意志の強そうな表情には三十代の若々しさがあった。井原の事務所に所属している弁護士とは何度か対峙《たいじ》したことがあるが、トップである本人と会うのははじめてだった。

　お茶を淹《い》れ、井原と佐方の前に置くと、増田は自分の席に戻りパソコンを立ち上げた。キーボードに手を添え、ふたりの様子を横目で窺いながら耳を澄ませる。

　名刺交換が終わると、井原は軽く握った拳《こぶし》を膝《ひざ》の上に置いたまま口火を切った。

「約束も取り付けず、突然お邪魔してすみません」

　言葉で詫《わ》びてはいるが、声には気持ちがこもっていなかった。胸の前で指を組みながら佐方が、大丈夫です、と答えると井原は、いえいえ、と軽く首を振った。

「私もこの道は長い。検事さんがどれだけ多忙か、よく知っています。佐方検事はまだお若いが、なかなかのやり手だということもね――」

　褒めてはいるが、言葉には挑発するような響きがあった。

　井原は、軽く咳払《せきばら》いをすると、本題に入った。

「ところで、今日こちらへ伺ったのは、武本弘敏さんの件に関してです」

　井原は、自分が武本の弁護を引き受けるに至った経緯を説明した。

　事件があった当日、篤子から電話があった。実家である本多家の顧問弁護士を長年務めている関係で、篤子とは以前からの知り合いだという。篤子は、婿が無実の罪で警察に捕まっている、一刻も早く対応してほしい、と井原に弁護を依頼した。依頼を引き受けた井原は、すぐさま武本が勾留《こうりゅう》されている米崎東署へ赴き本人と接見した。

「武本さんは、かなり疲労していましたね。無理もない。いきなり痴漢呼ばわりされて、身に覚えのない罪で警察に捕まったのだから」

「身に覚えのない罪かどうかは、まだわかりません」

「わからない、ということは武本さんが痴漢行為を行ったという確証をお持ちではない、ということですね」

井原は佐方に迫るように、椅子の上でわずかに身を乗り出した。

「これは不当逮捕です。すぐに武本さんを釈放すべきだ」

井原の要求を、佐方は真っ向から突っぱねた。

「容疑がある以上、釈放はできません。勾留します」

決して意志を曲げない強い響きを含んだ声に、井原の口から笑みが消えた。井原はわずかな間のあと、佐方に訊ねた。

「佐方さんは、武本さんが痴漢行為を行ったとお考えなんですか」

「それをいま、調べているんです」

佐方の答えを、井原はすぐさま切って返した。

「いくら捜査のためとはいえ、被疑者の身内を苛《いじ》めるのは、どんなもんでしょうね」

「苛める？」

「あそこまで根掘り葉掘り訊《き》く必要が、あるのかということです」

どうやら井原は、佐方が武本家の内情を詳しく聞いたことが、気に食わないようだ。

井原の問いに、佐方は淡々と答えた。

「まっとうな判断を下すためです。苛めているつもりは毛頭ありません」

ふたりのやり取りを黙って見ていた増田は、合点がいった。

井原の訪問は、増田と佐方が庁舎に戻ったところを見計らったかのような、絶妙のタイミングだった。おそらく篤子が井原に不満をぶちまけたのだろう。依頼人からの苦情を受けた井原は、これ以上自分の依頼人に不愉快な思いはさせるな、という牽制《けんせい》の意味で地検を訪れたのだ。

井原は薄く笑うと、椅子から腰を上げた。

「まあ、お手柔らかに」

「こちらこそ」

佐方も笑みを浮かべて返す。

軽く頭を下げ、検事室を出ようとした井原が、ドアの前でなにかを思い出したように振り返った。

「そうそう。佐方検事のお父上、佐方陽世氏のことは存じ上げておりますよ」

佐方の顔色が変わった。井原を見る目が、すーっと細くなる。

「お父さまは残念でしたな。まだまだこれからというときに……」

佐方は無言で井原を睨《にら》みつけた。井原を見据える目には、強い怒気が込められていた。

これほど険しい表情の佐方を、増田は見たことがなかった。

が、それも一瞬で、佐方は自分を納得させるように二、三度肯くと、いつもの表情に戻って言った。

「お気遣いいただき、どうも——」

井原は薄い笑いを顔に貼りつけたまま、ドアを閉めて検事室をあとにした。

増田は詰めていた息を、静かに吐き出した。

佐方の父親がすでに亡くなっていることは知っている。昨年の夏、佐方はたしか父親の十三回忌の法要で、郷里の広島に帰っていた。しかしなぜ、井原が佐方の父親を知っているのだろう。

疑問を口にする前に、佐方が言った。

「ちょっと出てきます」

「どちらへ」

「被害者の交友関係の件で」

先日の玲奈の事情聴取の際、佐方が親しい友人について訊ねていたのを、増田は思い出した。おそらく玲奈の人柄や前歴を確認するためだろう。

「承知しました」

部屋に独りになると、増田は茶托《ちゃたく》を片付け、自分のためのコーヒーを淹れた。カップを手に、席に戻る。

武本の案件に対して佐方がどのような終局処分を考えているのかはわからない。だが、起訴、不起訴のどちらを選択するにせよ、一筋縄でいかないことは確かだ。

いままでの調べから、増田は武本が犯人であるとの確証が持てなかった。

理由はふたつある。ひとつは、所轄での捜査結果だ。武本は逮捕後、所轄で両手の検分を受けている。最近の痴漢事件では、被疑者の手を調べるのが一般的だ。被害者の衣服や下着の繊維片が、被疑者の手や爪の間に残っていることがあるからだ。

武本も所轄で手を調べられているが、報告された検査結果は「被害者が身につけていた衣服の繊維は検出されず」というものだった。言った言わないなどの自己申告と違い、科学捜査の鑑定結果は裁判での証拠となる。

もうひとつは、武本の強硬な否認だ。

迷惑防止条例違反の法定刑は、常習でなければ六月以下の懲役または五十万円以下の罰金だ。武本には前科がない。おとなしく罪を認め、被害者との示談を積極的に進めれば、初犯でもあるし、上手《うま》くいけば起訴猶予で早期に釈放される可能性がある。

否認を貫き冤罪《えんざい》を主張するということは、裁判で徹底的に争うということだ。逮捕から送検までの三日間に加え、送検後の勾留、再勾留まで含めると最大二十三日のあいだ、留置場に留め置かれる覚悟がいる。公判請求されたあとも、否認していると保釈請求がなかなか認められない。保釈が認められるまで、会社も休まなければならない。さらに、武本には家族がいる。周囲の目もある。人生において相当なリスクを背負うことになる。

自分が置かれる状況は、担当弁護士の井原から聞いているはずだ。それらをすべて理解したうえで無罪を主張するということは、生半可な覚悟ではない。

一方、被害者の玲奈は前歴があるうえ、示談を持ちかけたという話が出ている。玲奈はこれを否定しているが、話の内容を録音した音声データがあるわけでもなく、玲奈の供述を裏付ける目撃証言もない。

増田は手にしていたカップを机に置くと、顔をしかめ、指でこめかみを揉《も》んだ。

目撃証言も物的証拠もなく、証拠は被害者の供述だけだ。まかり間違えば、冤罪を作り上げる結果になる。もしそうなったとしたら、井原はマスコミを使って佐方を、ひいては検察を、全力で叩《たた》きに来るだろう。自分の功績を世間に知らしめる絶好の機会を、井原が見逃すとは思えない。冤罪に立ち向かい無実を勝ち取った弁護士を、世間は称賛するはずだ。マスコミは反権力の御旗《みはた》を掲げ、徹底的に検察を糾弾するに違いない。

今回の案件は、概要だけみれば迷惑防止条例違反という些細《ささい》なものだ。だが、事と次第によっては、検察組織の権威に関わる事案となる。

事の重大さに、増田は身震いした。

──ここは起訴猶予か不起訴にして、早く武本を釈放した方がいい。佐方が戻ってきたら、具申してみようか。

いや、思い直して増田は首を振った。そんなことは佐方なら、百も承知だろう。佐方はきっと、あらゆる可能性を考慮したうえで、まっとうな処分を下すはずだ。これまでどおり佐方を信じて、ついていくしかない。

佐方が戻って来たのは、午後七時を回ったあたりだった。

地下の食堂でそばを掻《か》き込み、自分の席でパソコンを打っていた増田は、遅くなりました、と言って入室してきた佐方の表情に目を見張った。佐方は外出前とがらりと変わって、晴れやかな顔をしていた。

「お帰りなさい。なにか、収穫があったみたいですね」

増田が訊《たず》ねると、佐方はコートを壁に掛けながら、ええ、と力強く肯《うなず》いた。

「武本の案件の、方向性が見えました」

玲奈の友人から、なにか有力な情報を得たのだろう。起訴、不起訴、佐方はどちらの方向で動くのか。

訊ねようとしたとき、目の前の電話が鳴った。

かけてきたのは米崎東署の担当刑事だった。今日の昼に依頼した、武本のビデオレンタル会員に関する捜査結果の報告だという。武本の自宅がある神原は、店が多く立ち並ぶ商業地区ではない。自宅から近いレンタルビデオ店は、数が限られている。捜査は短時間で終わったのだろう。

席に着き電話を代わった佐方は、「はい」「ええ」と相槌《あいづち》を挟みながらしばらく話を聞いていた。最後に町名を出してこまごまと指示し、受話器を置いた。佐方の受け答えから、良くない内容であるのは想像できた。

「いかがでしたか」

増田が訊ねると佐方は、腕を組んで椅子にもたれた。

「いまのところ、武本麻美さんの証言に相違はないみたいですね」

警察の調べによると、武本は自宅から徒歩十分ほどのところにある大手レンタルビデオ店の会員になっていた。武本本人だけでなく、妻の麻美も会員登録をしていた。武本は家族でその店を利用しているらしい。

武本が借りていた映画は、麻美の証言どおり戦争映画やホラーものがほとんどだった。月に二回ほど、ディズニーやジブリのアニメも借りている。子供のためにレンタルしたのだろう。

——ますます、武本がシロに近づいていく。

佐方を信じてついていくと覚悟したはずなのに、気がついたら言葉が口を突いて出ていた。

「今回、玲奈の供述の信用性を裏づけるのは難しいのではないでしょうか」

佐方はしばらく無言で増田を見ていたが、両手を顔の前で組み、顎《あご》に添えて言った。

「所轄に、もう少し範囲を広げて粘ってくれ、と頼みました」

たしかに電話で、そういう言葉は聞いた。が、増田には、無駄骨のような気がしてならなかった。粘ったところで結果は同じではないか。

困惑する増田に、表情を和らげて佐方が続ける。

「店の捜査範囲を自宅近辺だけでなく、駅の反対側はもちろん、近隣の地区まで広げるよう頼んだんです。武本の自宅から車で往復三十分くらいのところは、すべて当たるよう指示しました。小さい店の中には、アダルトビデオ専門のところもあると聞きます。武本が猥褻《わいせつ》なビデオを借りているとしたらむしろ、家族や近所の目がない、自宅から離れた場所でしょう。おそらくそれ専門の、小さな店だと思うんです」

言われてみれば、なるほど、と肯ける。だが普通であれば、そこまでやる必要はない。被疑者である武本本人から事情を聴き、家族の話を聞くために自宅にも足を運んだ。そのうえ、所轄に依頼し家族の証言の裏もとっている。

仮に不起訴にして、武本がまた痴漢で捕まったとしても、今回の事案を手抜き捜査だと言う者はいないだろう。マスコミから責められてもここまで動いていれば、思いつく限りの捜査はした、と佐方は公言できる。地検も、捜査方法に問題はない、との見解を示すだろう。

増田と佐方の机の上には、未決裁の一件記録が山と積まれている。毎日、少なくても四、五件、多いときは十件を超える事案が検事の許《もと》へ持ちこまれる。ひとつの事案を納得のいくまで調べることは、精神的にも物理的にも、極めて困難だ。

だがその困難に、真正面から立ち向かうのが、佐方という男だった。どんな小さな断片も疎《おろそ》かにせず、どこまでも真実を追求しようとする。佐方の姿勢には、いまさらながら頭が下がる。

佐方はさっき、方向性が決まった、と言っていた。佐方の心証はシロなのか、それともクロなのか。いずれにしても、警察への指示は念には念を入れてのことだろう。信じてついていく——立ち会い事務官の自分には、それしかない。


筒井義雄はキャビネットを開けると、唸《うな》り声を漏らした。

いままでに扱った案件の資料が、隙間がないほど詰め込まれている。部屋に置かれているスチールラックや机の中もそうだ。会議書類や報告書など、諸々《もろもろ》の書類がびっしりと収められている。あとひと月半ほどの間に、この数えきれないくらいの書類をすべて整理して、部屋を明け渡さなければならない。引っ越しにかかる手間を考えた筒井は、再び喉《のど》の奥で唸った。

筒井は四月の一日付で、公判部に異動になる。役付きはいまと同じ副部長、米崎地検の五階から四階に移るだけの、横異動だ。

今日、昼食を取り終え食堂から戻ると、内線電話が鳴った。次席検事の本橋武夫《もとはしたけお》からで、話があるから部屋に来てほしいという。本橋の話とは、ひと月半後に控えた異動のことだった。刑事部から公判部への、筒井の異動が決まったという。

「正式な発令は三月に入ってからだが、いろいろ準備もあるだろうから、早めに耳に入れておいた方がいいと思ってね」

本橋は椅子の背にもたれ、くつろいだ様子で言った。

筒井は米崎地検に来て三年になる。検事はだいたい二、三年で異動する。例に漏れず、自分も今回、別の地検へ動くものだとばかり思っていた。

筒井の沈黙を不満の証《あか》しと捉《とら》えたのか、本橋は深刻な表情を取り繕って、椅子から身を起こした。

「いやいや、昇進がない蟹《かに》歩きの異動は意にそぐわないかもしれないが、それも一年、長くて一年半の辛抱だ」

本橋は再び椅子の背にもたれると、冬だというのに手元の書類で顔をぱたぱたと扇《あお》ぎ、大仰に難しい顔をした。

「上の事情でね、玉突き人事の煽《あお》りがこっちにまで回ってきた。席が空かなきゃ座りたくても座れない。大人しく空きが出るのを待つしかないさ」

筒井は少し間を置いて、にやりと笑った。

「承知しました。問題ありません」

どこぞのお偉いさんが、定年前に弁護士か大学教授にでも転身する予定を、一年延ばしたのだろう。筒井のような下っ端管理職が文句を言っても、詮《せん》無いことだ。

筒井の言葉に皮肉の匂いを感じ取ったのか、本橋は愛想笑いを浮かべて空手形を切った。

「次の異動では必ず上がるよ、心配ない」

問題ないという筒井の言葉は、本心だった。筒井は若い頃から、出世レースには興味がなかった。点数があがることより、目の前の案件が解決していくことの方に、遣り甲斐《がい》を感じていた。

筒井は米崎が好きだった。首都圏から新幹線で二時間という利便に加え、海と山に面している土地は新鮮な食材が豊富で食い物が美味《うま》い。特に、県北にある標高二千メートルの五葉《ごよう》山から湧き出る清水で造られる酒は、格別だった。暮らしに必要なものが揃っていて、酒が美味く、人の情が残っている。個人の勝手な希望が通るような組織ではないが、できることならこの地で検事人生を終えたい、とまで筒井は思っていた。

女房や子供も、この土地を気に入っている。妻の美佐枝《みさえ》は、定年したら米崎に戻って弁護士でもはじめれば、とまんざら冗談とも思えない口調で言っている。息子の亨《とおる》がこのところ浮かない顔をしているのは、父親の転勤を見越してのことだろう。中学の同級生と別れるのがつらいのだ。

それに――

引き出しから出した書類を、保管用と処分用に仕分けしていた筒井は、ある男の顔を思い浮かべて手を止めた。

ここには佐方がいる――

佐方は自分が着任した一年後に配属されてきたから、米崎地検はいま二年目だ。

検事に任官した者はまず、東京地検や大阪地検のような大規模庁に配属される。いわゆるA庁勤務だ。そこで一年勤めたあと、地方の小規模な地検へ異動する。小規模庁を二、三年経験すると次は中規模クラスの地検に、というのが一般的だ。その後いち早くA庁入りできるかどうかが、検事人生の分かれ道となる。

二年前に東京地検から米崎地検へ配属されてきた佐方は、本来であれば今年、横浜や千葉、浦和あたりの中規模庁へ異動してもおかしくない。だが今回、佐方の転勤は、おそらくないだろう。

佐方は一昨年の夏、財団法人「中小企業経営者福祉事業団」に関わる与党議員の贈収賄容疑の捜査で、東京地検特捜部へ駆り出された。推薦したのは筒井だった。

事務官の増田も一緒に応援に出向いたのだが持病のヘルニアが悪化し入院したため、佐方は別の事務官と組んで取り調べにあたった。そこで佐方は、真実を追求するため、上層部の見立て捜査に異を唱えた。結果的に、佐方の推察により事件は解決を見たが、上層部の怒りは収まらず、翌年の異動で佐方は、米崎の刑事部に留め置かれた。

佐方本人はなにも口にしないが、筒井は前任の検事正から、一連の経緯を聞いている。米崎地検における新任明け検事は、刑事部と公判部の両方を経験することになっている。だが佐方は、米崎に二年いながら、刑事部しか経験していない。ということは、今回の異動で公判部へ移る、ということだ。また自分の部下として働くことになる。

筒井は頰が自然に緩んでくるのを感じた。

「どれ、さっさと終わらせるか」

自分に気合いを入れると、筒井は堆《うずたか》く積まれている書類に手を伸ばした。

筒井が粛々と書類の整理をしていると、卓上の内線電話が鳴った。

手を止めて受話器をあげる。

「私だが、ちょっと来てくれるか」

聞こえてきたのは鬼貫正彰《おにつらまさあき》検事正の声だった。いつもながらの、有無を言わさぬ口調だ。

鬼貫は在学中に司法試験に受かり、東大を卒業すると同時に司法修習生となった。検事に任官して一年か二年後に外務省に派遣され、フランス大使館の書記官を務めている。法務官僚を長く務め、昨年、米崎に検事正として着任した。鬼貫は現場経験がほとんどない、典型的な赤レンガ族だった。この四月にはまた法務省に戻り、大臣官房長あたりを拝命するのだろう。一年限りの腰掛けだが、米崎で大過なく過ごせば、末は東京高検検事長から検事総長まで望める、エリート中のエリートだ。

自分のような下っ端副部長にいったいなんの用があるのか、筒井は訝《いぶか》しんだ。同じ日に次席と検事正から呼び出しがかかるなんて、年に一度あるかないかだろう。

すぐ伺います、と答えて電話を切り、エレベーターで七階の検事正室に向かう。

ノックをして名乗ると、部屋の中から入室を促す声が聞こえた。

ドアを開けて検事正室に入る。すでに鬼貫は、来客用のソファに腰を下ろしていた。

鷹揚《おうよう》に手招きして、向かいの席に座るよう顎《あご》をしゃくる。

鬼貫は五十代半ばで、まだ頭髪は黒々としている。額はかなり後退しているが、実際の年齢以上の老いは感じさせない。逆に広い額が、聡明《そうめい》で鋭利な印象を抱かせる。

筒井が向かいに座ると、鬼貫は前置きなしで本題を切り出した。

「次席からすでに聞いていると思うが、今回、君は異動だね」

地検トップが、単なる蟹異動をなぜ気にかけるのか。筒井は次の言葉を、身構えながら待った。表情を和らげて鬼貫が続ける。

「どうだい。慰労をかねて一杯やらないか。私が招待するよ」

それは——と言って言葉に詰まる。鬼貫なりの灰汁《あく》抜きのつもりだろうか。

「ありがとうございます」

咄嗟《とっさ》に声に出すと、筒井は頭を下げた。

「明後日の夜、空けておいてくれ。場所はあとで連絡する」

そう言って鬼貫は深々とソファにもたれた。話は終わった、という仕草だ。

筒井はもう一度礼を述べて立ち上がった。

ドアに向かう筒井を、思い出したように鬼貫が呼び止める。

「そうだ、いい機会だから、佐方検事も呼んでくれないか」

筒井は耳を疑った。検事正が一介の新米検事を名指しで酒に誘うなど、聞いたことがない。

「佐方を、ですか」

「ああ、たまには若手とも飲んでみたい。頼んだよ」

鬼貫が念を押すように言う。

筒井は鬼貫の底意がわからず戸惑った。が、すぐに、佐方ならあり得るかもしれない、と思い返す。米崎に来てから佐方は、新人らしからぬ的確な手腕で、何度も筒井を唸《うな》らせている。修習生時代の評価も高い。もしかしたら鬼貫は、次席あたりから佐方の評判を聞いて、優秀と称される若手検事と話してみたい、と前々から考えていたのかもしれない。

「承知しました。あいつも喜ぶでしょう」

とりあえずこの場は、鬼貫の言葉を額面どおり受け取ることにして、筒井は検事正室を辞去した。


タクシーが停まると、筒井は料金を払い、佐方に続いて車を降りた。目の前の壮麗な建物に、思わず溜《た》め息《いき》が漏れる。

筒井と佐方は、料亭「〆じ《しめ》」の前にいた。〆じは、鬼貫が会食の場に指定した店だった。創業は明治初期と、古くからある花街の中でも最も長い歴史を誇り、多くの皇族や政治家、文豪たちが訪れている。筒井クラスの検事が気軽に足を運べる場所ではない。

鬼貫の誘いを受けたものの、指定された場所を聞いて、筒井は後悔の臍《ほぞ》を噛《か》んだ。実際のメじを見て、思いは強くなる。場違いというだけでなく、ここの勘定は普段、筒井が飲んでいる居酒屋「ふくろう」とは桁違《けたちが》いだろう。酒と食事で、三人だとおそらく十万円は下らないはずだ。今日の支払いは、検事正のポケットマネーと聞いていた。自分の懐は痛まないが、大きな借りを作るようで、筒井の気分は重かった。

このままここにいても仕方がない。約束の午後七時は、間もなくだ。筒井は諦《あきら》めの息を吐いた。

「行くぞ」

後ろにいる佐方に声をかける。佐方は気負った様子もなく、短く「はい」と答えた。

筒井は覚悟を決め、メじの門をくぐった。

入り口で靴を脱ぎ、着物姿の仲居に案内されて長い廊下を渡る。鬼貫はすでに来ているようだ。座敷に着くと、仲居が襖《ふすま》に手をかけて言った。

「失礼します。お連れさんがお見えになりました」

「おお、来たか」

座敷の中から鬼貫の声がする。

仲居が襖を開けると、座椅子の肘《ひじ》かけにもたれて中庭に視線を投げていた鬼貫は、筒井と佐方を認めて手招きした。

「忙しいところ、呼び立ててすまなかったな。まあ、入れ」

卓を挟んだ向かいに、佐方と並んで腰を下ろすと、筒井は一礼して謝辞を述べた。

「こちらこそ、お招きにあずかり恐縮です」

鬼貫は、まあまあ、と言いながら、押し留《とど》めるように掌《てのひら》を筒井に向けた。

「今日は堅苦しい挨拶《あいさつ》は抜きにしよう。年寄りがかしこまると、若い者の肩が凝る。なあ、佐方くん」

鬼貫は視線を、筒井から佐方に移した。

話を向けられた佐方は、顔をあげると鬼貫の目を見据え、いえ、とだけ答えた。

佐方の返事は、筒井から見ればいつもと変わりないものだった。佐方は誰に対しても素っ気ない。相手によって態度を変えるということはない男だ。だが、そういう気質を知らない者からすれば、佐方の態度は反抗的、と映る可能性もある。

筒井は誤解を招かないために、横から佐方を擁護した。

「申し訳ありません、検事正。こいつは口が立たない奴でして……」

鬼貫の笑い声が、筒井の言葉を遮った。

「いいじゃないか。口数が多い男はあまり好かん。まあ、膝《ひざ》を崩して一杯やろう」

タイミングを見計らったように、仲居が酒と料理を運んできた。筒井は氷の入った朱塗りの桶《おけ》から冷酒を取り出した。出羽桜の大吟醸だ。小瓶の口を開け、鬼貫に酌をする。

それを合図に、会食がはじまった。

鬼貫は上機嫌で筒井と佐方の酌を受け、ふたりの仕事を慰労した。歯の浮くような台詞《せりふ》で、筒井と佐方の有能ぶりを讃《たた》える。特に佐方のことは、手放しに褒めちぎった。

佐方は曖昧《あいまい》な笑顔で遣《や》り過ごしている。筒井は尻《しり》の据わりの悪さを感じた。仮に鬼貫の言葉が本心だとしても、わざわざ時間と金を使う理由がわからない。仕事ぶりを評価するだけならば、自分の部屋に呼んで褒めればいいだけのことだ。それだけで、言われた方は飛び上がるほど喜ぶ。検事正の言葉はそれほど重い。

――いったい、腹になにを呑《の》んでいる。

筒井は佐方を、横目でちらりと見た。佐方はいつものペースで、黙々と酒を口に運んでいる。称賛の裏に別のなにかが透けて見えるように思うのは、自分の考え過ぎだろうか。

釈然としないまま酒を飲んでいると鬼貫が、ちょっと失礼、と席を立った。手洗いに行くのだろう。

鬼貫が座敷を出て行くと、それまで黙っていた佐方がぽつりとつぶやいた。

「なにか、言いたいことがありそうですね」

筒井は口に運びかけていた猪口《ちょこ》を持つ手を止めて、佐方を見た。

「お前もそう思うか」

佐方は座卓を見つめながら答えた。

「本音と世辞の違いくらい、俺でもわかります」

鬼貫の言葉が丸っきり世辞だとは思わないが、佐方も気づいているように、やはり大げさ過ぎる。腹にあるのはなんだと思う？　そう筒井が訊《たず》ねようとしたとき、襖を隔てた廊下から、鬼貫の大きな声がした。

「これはこれは、先生！」

廊下で知人と偶然出会い、久方ぶりの再会を喜んでいるような声だった。

ここの客だ。それなりの身分、もしくは金がある人物だろう。まして鬼貫が「先生」と呼んでいる相手だ。相当の大物に違いない。

なにやら立ち話をしている気配がして、ほどなく座敷の襖が開いた。鬼貫は出番を待っていた役者のように、声を張り上げた。

「いやあ、手洗いから戻ってきたら、廊下でばったり先生と会ってね。優秀な若手を激励していたところです、と申し上げたら、ぜひ自分も同席したい、とおっしゃるものだからお連れした。ささ、どうぞ先生」

肩越しに振り返った鬼貫の後ろには、小太りの中年男がのっそり立っていた。寝ぐせのついた髪を無造作に掻《か》きあげながら、人の良さそうな面立ちに笑みを浮かべている。男が鬼貫の後ろについて座敷に入ると、仲居は急いで席を用意した。新たな膳《ぜん》の上に、金粉を塗った盃《さかずき》を置く。筒井たちが飲んでいる切子の猪口とは違う。男はいつもそれで飲んでいるのだろう。

「いやあ、くつろいでるところ悪いねえ。ちょっと、お邪魔させてもらっていいべが」

見た顔だと思ったが、独特の嗄《しゃが》れ声を聞いて筒井は息を呑んだ。

大河内定和——

米崎選出の国会議員のなかでも、極めつきの大物だった。父親は元検事総長。法曹界でその名を知らない者はもぐりだ。普段は故郷の訛《なま》り言葉を多用し庶民派を売りにしているが、その実、育ったのは東京で、怒ると標準語でまくし立てることはよく知られている。大河内ならぬイラ河内の別名は、マスコミ関係者の間では有名だった。

筒井が声を失ったのは、テレビでしか見たことがない著名な代議士が、突然目の前に現れたからではない。なぜこのタイミングで現れたのか。それが問題だからだ。

佐方に配点した痴漢事案の被疑者が本多家に繋《つな》がる人間だという報告は、事務官の増田から受けていた。被疑者の義母の兄が、大河内の後援会長を務めているということを、増田は世間話に紛れてさりげなく口にしたが、顔からは憂色が滲《にじ》んでいた。

もし起訴して裁判で負けたら、地獄の釜《かま》の蓋《ふた》が開きます——

増田の不安は、筒井にも充分理解できた。

大河内が選挙に強いのは、後援会長である本多の財力と人脈が大きく寄与している。大河内にとって本多家は、頭の上がらない存在だ。

その大河内がたまたまここに居合わせ、鬼貫と廊下で鉢合わせをし、そのうえ佐方を激励したい——だと？

筒井は膝の上に置いている手を、握り締めた。

単なる偶然と受け取るには無理がある。今日の会食は、姪《めい》の夫の窮地を救ってほしいと後援会長から頼まれた大河内が絵図をかき、鬼貫が意を受けてセッティングしたものだろう。出世欲旺盛《おうせい》な鬼貫なら、あり得る話だ。

軽い自己紹介を済ませ、歓談が進む。佐方は口を開かない。しばらく当たり障りのない話が続いたが、仲居が箸休《はしやす》めの酢漬けを置いて座敷を下がると、大河内は「ところで」と会話を捌《さば》いた。

「検事といえば昔、知り合いが冤罪《えんざい》で裁判にかけられたことがあってな。検事にこっ酷《ぴど》くやられたらしい。無実の彼にすればえらい災難だ。見ていて気の毒だったよ」

大河内の話によると、衆議院議員に初当選した当時、知り合いの医師が身に覚えのない容疑で逮捕された。医師は無実を訴えたが検察から起訴され、法廷で争うことになった。最終的には無実を勝ち取ったものの、冤罪を証明するまでに家族や地位、社会的な信用など多くのものを失って一生を棒に振った。

そこまで説明すると、大河内は筒井と佐方の顔を交互に見やって訊ねた。

「彼は、なんの容疑で逮捕されたかわかるが」

犯罪容疑など星の数ほどもある。答えられるわけがない。筒井と佐方が黙っていると、大河内はさも可笑《おか》しそうに言った。

「痴漢だよ」

ふっ——と、隣で鼻から息を抜く音が聞こえた。見ると、佐方の口角があがっている。

——こいつ、笑っているのか？

大河内は佐方の態度に気づいた様子もなく、盃を干すと、表情を引き締めた。

「実際のところ、彼が無実かどうかわしにはわからん。彼とは、さほど親しかったわけでねえがらな。だが、はっきりしているのは、検察がひとりの男の人生をぶち壊した、ということだ」

鬼貫が大河内に酌をする。大河内は盃に口をつけながら、独り言のようにつぶやいた。

「仮に彼が痴漢をしていたとしても、たかが条例違反だ。起訴猶予でも略式でも、検察が打つ手はいくらでもあるだろう。検察は貴重な時間と労力を無駄に費やし、ひとりの人間を破滅させたんだ」

沈黙を続けている佐方に、鬼貫が冷酒の瓶を差し出した。

「なあ、佐方。お前さんも去年、特捜に駆り出されて痛い目をみているからわかるだろう。検察の仕事は社会正義の実践であり、巨悪を眠らせないことだ。そこいらの立ち小便を取り締まることじゃない」

想像したとおりの絵図に、筒井は奥歯を噛んだ。

――平目め。

鬼貫に向かって、心の中で吐き捨てる。下や横など見ず、上しか見ない奴。海の底にへばりついている平目と同じだ。

座卓に置かれた猪口に鬼貫が酒を注ごうとしたとき、佐方が口を開いた。相手を射貫《ぬ》くような鋭い視線で、目をひたと見据えて言う。

「お言葉ですが――」

「佐方」

筒井は佐方の膝に、手を当てた。やめておけ、という合図だ。筒井の意を察したのだろう。佐方はいったん口を閉じた。が、膝に置かれている手をそっと外すと、居住まいを正し、改めて鬼貫に向き直った。

「お言葉ですが検事正、自分は、罪をまっとうに裁かせることが、己の仕事だと思っています」

「なんだと」

平検事が地検のトップに刃向かうとは思っていなかったのだろう。思いがけない佐方の態度に、鬼貫の浅黒い肌が赤みを帯びた。

一触即発の空気を感じ、筒井はふたりの間に割って入った。

「佐方、口を慎め」

座敷の空気が張り詰める。

突然、大河内の豪快な笑い声が弾《はじ》けた。

「若者は威勢がええな。結構、結構」

鬼貫は口を真一文字に結ぶと、大河内に向かって平伏した。

「お見苦しいところを……」

筒井も急いで、鬼貫に倣う。だが、佐方は軽く頭を下げただけだった。

大河内は盃を呷《あお》ると、勢いよく立ち上がった。

「どれ。わしはそろそろ、失礼するよ」

「外までお送りします」

鬼貫は慌てて立ち上がろうとした。

中腰になった鬼貫を、大河内は手で制した。自分で襖《ふすま》を開け、前を向いたまま吐き捨てるように言う。

「威勢がいいのは結構なことだが、若鯉もあんまり跳ねると池から飛び出る。せいぜい気をつけるこった」

大河内は座敷を出ると、後ろ手で襖を、勢いよく閉めた。


名前を呼ばれた増田は、キーボードを打つ手を止めて顔をあげた。

「なんでしょうか、佐方さん」

検事室の机に向かう佐方は、両手に持っている書類を交互に見ながら訊《たず》ねた。

「昨日、送致されてきた車上荒らしの案件ですが、実況見分調書に被害車両の写真が添付されていないんです。至急、所轄に連絡をとって、こちらに届くよう手配してもらえませんか」

増田は、はい、と返事をすると、机の上にある電話の受話器をあげた。手帳で確認し、所轄の番号を押す。呼び出し音を聞きながら、目の端で佐方を見た。

佐方は難しい顔で、一件記録を捲《めく》っている。

武本の一回目の勾留《こうりゅう》期限は、明日に迫っていた。家族から被疑者の生活状況を訊ね、所轄にレンタルビデオ店の捜査を依頼してから、八日が経つ。佐方はそのあいだ、所轄から送致されてくる新たな案件の捜査と、未裁事案の処理をしていた。ひとりの検事が抱えている案件は、多いときで百近くにのぼる。ひとつの事件に、かかりきりになるわけにはいかない。

事情は理解しているが、増田は武本の事案が気にかかっていた。武本が本当にシロかどうかはまだわからないが、冤罪の懼《おそ》れがある被疑者を勾留しているというのは、気分が落ち着かなかった。しかし佐方は、武本のことなど念頭にないかのように、黙々と案件に取り組んでいる。就業中はもちろんのこと、休憩中の雑談のときでも、武本の名前が佐方の口から出ることはない。

電話が繋がり、所轄の交換が出た。増田は所属を名乗って刑事課に回してもらうと、担当者に用件を伝えた。

話を終えて電話を切る。受話器に手を添えたまま、増田は考えた。

いったい佐方は、武本をどうするつもりだろう。嫌疑不十分で不起訴にするのか、それとも納得いくまで捜査するため、さらなる勾留延長を裁判所に申請するのだろうか。

佐方の考えが見えない。

溜《た》め息《いき》をつきながら、受話器から手を離そうとしたとき、いきなり電話が鳴った。増田は我に返り、慌てて受話器をあげた。

武本の案件の所轄、米崎東署からだった。佐方から捜査依頼を受けていたレンタル会員の件で、連絡したという。内線で電話を転送した増田は、佐方の表情を窺《うかが》った。なにごとかメモしながら、短く肯《うなず》いている。最後に手間をかけた詫《わ》びと礼を言うと、佐方は電話を切った。

受話器を置いた佐方の顔には、喜色が浮かんでいた。

「出ましたよ、増田さん」

もしかして、突破口が開けたのか。

担当者の報告によると、武本の自宅からひと駅離れたレンタルビデオ店で、アダルトビデオの貸し出し履歴が見つかったという。

「店の名前はハニーバニー。七瀬町《ななせちょう》三丁目の、雑居ビルにある個人経営の店だそうです。アダルトビデオのレンタル専門で、武本はそこから、痴漢行為を扱ったビデオを借りていました。店員に顔写真を見せて確認をしたところ、ビデオを借りていたのは武本本人に間違いないとの証言が得られました。最近では、逮捕される二週間前にも、痴漢ビデオを借りに来たようです」

警察からあがってきた捜査報告を、佐方は目を輝かせながら伝えた。

増田は思った。佐方の心証はクロなのだ。玲奈の友人に会った日、方向性が見えた、と言ったのは、被害者が嘘をついていないことを、佐方がなんらかの形で確信したからだろう。

武本が痴漢ビデオを借りていたからといって、痴漢行為を犯したという直接の証拠にはならない。だが、武本の性癖を明らかにする、ひとつの状況証拠にはなる。

「やりましたね、佐方さん」

増田がそう言ったとき、内線が鳴った。

筒井からだった。受話器の向こうから、陽気な声が聞こえる。

「おう、仕事の塩梅《あんばい》はどうだ。忙しいか」

この仕事に、忙しくない日はない。それを知りながら訊ねる筒井に、増田は軽い嫌みで答えた。

「忙しいかどうかは、副部長ならよくご存じでしょう」

筒井は笑い声をあげ、ところでな、と用件を切り出した。

「仕事が一段落したら佐方とふたりで部屋へ来い。三人分の肴《さかな》を用意して待っている」

庁舎内で自室を与えられている検事が、自分の部屋で酒盛りをすることはよくあることだ。増田は受話口を手で塞《ふさ》ぐと、筒井の誘いを佐方に伝えた。佐方が肯く。

増田は、目途が立ったら伺います、と答えて電話を切った。

仕事の区切りがついたのは、午後の七時を回った頃だった。ドアをノックし、佐方とふたりで筒井の部屋に入ると、あぶったスルメの香ばしい匂いがした。

「おう、お疲れさん」

副部長室の応接セットには、書類が溢《あふ》れている。

筒井は部屋の隅から引っ張り出してきた小机の上で、スルメを焼いていた。電熱器の上に銀紙を敷き、真ん中に徳利を置いて周囲にぐるりとスルメを配してある。米崎地検伝統の酒の肴だ。

「駆け付け三杯。まあ、ぐっとやれ」

筒井は用意していたパイプ椅子をふたりに勧めると、電熱器で温めていた徳利を軽く掲げた。

湯呑《の》みに注がれた温燗《ぬるかん》を飲みながら、ひとしきり雑談を交わす。筒井の最近の一番の関心事は、いかにして煙草の本数を減らすかということと、子供の学校の成績のようだった。佐方は調書作成のスピードアップ法、増田の関心事は、運転方法と車の燃費の関係性だ。

しばらくは、当たり障りのない世間話が続いた。が、話が途切れると筒井は、焼けて丸まったスルメを裏返しながら、ぽつりと言った。

「で、どうする」

名前は言わなかったが、佐方に聞いているのは増田にもすぐにわかった。真剣な声音から、仕事の話だと察する。だとしたら、事務官の自分が出る幕ではない。立場を弁《わきま》え、増田は口を挟まず事の成り行きを見守る。

筒井はスルメの焼き加減を見ながら、話を続けた。

「勝負に出るつもりか」

武本の件だ。増田は直感した。

佐方がいま抱えている案件で、副部長がここまで関心を持ちそうなのは、武本の件しかない。一回目の勾留は明日で切れる。不起訴を考えているならば、明日で釈放するだろう。だが、起訴を考えている場合、勾留を延長するはずだ。二回目の勾留を申請するか否かで、佐方の考えがはっきりする。

増田は佐方の言葉を聞き逃すまいと、意識を集中した。

「そのつもりです」

佐方は、銀紙の上で丸まるスルメに目を落として答えた。ですが、と言葉を続ける。

「すぐに起訴はしません。もう少し固めたいので、とりあえず勾留延長を申請します」

増田は湯呑みを持つ手に、思わず力を込めた。

やはり佐方は、武本を起訴するつもりだ。だが、武本の犯罪行為を立証できる明確な証拠は、まだ手元にない。勾留延長は当然の帰結だろう。

筒井は、うむ、と短く唸《うな》ると、焼けたスルメを手で裂いた。

「心証は、クロなんだな」

はい、と佐方は迷いのない声で答える。

筒井は、そう来ると思った、と言いながら、裂いたスルメを皿の上に置いた。

「片や被疑者は、富と名声を備えた、でかい後ろ盾を持っている。一方、被害者にあるのは前歴だけで、富も名声も人脈もない。社会的信用という点においては、どちらが有利かは明白だ。勝算はあるのか」

佐方は、さあ、と煮え切らない返事をした。が、わずかに間を置くと、ですが、と口を開いた。

「失うものがないからこそ真実を貫く、そういう人間もいると思います」

つぶやくような小さな声だが、佐方の言葉には重みがあった。

部屋に沈黙が広がる。

湯呑みを手にしたまま、身じろぎもせずじっとしていた筒井が、溜め込んでいた息を吐いた。袋から新しいスルメを取り出し、電熱器に載せる。

「あのあと、わが社の社長に呼ばれてな」

地検で社長と言えば、検事正のことだ。筒井と佐方が、鬼貫検事正から料亭で慰労された話は、それとなく耳に入っていた。だが、新米の検事が検事正からプライベートで慰労されるなど、聞いたことがない。なにか裏があったとしても、増田は驚かなかった。

筒井は世間話でもするかのように、淡々とした口調で話を続ける。

「今日、社長から武本の事件の進展状況を聞かれた。お前の報告どおり、容疑は濃厚かつ悪質、起訴すべき事案、と答えておいた」

やはり武本の案件だ。なぜ検事正が武本の事案を気にかけるのか理由はわからないが、検事正が武本の不起訴を望んでいることは、話の流れでわかる。担当検事が起訴の方向で動いていると聞いて、鬼貫はなんと答えたのだろう。

「社長、なんて言ったと思う」

「なんて言ったんですか」

佐方は訊《たず》ね返した。筒井はことさら、ゆったりとした口調で言った。

「当案件は、不起訴にすべき、事案である。判子は、押さない、とよ」

――判子を押さない？

増田は思わず声をあげそうになった。

決裁印を押さないということは、事実上起訴できない、ということだ。法律上は、検事ひとりひとりが独任制の官庁として、単独で公訴を提起することができる。検事正をはじめとする上席の決裁印がなくても、検事の独断で裁判所に起訴状を提出できる。しかし実際には、決裁印のない起訴状は、事務方のチェックで事前に撥《は》ねられてしまう。決裁官を無視して独断専行するなど、検察組織にあってはあり得ない暴挙だ。そんなことをすれば、佐方は検察社会で生きていけなくなる。

「判子を押さない、ですか」

佐方は低く言った。

焼けたスルメを電熱器から下ろそうとした筒井は、あち、と叫び、手を冷ますように振った。

「どうする」

筒井は火傷《やけど》をした指に息を吹きかけながら、佐方に訊ねる。佐方は、そうですねえ、とつぶやくと、頭をくしゃっと掻《か》いた。

「とにかく、捜査を進めます。先ほども申し上げたとおり、もう少し固めたいので」

容疑を固める固めないの話ではない。いま話しているのは、それ以前の問題だ。いくら家の設計図を作っても、施工主が契約書に判を押さないのでは、どうにもならない。

だが佐方は、そんなことは問題ではない、とでもいうような顔で前を見据えている。どのような事情があろうとも、武本を起訴する方向で腹を括《くく》っている様子だ。

筒井は、そうか、とつぶやくと、佐方と増田の湯呑みに、一升瓶から直接酒を注いだ。湯呑みから酒が溢れそうになる。増田は慌てて口を持っていった。

佐方は波打つ酒が静まるのを待つかのように、湯呑みをじっと見つめている。

手酌で酒を注ぐと、筒井は湯呑みを掲げて乾杯の仕草をした。口をつけて半分くらい空け、大きく息を吐く。

「いやあ、今日の酒は美味《うま》い」

佐方は静かに自分の湯呑みを持ち上げ、一口飲んで筒井の湯呑みと合わせた。冷えた茶でも飲むように喉《のど》を鳴らし、美味そうに湯呑みを傾ける。

増田もふたりに倣い、湯呑みを掲げて口をつけた。が、心ここにあらずで、酒の味はよくわからなかった。

翌日、佐方は裁判所に、武本の勾留《こうりゅう》延長の申請書を提出した。裁判所は十日間の勾留延長を許可した。

武本の勾留が延長されて二日目、米崎東署の署長から電話が入った。武本の件で佐方に、折り入って話がある、と言う。電話を取り次ぐと佐方は、いつものように短い相槌《あいづち》を打ち、すぐに電話を切った。立ち上がって壁に掛けてあるコートを羽織る。

「ちょっと東署まで出かけてきます」

そう言うと佐方は、慌ただしく部屋をあとにした。

東署の署長、南場輝久《なんばてるひさ》は、以前、所轄で起きた連続放火事件を解決した佐方に、恩義を感じている。その南場の話だ。佐方にとって悪くないものだろう。そうは思ったが、いったい東署が武本に関する何を摑《つか》んだのか、増田は気になった。

外は今日も雪だ。増田は書類仕事を片付けながら、佐方の帰りを待ちわびた。

佐方が戻ってきたのは、夜の八時に近かった。三時間以上も東署にいたことになる。

雪が舞う寒風の中を帰ってきた佐方に、増田は温かい茶を淹《い》れ、労《ねぎら》いの言葉をかけた。礼を言う佐方の顔に、疲れの色はなかった。やはり悪い話ではなかったようだ。増田は胸を躍らせて訊ねた。

「東署の署長のお話って、いったいなんだったんですか」

佐方は淹れたての茶を飲みながら答えた。

「武本の件です。いまから筒井さんに報告しに行きます。増田さんも同席してください」

すぐ副部長に報告するということは、痴漢事件の核心に関わる、よほど重要な話なのだろう。

増田は、承知しました、と返事をすると、机の上に広げていた書類を手早く片付けた。

副部長室のドアをノックすると中から、入れ、という筒井の声がした。失礼します、と言いながら、佐方がドアを開ける。佐方に続いて入室し、増田は後ろ手にドアを閉めた。

ふたりが副部長席の前に立つと、筒井は手にしていた書類を机に置いて佐方を見た。

「今しがた、東署の南場署長から連絡を受けた。まさか、いまになってあのときの貸しが返ってくるとはな」

佐方はベルトのあたりで手を組むと、お言葉ですが、と筒井の言葉を否定した。

「私は南場署長に、貸しを作った覚えはありません」

筒井は愉快そうに笑った。

「お前はそうでも、相手は借りができた、と思ったんだろうよ」

筒井と佐方が言う貸し借りが、一昨年、米崎東署の所轄で起きた連続放火事件のことを指していることは、察しがついた。あの事件は、佐方の粘り強い捜査がなければ、冤《えん》罪《ざい》を招いていた可能性がある。佐方にその気がなかったとしても、南場が借りができたと感じたのは、むべなるかな、だ。

なんにせよ、と言いながら筒井は、嘆息した。

「南場署長は男気がある。それは間違いない」

今度は佐方も、筒井の言葉に賛同した。肯《うなず》きながら、頭を下げる。筒井になのか南場になのか、あるいは両方になのか、増田にはわからなかった。

筒井の話によると南場は、東署が逮捕した武本の案件を佐方が担当することを知ると、生活安全課のみならず全署員に檄《げき》を飛ばした。なにがなんでも事件を固めろ、蟻の這《は》い出る隙もないほど鉄壁に証拠を積み上げろ、と指示を出した。

南場の意を受けた捜査員たちは、交番からあがってくる日誌や注意報告書の中から、事件現場近くと武本の住所、および勤務先近くのものをピックアップして、この一年間分の事案をつぶさに調べた。その結果、半年前に今回の事件現場近くの富岡駅前交番で、痴漢事案の相談があったことを突き止めた。

被害届を出したのは富樫《とがし》明日香《あすか》、二十二歳。職業は医療事務員。明日香は昨年の九月十五日、上郷駅から富岡行きの車両に乗った。その日は敬老の日の祝日で、仕事は休みだった。休日を利用して買い物を楽しもうと、明日香は富岡の大型ショッピングセンターに向かった。

休日にもかかわらず、車両は混んでいた。電車に乗ってから明日香は、その日、富岡アリーナでタレントのコンサートがあることを思い出した。富岡アリーナでイベントがあるとき、この路線が混むことは知っていた。うっかり忘れていたことを、明日香は悔いた。

だが、乗ってしまったものは仕方がない。明日香は窮屈な姿勢で、窓から外を眺めていた。

乗車して五分ほどしたとき、臀部《でんぶ》になにかが触れるのを感じた。最初はこの混雑で、誰かの荷物が当たっているのだと思った。しかし、しばらくして、触れているのが人の手だとわかった。人の指が執拗《しつよう》に、臀部を這い回っている。

痴漢だ、と気づいて抵抗しようとしたが、鮨《すし》詰めの車内では体勢を変えることもできない。必死に身体を捻《ねじ》り、背後を見ると、ひとりの男が立っていた。男は明日香の視線を無視し、無表情に前方を見ていた。

位置関係や体勢から、男が痴漢であることは明白だった。明日香は大声で、やめてください、と叫ぼうとした。が、いざとなると恥ずかしくて声が出ない。結局、目的地の富岡駅で降りるまで、されるままになっていた。

電車を降りた明日香は、ほっとした。と同時に、猛烈な悔しさが込み上げてきた。明日香の視線を無視して痴漢行為を続けた男のふてぶてしさに、激しい怒りを覚えた。

明日香はその足で、近くの交番へ駆けこんだ。勤務していた警察官に、いま受けた屈辱を説明し、犯人の人相風体を伝えた。定年間近の巡査長は、明日香の話を注意報告書にまとめ、近隣の所轄に注意を促すよう進言した。

南場から檄を飛ばされた捜査員は、明日香の事案の報告書を見つけると、すぐさま巡査長から話を聞いた。休日、富岡アリーナでイベントのある日、混み合った車内――武本の案件と共通する点がいくつもある。捜査員は明日香の住所等を確認し、本人に接触。捜査協力を求め、取調室のマジックミラーの向こうから、武本の面通しを行った。明日香は椅子に座った武本を見て、あの男に間違いない、と声を潜めた。

これが事実なら、武本には前歴があったことになる。報告を受けた南場は、すぐに捜査員を、武本が通っていた釣具店「フィッシング・オオタ」に走らせた。武本の来店記録を調べるためだ。

複写タイプの領収証を使っている場合、店に武本宛《あて》の控えが残っている可能性が高い。手書きのものがなかったとしても、レジ・ロールの記録から、武本の動向を摑めるかもしれない。武本が所持している釣具と記録を照らし合わせれば、いつ店を訪れたのか、推測可能だ。

幸運にも釣具店のオーナーは、複写タイプの領収証を使っていた。そして不運にも武本は、商品を買うたびに領収証を貰《もら》っていた。

オーナーの任意提出を受け、過去の領収証控えを確認したところ、この一年、武本が来店している日にちが割れた。それはすべて、アリーナでイベントがある休日だった。

武本は車を持っている。これらの事実から導き出される真相はひとつ。武本は釣具店に行くために、電車に乗っていたわけではない。満員電車に乗るために、釣具店に行っていた、ということだ。

「電話で俺に説明する南場の声を、お前に聞かせたかったよ。子供がテストで百点を取った報告を、親にするような声だった」

筒井は心から可笑《おか》しそうに笑った。

黙って話を聞いていた佐方は、ぽつりとつぶやいた。

「東署はよく、圧力《あつ》に屈しませんでしたね」

増田ははっとした。武本の縁戚《えんせき》にあたる本多家は県内有数の資産家だし、政、官に太いパイプがある。大物弁護士の井原にしてもそうだ。条例違反での逮捕と留置に、あらゆる手段を講じて抵抗したのではなかろうか。おそらく東署には、さまざまな方面から強いプレッシャーがかけられたはずだ。

「俺も同じことを思って、南場に訊《き》いたんだ。すると南場は、今だから言えるが、と言い辛《づら》そうに事の経緯を説明した」

筒井の話によると、武本を逮捕したあと、やはり所轄に圧力がかかったとのことだった。

逮捕して間もなく、所轄に井原弁護士がやってきた。武本の義母から依頼を受けたという。

武本に接見した井原は捜査員に無実を訴え、不当逮捕だとして釈放を要求した。生活安全課長はこれを拒否したが、同じ頃、南場のもとに橋元源次郎《はしもとげんじろう》から電話が入った。橋元は地元の県会議員で、大河内派に属している。古くから大河内を支える番頭格の男だった。

県会議員がいったいなんの用か。訝《いぶか》りながら電話に出ると、橋元は武本の事案の処理について意見した。

「私は武本くんのことは、昔からよく知っている。彼は猥褻《わいせつ》な行為をするような人物ではない。君も知っているように武本くんの義母上《ははうえ》は本多家の出身だ。もし誤認逮捕のようなことになったら、きみの首ひとつじゃすまないよ。そこをよく考えて、処遇はくれぐれも慎重に頼む」

検討いたします、と言葉を濁し、南場は受話器を置いた。橋元からの電話で、南場には武本の裏にある絵図が明確に見えた。

武本の逮捕を知った義母は、大河内に事情を説明し助力を求めた。話を聞いた大河内は、事を穏便に済ますため、系列議員の橋元を使ってプレッシャーをかけたのだ。

汚ねえ手を使いやがって──と筒井は、話を聞いて吐き捨てた。

その後も南場のもとには、橋元と同様の電話が、議員連中から何本も入った。挙げ句、県警の刑事部長までが、状況を逐次報告するように、と口を挟んできた。部長の佐野茂《さのしげる》は南場の同期だ。たかが条例違反の逮捕事案に本部《おもや》のお偉いさんが出張ってくるなど、通常では考えられない。

あの野郎──

南場は佐野の取り澄ました顔を頭に浮かべ、苦虫を噛《か》み潰《つぶ》した。もともと、南場と佐野は反りが合わない。警察学校時代の成績は南場の方が上だった。が、南場は世辞が下手で、佐野は口が立った。世渡り上手の佐野はいつしか出世の波に乗り、かつて仰ぎ見たライバルの肩を越した。

佐野の南場に対する劣等感は、幹部になってからも溶解せず、むしろマグマを溜《た》め込み爆発の機会を窺《うかが》っていた。導火線に火をつけたのは、米崎東署の管轄で起きた連続放火事件だった。佐野は年度初めに行われた県下警察署長会議の席上において、東署幹部がいかに無能かを語り、南場を吊《つ》るしあげた。

事件は佐方の独自捜査により解決を見たが、あの一件から南場は出世に興味がなくなった。佐方の仕事に対するひたむきな使命感と情熱を目の当たりにし、手柄にこだわり冤罪《えんざい》を引き起こしていたかもしれない自分を恥じた。と同時に、点数を稼ぐことより、事件の真相を解明することの方に、充実感を覚えるようになった。

南場は、筒井と同じ種類の男だった。

東署へのプレッシャーは結果として、南場の反骨心を滾《たぎ》らせただけだった。

南場は部下の生活安全課長に下命した。

——外野の声に耳を貸さず粛々と捜査に徹しろ、責任は全部おれが取る。

そして所轄は、送検に漕《こ》ぎ着けた。

旧知の東署捜査一課長から、筒井はあらましを聞いていた。

「ずいぶん発破をかけたみたいですね、と俺が言ったら、南場はいやいや大したことは言ってません、と白《しら》を切りやがった。本当はなんて言ったと思う」

筒井は佐方に訊《たず》ねた。佐方は、さあ、と首を傾げる。

筒井は南場の口調を真似て言った。

「証拠不十分で起訴できませんでした、なんてことになったら、俺は腹を斬る。佐方検事に恥をかかせるような真似は、断じて許さん。死ぬ気で当たれ――だとよ」

言い終わると筒井は、破顔一笑した。増田もつられて笑う。

佐方はなにも言わなかった。口元に薄《うっす》らと笑みを浮かべている。

ひとしきり笑うと、筒井は真顔に戻って言った。

「で、いつ起訴状を出す」

佐方は即答した。

「明日にでも」

増田は目の端で佐方を見た。起訴状を出すと言っても、検事正の判がなければ提出はできない。

「社長の判子がないまま、か」

独り言ともとれる口調で、筒井が言う。

「致し方ありません」

佐方の言葉に、増田の心臓が大きく跳ねた。

検事正の判がないまま、起訴状を提出するということは、検察組織を敵に回すという
ことだ。本当に佐方は、検察上層部に刃向かうつもりだろうか。

思い詰めた表情で腕を組んだ筒井は、ふと頬を緩めた。目尻《めじり》を下げ、親が子を見るよ
うな目で佐方を見る。

「お前なら、そう言うと思った」

俯《うつむ》いて瞑目《めいもく》していた佐方は、顔をあげて筒井を見た。不孝を咎《とが》めない親への感謝の色
が、顔に浮かんでいる。

だがな、と筒井は表情を引き締めた。

「お前をここで死なすような真似はできん。諦《あきら》めろ」

佐方の顔色が変わる。筒井に迫るように、佐方は一歩前に出た。

「お言葉ですが、ここで屈したら——たとえ検察にいられたとしても、検事としては死
んだも同然です」

筒井は眼前に立つ部下を見上げた。

「生きるか死ぬか。検事の死命を賭《か》ける、ってわけか」

佐方は力強く肯《うなず》いた。

「たとえ、副部長の判子がいただけなくても、起訴状は提出します」

筒井と佐方の視線がぶつかる。

息詰まる緊張の糸を、先に緩めたのは筒井だった。筒井は椅子の背にもたれながら、

口元だけで笑った。

「まあ、落ち着け。とりあえず、一服しようや」

筒井は上着の内ポケットから煙草を取り出すと、ひらひらと振りながらドアへ向かった。

「いえ、自分はなにがあっても――」

その場を動こうとしない佐方に、筒井は振り向いて言った。

「俺に、いい考えがある」

第四話　死命を決する「死命」公判部編

増田は公判部の自席で、手元の裁判資料を捲《めく》っていた。

隣の席には、高尾信也《たかおしんや》がいた。受話器に向かって険しい声をあげている。

「だから、その書類を今日中に裁判所に提出しなければいけないんです。こちらの準備もありますから、午後では間に合いません。早急に届けてください」

高尾は川俣《かわまた》検事の担当事務官だ。会話の内容から、裁判に使う書類について刑事部とやり取りしているようだ。

この春、佐方と増田は刑事部から公判部へ異動になった。検事が個別に自分の部屋を持つ刑事部と違い、公判部は相部屋だ。複数の公判立会検事と事務官がひとつの部屋に机を並べる。四月十日現在、米崎地検公判部には、佐方を含む検事六人とそれぞれの担当事務官、計十二人の席があった。

増田はパソコン越しに、向かいを見た。

増田の対面は、佐方の席だった。佐方は机の上に置いてある書類を右手で捲りながら、左手で頭をくしゃっと掻《か》いている。考え事をしているときの、佐方の癖だ。おそらく、明日に初公判を控えている、武本の裁判資料を読んでいるのだろう。

公判部は、刑事部が起訴した案件の裁判を担当する部署だ。刑事部で自分が起訴した案件が、公判部に異動した直後、自分の許《もと》へ配点されてくることもある。公判部に移った佐方には、異動したその日から、多くの案件が配点された。

その中に、佐方が起訴した武本の裁判があった。武本の公訴提起が間違いではないことを嚙《か》みしめる増田の脳裏に、二月のあの夜が思い出された。米崎東署が証人をあげたという朗報をもって、佐方が筒井の部屋を訪れた日のことだ。

検事正の判子がなくても武本を起訴する、と強硬に言い張る佐方を宥《なだ》め、屋上で一服した筒井は、その場ではなにも語らず、佐方と増田を行きつけの居酒屋「ふくろう」へ誘った。

その日、米崎市一帯は大型低気圧と寒波に襲われ、夕方から季節はずれの吹雪に見舞われていた。地検をあとにし、やっと捕まえたタクシーで駅裏に着いたときは、午後十時を回っていた。店を閉めようとしていた親父を筒井が口説き、三人はカウンターの止まり木に座った。

店の中にはだるまストーブが置かれ、上でやかんが湯気を出していた。三人はとりあえず、コップ酒の熱燗《あつかん》で冷えた身体を温めた。

指の凍えが次第に取れ、固まった肩から力が抜けた頃、筒井が口火を切った。

「さっきの話だけどな」

佐方が小さく肯く。

いよいよだ——増田は唾《つば》を呑《の》み込むと、筒井のコップに徳利の熱燗を注ぎ足した。

「社長は今週の金曜から、検事正会同で東京に出張する。地検に出庁するのは月曜日だ。だから——」

筒井はコップ酒の残りを、一気に飲み下した。口元を拭《ぬぐ》うと、大きく息を吐き出す。

「金曜日に起訴状を出せ」

筒井の言葉に、増田は息を呑んだ。

たしかに出張中なら、判子は押せない。検事正の決裁印が欠けていても、事務方への言い訳は立つ。しかし、留守を狙い撃ちしたことが知れたら、鬼貫はもちろんのこと、上級庁の怒りを買い、佐方と筒井は譴責《けんせき》されることになる。始末書では済まない。下手をすれば一生、僻地《へきち》の地検支部をドサ回りする羽目になる。

佐方はコップを傾ける手を止めたまま、筒井を見た。

「検事正の出張中に、ですか」

筒井は自分のコップに手酌で熱燗を注ぎ、そうだ、と肯いた。

「責任は俺が取る。お前が直接、地裁に持っていけ」

佐方はコップを手にしたまま、じっとなにかを考えている。おそらく佐方は、自分のことより筒井の処断を気にしているのだろう。

この人たちは、いったいなんなんだ——

ふたりのやり取りに、増田は呆然《ぼうぜん》とした。

武本の案件は、目くじらを立てて取り扱うほどの大事ではない。多くの検事は、この程度の事案にここまで傾注しないはずだ。しかも、自分の行く末がかかっているとなれば、納得がいかずとも目を瞑《つぶ》り、不起訴処分を下すだろう。たかだか条例違反に、なぜふたりはここまで必死になるのか。

いや――と増田は、頭をよぎった疑問を打ち消した。

ふたりにとっては、たかだか条例違反などではない。世間の耳目を集める疑獄事件も、女子高生が受けた痴漢被害も同じなのだ。ふたりは検事生命を賭け、まっとうに罪を裁こうとしているだけなのだ。

だが、正義を貫かんがために、ふたりは検察内で窮地に立つことになる。

「それで……」

気がつくと、つぶやいていた。

黙って前を向いていた筒井と佐方が、増田を見た。増田は膝《ひざ》の上に置いている手を握り締めると、声を振り絞った。

「それで、おふたりはいいんですか。武本を起訴できたとしても、自分たちの検察内での立場は悪くなるだけじゃないですか。どうしてそこまでするんですか。やるだけやったじゃないですか。もう、充分じゃないですか」

「増田」

筒井が咎めるような声で言った。

増田は俯《うつむ》いて、きつく目を閉じた。

「わかっています。自分たちの仕事は罪をまっとうに裁くことであり、罪はまっとうに裁かれなければいけない、そう思います。でも、僕は……僕はそのためにふたりが……」

――将来を台無しにする姿を見たくない。

最後は、声にならなかった。喉《のど》の奥に綿を詰め込まれたように、言葉が出なかった。

しばらくの間、店の中には、やかんから噴き出る湯気の音しかなかった。

沈黙を破ったのは筒井だった。筒井は新しい煙草に火をつけると、深く煙を吸い込み吐き出した。

「増田」

「……はい」

俯いたまま返事をする。筒井は独り言のようにつぶやいた。

「お前の気持ちはわかる。だがな、秋霜烈日の白バッジを与えられている俺たちが、権力に屈したらどうなる。世の中は、いったいなにを信じればいい」

そこまで言うと、筒井は徳利を手にし、増田のコップに熱燗を注ぎ足した。増田が小さく頭を下げると、筒井は目尻《めじり》を下げ、笑みを零《こぼ》して続けた。

「心配するな。むざむざ上意討ちに遭うような真似はしねえよ。高検の次席は俺の同窓の先輩だ。根回しは充分やるさ」

増田は、はっとした。

高検次席検事の生方伸二郎《うぶかたしんじろう》は、筒井と同じ中央大学法学部の出身で、特捜検事を務めた叩《たた》き上げだ。東大をはじめとする国立大出身者が幅を利かす赤レンガ派には、現場派のひとりとして苦々しい思いを抱いていても、不思議はない。当然、赤レンガのエースである鬼貫に対しては、腹に一物も二物も持っているはずだ。

しかも、高検検事長の高砂宗一《たかさごそういち》は、同じく現場派だ。高砂はこの四月で定年を迎える。赤レンガに一泡吹かせる、最後のチャンスと言えた。

そういうことか――

増田は心で、感嘆の声をあげた。

もし、今回の前例のない行動が地検で知れ渡っても、上級庁の「不問に付す」というお墨付きがあれば、大事に至ることはない。鬼貫も表立って騒ぐことはできないだろう。しかも、鬼貫は四月の異動で米崎を去った。自分に弓を引いた人間を潰《つぶ》そうと思っても、前任地の検事の処遇に、あれこれ口は挟めないはずだ。激怒したところで、筒井と佐方を部屋に呼びつけ口汚く罵《ののし》るか、ねちねち嫌味をかますくらいが、関の山だ。

胸に溜《た》まった重たい澱《おり》が消え、代わりに、よく効く胃腸薬を飲んだときのような爽快《そうかい》感が込み上げてくる。

筒井が言う「根回し」の意味するところを、佐方も察したのだろう。自分の膝頭を強く摑《つか》み、深々と頭を下げた。増田も思わず、頭を下げる。

起訴に持ち込めれば、裁判で負けることはまずない。日本の裁判での有罪率は九十九・九パーセントだ。それにこちらには、切り札になる証人の富樫明日香がいる。

筒井は佐方に酌をし、手酌で自分のコップを満たすと、熱燗を美味《うま》そうに飲んだ。

「今日は俺のおごりだ。どんどん飲め。この店はな、どこぞのかしこまった料亭みたいに手の込んだ料理はないが、いい酒はある。なに、心配するな。いくら飲んでも、せいぜい諭吉一枚くらいだ。それぐらい、俺だって持ってる」

カウンターの中で煙草をふかしていた親父が、気難しい顔で煙を吐きだした。

「手持ちがねえなら、ツケもありだ。けんど、利息《ひじ》は高えぞ。十一《といち》だ」

おいおい、と言いながら、筒井はカウンターに肘をついた。

「あこぎなこと言うんじゃねえよ。せっかくの酒がまずくなる。勘定の心配はしなくていいから、どんどん出してくれ」

親父は椅子から面倒くさそうに立ち上がると、後ろの棚の奥から酒の瓶を取り出した。

出された日本酒を見て、増田は目を見張った。

臥龍梅《がりゅうばい》の特選大吟醸だった。日本酒にそう詳しくない増田も、臥龍梅が滅多に手に入らない幻の銘酒、と呼ばれていることくらいは知っていた。

おお——日本酒好きの筒井が、思わず声をあげる。

「親父、こんなもん隠してやがったのか……」

呆《あき》れたような感激したような、なんとも言えない声だった。

佐方も目を丸くしている。

増田は思わず言った。

「またこれは、とんでもない酒が出てきましたね。噂には聞いたことありますが、実物を見るのははじめてです。これ、いくらするんですか」

親父はにやりと笑って増田の問いをはぐらかし、三人分の冷酒グラスに臥龍梅を注ぐ。

「さ、命の洗濯でもしな」

筒井は置かれたグラスを手に持ち、まるでワインでも飲むかのように、小さく回した。グラスに鼻を近づけ、芳香を嗅《か》ぐ。一口飲んで、唸《うな》るかのような、長い息を吐き出した。

「これは……さすがに、高くても仕方ねえな」

隣の佐方も、一口飲んで、無言で首を振る。感極まった、という仕草だった。

増田も口に含んだ。白ワインのような爽《さわ》やかな甘みがする。甘みが消えると、後を追って果実のような、瑞々《みずみず》しい香りが立った。これが本当に日本酒なのかと、増田は驚いた。自然に頬が緩んでくる。

見ると筒井と佐方の顔にも、笑みが浮かんでいた。

誰ともなしに笑い出し、場の空気がさらに和やかになった。

残りを飲み干した筒井が言った。

「親父、六月くらいにまた頼むから、こいつを出してくれ」

六月――武本の裁判が結審するころだ。筒井は臥龍梅で祝杯をあげるつもりだろう。

だが、もし万が一、負けたら、今度こそ地獄の釜《かま》の蓋《ふた》が開く――

この裁判は、ふたりの検事の死命を決する闘いになる。

増田は、身震いした。

窓の揺れを感じ、増田は我に返った。肩越しに後ろを振り返る。外は強い風が吹いている。春一番だ。

一週間前、弁護士の井原は、佐方が裁判所に申請予定の証拠の開示を求めてきた。刑事訴訟法二九九条により、検察官請求証拠の開示は義務づけられている。

佐方は、被害者の供述調書、警察からあがってきた実況見分調書、レンタルビデオ店「ハニーバニー」での武本の貸し出し履歴、そして武本が通っていた釣具店の来店記録と富岡アリーナのイベント日程、富樫明日香の供述調書を開示した。

釣具店の来店記録とアリーナのイベント日程の合致、とりわけ武本の痴漢被害に遭った明日香の供述調書は、被告人の常習性を窺《うかが》わせる、検察の重要な切り札になる。

だが、と増田は自分を戒めた。

公判ではなにが起こるかわからない。順調に航海していた船が、思わぬ横波に呑《の》まれ転覆したケースを、これまでの人生で増田は幾度となく見ている。いくら有罪率が高いといっても、勝率は百パーセントではないのだ。

しかも今回、相手はやり手と呼ばれている井原だった。井原はあらゆる手段を使って、被告人の無罪を勝ち取りに来るだろう。さらに被告人には、米崎屈指の名門、本多家が後ろに控えている。大物代議士の大河内や系列の地方議員、そして米崎東署の南場署長に敵対する県警本部の佐野刑事部長も、さまざまな形で圧力をかけてくるはずだ。

加えて、米崎地検ではこの春、前任の鬼貫に代わり、小出巧《こいでたくみ》が検事正に着任した。小出は鬼貫と同じ東大法学部出身で法務官僚が長く、前職の法務大臣官房秘書課長から転任してきた。鬼貫の後輩であり、同じ赤レンガ族だ。これで米崎地検は、三代続けて法務官僚をトップに迎えたことになる。米崎はいまや、赤レンガの牙城《がじょう》となりつつあった。

もし一審で負けたら、小出は絶対に控訴を許さないだろう。井原は、検察の横暴が招いた冤罪《えんざい》事件としてマスコミに喧伝《けんでん》し、世論を煽動《せんどう》するに違いない。検察への容赦ないバッシングがはじまるはずだ。佐方と筒井は、その矢面に立たされる。小出は間違いなく、赤レンガにひと泡吹かせてまで起訴に持ち込んだふたりを、厳しく処断するだろう。

――この裁判は、絶対に負けられない。

少し弱まった風が、また強くなった。庁舎の敷地にある樹木の葉が、激しく揺れる。

増田は頭を振ると、机に向き直った。

明日の初公判を前に、少しナーバスになっているだけだ。なにも不安に思うことはない。大丈夫だ。この裁判は勝てる。

増田は気持ちを切り替えると、読みかけの裁判資料を手に取った。

井原が米崎拘置所の接見室に入り椅子に腰掛けると、ほどなくして反対側のドアが開き、看守に付き添われた武本が入室してきた。

看守は武本の手錠を外すと、無言で部屋をあとにした。

拘置所内での一般の面会時間は、一回十五分だ。しかし、弁護士の接見はその限りでまた一般の面会と違って、看守の立ち会いはない。弁護士と被告人のふたりきりで話せる。なにをしゃべっても、官憲に漏れたり、記録に残ることはない。

武本は椅子に座ると、小さく頭を下げた。米崎東署で最初に接見したときに比べると、身体がひとまわり小さくなったように感じられる。腹の贅肉《ぜいにく》も若干、削《そ》げたようだ。

畳二枚分しかない接見室は、透明なプラスチックボードで横に仕切られていた。ボードには、座ったときの顔にあたる箇所に、小さな穴が円形に穿《うが》たれている。ボード越しに話す両者の会話を聞きやすくするためだ。井原はボードの穴に顔を近づけて、武本に話しかけた。

「どうだい、調子は。眠れているかね」

神経質そうな仕草で眼鏡を何度か押し上げると、武本は小さく肯《うなず》いた。

「おかげさまで。いまはだいぶ眠れています」

逮捕されてからしばらくのあいだ、接見のたびに、武本は不眠を訴えた。だが、いまは体調が良さそうだ。目の下の隈《くま》が取れ、蒼白《そうはく》だった顔に、本来の赤みが差している。

良くも悪くも、人間はどんな環境にも少しずつ慣れていくものだ。

それは慣れるんじゃない、感覚が鈍麻していくんだよ、という弁護士仲間もいたが、どっちにしろ依頼人の体調がいいに越したことはない。

井原は努めて明るい声で言った。

「いよいよ明日だね」

武本の頰が痙攣《けいれん》した。

「あの、妻は……」

それ以上、言葉が続かないようだ。

井原は肩を竦《すく》めた。

「残念ながら初公判には、奥さんは来られないそうだ」

「そうですか……」

安堵《あんど》と落胆が入り混じった声で、武本はつぶやいた。

武本が逮捕されてから頻繁に面会を申し出た麻美だが、夫がアダルト専門のレンタルビデオ店の会員になっていた事実を知った日から、ぱたりと面会を止めた。妻に隠れていかがわしいビデオを観ていたことが、許しがたい裏切り、と映ったようだ。

通常なら、夫が隠れて猥褻《わいせつ》ビデオを鑑賞していたくらいで、妻がそれほど目くじらを立てることはないだろう。が、夫が痴漢行為で逮捕され、無実を信じて頑張ってきた麻美の立場を考えれば、それもわからなくはない。まして、麻美は本多の血を引く人間だ。

プライドも人一倍高い。離婚とまでいかないまでも、夫婦のあいだには、しばらくぎすぎすした関係が続くだろう。

だが、いまの武本を暗い気分に浸らせるのはもっての外だ。

井原は取っておきの笑顔を作り、武本が明るくなる話題に切り替えた。

「そうそう。あなたが気にしていたお子さんたちだが、変わりないよ。いつもどおり学校に行って、元気にしている」

目を伏せていた武本の表情が、一瞬で輝いた。顔をあげ、救いの神を崇《あが》めるような目で、井原を見る。

「そうですか。安里《あんり》も、杏《あんず》も、元気ですか。ありがとうございます。良かった、本当に良かった……」

武本が声を詰まらせる。

井原は涙ぐむ武本の目を、覗《のぞ》き込むようにして言った。

「大丈夫だ。ふたりともお父さんが長い〝出張〟から帰ってくる日を、心待ちにしているよ」

武本は小刻みに肯き、嗚咽《おえつ》を堪《こら》えている。

ところで、と井原は本題に入った。

「このあいだの証人の件だが、打ち合わせが終わったよ」

武本ははっとして顔をあげると、もどかしげに訊《たず》ねた。

「どうでしたか」

「こちら側の主張に沿った証言をしてくれるそうだ」

ああ、と武本は安堵の声を漏らした。

「そうですか。良かった」

井原はボードの前に設《しつら》えてある板の上に、肘《ひじ》を乗せた。

「あの証人は堅い。検察がどうつついても崩れないだろう。大丈夫、裁判には勝てる」

武本はきつく目を閉じ、唇を真一文字に結んだ。いまにも泣き出しそうな表情だ。

井原は自信に満ちた笑みを浮かべ、諭すように言った。

「無実が証明されれば、奥さんも許してくれる。すべて元に戻るよ」

武本は安心したのか、両手で顔を覆うと深い息を漏らした。

「ありがとうございます。本当に、ありがとうございます」

「いやいや、仕事だからね」

「そんな――」

井原の言葉を謙遜《けんそん》と受け取ったのか、武本は強く首を振った。が、井原の口にした言葉は謙遜ではなく、本心だった。

依頼人が無実かどうかなど、自分には関係ない。事実がどうあれ、依頼人の利益のために全力を尽くす。それが自分の仕事だ。

井原は、じゃあ、と言うと椅子から立ち上がった。

「明日、地裁で会おう」

快活な口調をことさら意識して、井原は辞去の言葉を述べた。

武本は顔をボードに近づけ、赤くなった目で井原を見つめた。

「はい、よろしくお願いします」

井原は肯き、接見終了を知らせるブザーを押した。

ボードの向こう側にあるドアが開き、看守が入室してきた。看守は立ち上がった武本の手に手錠をかけた。支えるようにして、出口へ連れて行く。井原は退室する武本を鼓舞するつもりで、丸まった背中に声をかけた。

「大丈夫だ。大船に乗ったつもりでいなさい」

武本は足を止めて振り返ると、深々と頭を下げた。あげた顔には、安堵の笑みが浮かんでいる。井原はもう一度、大きく肯いた。


事務所に戻った井原は、執務室で明日の裁判書類を確認していた。

すべて揃っている。抜かりはない。万全だ。書類をきれいに揃えて書類カバンにしまうと、井原は椅子にもたれた。

相手が起訴してきたのは想定外だった。しかしどう転んでも、こちらの勝ちは揺るがない。

武本が逮捕された日、真っ先に連絡をしてきたのは井原が顧問弁護士を務める本多家の当主、喜成だった。

当主じきじきの電話に、井原は驚いた。普段であれば、喜成の秘書である吉川《よしかわ》か、喜成の長男で右腕の喜明《よしあき》が連絡してくる。当主みずからの電話に、井原はただならないものを感じた。

「先ほど妹の篤子から連絡があった。姪《めい》の夫の弘敏が警察に捕まったらしい。容疑は条例違反、電車内での痴漢だそうだ。勾留《こうりゅう》先は米崎東署だと聞いた。すぐ接見に行ってほしい。ついては、頼みがある」

喜成は有無を言わさない口調で言った。

「絶対に、容疑事実を認めさせるな」

井原は耳を疑った。条例違反程度なら、罪を認めて示談に持ち込めば、釈放は早い。処分もせいぜい罰金程度ですむ。自分なら今日にでも、武本を外に出す自信はある。しかし否認を貫くとなると、勾留および送検はやむを得ない。しかも、罪を認めないとなると、起訴される可能性が高い。

井原がそう言うと、喜成はさらに声を険しくした。

「事実はどうあれ、罪を認めさせるわけにいかん。本多の係累が痴漢で捕まったとあっては、末代までの名折れだ。裁判で争ってでも、無罪を勝ち取れ。いいな、冤罪《えんざい》ということで押し通すんだ」

頼みではなく命令だった。

「畏《かしこ》まりました」

井原が言うか言わないうちに、電話は切れた。

受話器を置いた井原は、素早く頭を廻《めぐ》らせた。

本多家の人脈をフルに使えば、不起訴という芽も充分に出てくる。本多家の背後には、国会議員の大河内定和がいる。大河内は法務委員会に所属し、法務官僚畑が長い米崎地検検事正、鬼貫正彰とも面識があるはずだ。

鬼貫のエリート然としたのっぺり顔が浮かんだ。将来は検事総長まで狙おうかという、出世欲の塊だ。大河内に恩を売る絶好のチャンスを、逃すとは思えない。

送検されても嫌疑不十分で不起訴なら、実質的には勝ちと同じだ。あとは地元マスコミに、痴漢の冤罪キャンペーンでも張らせればいい。なんにせよ、いま一番にすべきことは、逮捕された武本に会いに行くことだ。

井原が米崎東署へ向かおうと椅子から立ち上がりかけたとき、部屋の直通電話が鳴った。

この忙しいときに――軽く舌打ちをして電話に出ると、受話器の向こうから年配の女性の冷ややかな声が聞こえた。

「井原先生ですか。私です。本多の妹の篤子です」

篤子はいつも武本姓を名乗らず、本多家の血筋であることを強調する。

篤子とは本多の屋敷で何度か会ったことがあるが、気の強さは喜成以上で、全身から醸し出す威厳も、女にしては並外れていた。もし男に生まれていたら、本多の家督を継いでいてもなんの不思議もない、と井原はつねづね思っていた。

「ご無沙汰《ぶさた》しております。この度はとんだ……」

井原の言葉を、篤子はビジネスライクな口調で遮った。

「兄から連絡があったはずですが、弘敏の弁護をお願いします。着手金は二百万。成功報酬は五百万。よろしいですか」

篤子の提示した金額は、この種の案件の相場のおよそ十倍だった。弾みそうな声を抑えて、井原は答えた。

「問題ありません」

「着手金はすぐに振り込みます」

篤子は井原法令綜合《そうごう》事務所の口座番号を確認すると、言葉を続けた。

「先様《さきさま》用のお金も用意しておきます。必要な金額を、あとで連絡してください」

篤子の言葉に、井原は眉根《まゆね》を寄せた。篤子が言う、先様用の金、というのは示談金のことだろうか。

たったいま、篤子の兄の喜成は電話で、容疑を否認させろ、と言っていた。だが、示談金を払うということは、罪を認める、ということだ。兄妹《きょうだい》のあいだで、まだ、意思の疎通がなされてないのだろうか。

井原の沈黙から、内心を悟ったのだろう。篤子はきっぱりとした声で言った。

「駆除費用です」

「駆除費用？」

意味がわからず、井原は鸚鵡《おうむ》返しに訊ねた。

「果実にたかる害虫は、実が傷む前に駆除しなくてはなりません。その費用です」

事実に関係なく、金で収めようという腹だ。

「承知しました」

井原はとりあえず、篤子の意向に沿う言葉を返した。上得意の依頼人には逆らわないのが、井原の処世術だ。

しかし実際に、被害者サイドに働きかけるつもりはなかった。リスクが大き過ぎる。万が一、事が露見したら、武本の首だけでは済まない。本多家にも、大きな火の粉が降りかかる。なにより、井原自身の身が危ない。被害者サイドが金を受け取らず、警察か検察の耳に入れたら、井原は証拠隠滅罪に問われる懼《おそ》れがある。弁護士会から懲戒請求されるのは確実だ。

篤子は電話を切る前に、念押しとも命令ともとれる口調で言った。

「この度の一件、弘敏は冤罪です。本多家の人間に、破廉恥な振る舞いをするような者はひとりもおりません。いえ、いるはずがありません。よろしいですね」

「もちろん——存じ上げております」

井原は電話の前で恭しく一礼すると、静かに受話器を置いた。

報酬は通常の十倍。不起訴にするための、打つ手も持っている。手間がかからず、多額の金が手に入る美味《おい》しい依頼だ。井原は自然にあがる口角を引き締めると、武本がいる米崎東署へ向かった。

だが、事態は井原の想定どおりにはならなかった。二度目の勾留期限が切れる前に、担当検事の佐方貞人が、裁判所に起訴状を提出したのだ。

誤算だった。

大河内の意を受けた鬼貫が、佐方に不起訴の方向で指揮するものとばかり思っていた。実際、鬼貫はその線で動いたらしい。だが、佐方は鬼貫の指揮に従わず、出張中を狙って起訴状を提出したのだ。

連絡係として本多家との仲介をしている秘書の吉川は、赤レンガ派の鬼貫の意向に逆らう形で武本が起訴されたことを、現場派の謀反、という言葉で表現した。佐方の上司である筒井副部長が根回しし、現場派の高検検事長と次席がケツを持ったらしい。検察内部に燻《くすぶ》る赤レンガ派と現場派の確執が、この謀反劇の背景にあるのは明らかだった。

誤算と言えば、もうひとつ誤算があった。

昨年の九月、電車の中で武本に痴漢行為をされたという富樫明日香の供述調書だ。明日香の供述は、裁判所に被告人の常習性を想起させる可能性があった。が、明日香のことは、すでに興信所を使って調査済みだった。

本多家は米崎の地方経済を牛耳る存在だ。傘下の企業グループの規模も社員数も、地場では東北一と言っていい。血縁や会社関係を辿《たど》れば、地元で本多家と無関係だと言い切れる人間は、ほとんどいないだろう。

打つべき手は打つ——

井原法令綜合事務所が県下最大の弁護士事務所たり得た理由は、徹底して準備を怠らない用意周到な法廷戦略にある。法に触れない限り、どんな手を使ってでも、依頼人有利の判決に導く。それが井原のポリシーだ。

そのうえこちらには、絶対の切り札があった。

目撃証人の半田悟《はんださとし》だ。

勾留延長が決まったあと、拘置所の接見室で武本は、半田の名前をはじめて口にした。

「もしかしたら、半田という男が裁判の証人になってくれるかもしれません」

突然出てきた名前に、どういう立場の男か、と訊《き》くと武本は、目を伏せながら答えた。

「飲み屋で知り合った男です。事件があった日、自分が電車に乗っていると、半田さんが上郷から乗車してきました。目が合ったので、偶然だなあ、と思いながら軽い会釈を交わしました。人の波に押されたらしく、気がつくと半田さんは私のすぐそばにいました。満員電車なので言葉は交わしませんでしたが、お互いの存在には気づいていました。私が女子高生から痴漢呼ばわりされ、手を摑《つか》まれて駅に降ろされたとき、半田さんも降りたのを見たんです。たぶん、もともと降りるつもりの駅だったんでしょう。しばらくホームで騒動を見ていたように思うのですが、駅員が駆けつけたときはもういませんでした」

　仕切りのボードに両手を当てると、武本は顔を歪《ゆが》めて井原に言った。

「お願いです。半田さんに連絡を取ってください。半田さんなら、私が痴漢を働いていなかったという証言をしてくれるかもしれません。お願いします！」

　どうしてもっと早く半田の存在を知らせなかったのか。もっと早くわかっていれば、送検前に自由の身にすることもできたかもしれない。井原が眉根を寄せてそう言うと、武本は畏縮《いしゅく》したように首を竦《すく》めた。

「飲み屋でたまに顔を合わせるくらいでそんなに親しくないし、向こうに迷惑かけたくなかったんです。まさか起訴されて裁判になるなんて思っていなかったし、それに……」

　武本は言い淀《よど》んだ。

「それに──なんだね」

　井原は促した。

　武本はしばらく迷っていたが、意を決したようにつぶやいた。

「飲み屋の存在を、妻に知られたくなかったんです」

「飲み屋の存在を？」

「はい」

　武本が絞り出すように言った。

井原は得心した。おそらく、女性のいる店だ。もしかしたら店のホステスと、武本は関係を持っているのかもしれない。

「念のため、どういう店か教えてくれないか」

武本は口を固く結んだ。身じろぎひとつしない。

井原は諭すように言った。

「弁護士には守秘義務がある。君の秘密が外に漏れることはない。だから、安心して話してくれ」

黙って俯《うつむ》いていた武本が、ようやく頭をあげた。顔が紅潮している。

「それだけは勘弁してください。大丈夫です。店のことが表に出ることは絶対にありません。みんな、すごく口が堅いから——」

武本がはじめて見せる、断固たる拒絶の態度だった。

「つまり、検察側に、ばれることはないと言うんだね」

「はい」

きっぱりした口調で武本は言った。

胡散《うさん》臭いが賭《か》けてみるしかない。

井原はそれ以上、詮索《せんさく》しなかった。そうまで言うならいいだろう。目撃証人とどこで知り合おうが、打つべき手さえ打っておけば、裁判に影響はない。

井原はわずかに肩をすぼめて、承諾の意を示した。

「わかった。半田とやらにコンタクトを取ってみる。連絡先はわかるかね」

「書斎の机の引き出しの住所録に、たしか名刺が挟んであるはずです」

書斎の住所録ね……と、井原はつぶやきながらメモを取った。

「すみません、本当にすみません」

武本は言いながら、何度も頭を下げた。ついさっきの強気の態度が、嘘みたいだった。

井原は拘置所を出たその足で、武本家に向かった。妻の麻美は在宅だった。もしかしたらご主人の証人になってくれる人が見つかるかもしれません、と告げて住所録の確認を求めると、武本の言うとおり、中から半田の名刺が出てきた。

玄関口で井原に名刺を渡す麻美は、夫の無実を証明してくれるかもしれない証人が見つかったにもかかわらず、浮かない顔をしていた。夫はやはり痴漢などしていなかったという安堵《あんど》と、夫が自分に隠れてアダルトビデオを観ていた屈辱の、相反する思いが胸中に渦巻いているのだろう。

井原は早々に武本家を辞去すると、すぐ本人に連絡を取った。

麻美から受け取った名刺には「株式会社トップ・ウーマン　チーフデザイナー　半田悟」とあった。

電話で井原から話を聞いた半田は驚き、米崎駅近くの喫茶店で会いたい、という井原の申し出を了承した。

待ち合わせ場所に姿を現した半田は、いかにも業界人、といった感じの男だった。ジャクソン・ポロックの絵画のような派手な柄シャツに、生成りのカーゴパンツ、頭には真っ赤なハンチング帽をかぶっていた。三十五歳という年齢にしてはくだけ過ぎているように思うが、職業がアパレルメーカーのデザイナーと聞けばそれも肯《うなず》ける。

井原が詳しく事情を説明すると、半田はひと呼吸おいてから、お役に立てるかもしれません、と白い歯を見せた。事件当日のことを、覚えているという。

「それはありがたい」

井原は相好を崩し、礼を述べた。

「で、具体的に僕は、なにをすればいいんでしょうか」

半田は運ばれてきたコーヒーを飲みながら訊《たず》ねた。井原は笑みを浮かべたまま答えた。

「なに、簡単なことです。見たとおりのことを、法廷で証言してください」

「見たとおりを、ですか」

意外そうな声で半田は言った。

「そう。あなたの記憶にある事実を、ありのままに、ね」

事実、という言葉を強調しながら井原は言った。

にやりと笑って半田が肯く。

「私の覚えている事実を、ありのままに、ですね」

この証人は使える。井原は確信した。

半田はシガレット・ケースから取り出した細身のメンソール煙草をくわえた。それで――と、ダンヒルのライターで火をつけながら言う。

「日当は、出るんでしょうか」

「もちろん」

井原は即答した。証人には裁判所から、一日八千円を上限とした日当が出る。

「いやあの、裁判所から出るやつじゃなくて」

半田が煙を吐きながら、言い辛《づら》そうに視線を落とす。

なるほど——井原は心の中で唸《うな》った。この男はしたたかだ。もしかすると、武本が本多の係累であることを知っているのかもしれない。だが、それならそれで、かえって使い勝手がいい。

井原は冷めたコーヒーを一口啜《すす》ると、とびっきりの笑顔を作った。

「ああ、謝礼のことですね」

わが意を得たり、といった表情で半田が肯く。

「もちろん、最大限に考慮させていただきます」

「良かった。なにかと物入りなもんで……実はこの前、事故っちゃいましてね。買ったばかりの外車をだめにしちゃったんです。ちなみに、赤のゴルフだったんですけど」

照れくさそうに、半田が言う。

——なるほど、ゴルフね。

事故が本当かどうか怪しいものだが、半田の要求はわかった。井原は顔に笑みを作ったまま、言葉を引き取った。

「たぶん近々、新車が買えるんじゃないでしょうか」

半田の顔にぱっと花が咲いた。

ちなみに、と井原は気になっていることを訊《き》いた。

「武本とは、どこで知り合ったんです」

半田は心外だとばかりに、さも可笑《おか》しそうな顔で答えた。

「武本さんとは面識はありませんよ。僕は駅で揉《も》めてる、中年男性と少女を見かけただけです」

こいつはなかなかの役者だ。井原は声に出して笑った。

「結構。実に、結構です」

これで武本の無実を立証する、強力な証人ができた。あとは打つべき手を打って、半田を事務所に呼ぶ。そこで裁判に備えて、入念なリハーサルと打ち合わせをすればいい。

半田と別れた井原は、念のため、武本の口から半田の名前が出たことを隠すアリバイを作った。

米崎の地元紙と全国紙の地方版に尋ね人の告知を出し、作成した目撃者探しのチラシを、鉄道会社の了承を得て沿線各駅に掲示した。ここでも、本多家の威光は絶大だった。

こうしておけば、新聞の告知か駅のチラシを見て半田が事務所に連絡をしてきたという構図が、揺るぎないものになる。検察がいくらつついたところで、関連性は出てこないはずだ。

こちらには武本の無実を証明する目撃者がいる。この切り札が手中にあるかぎり、負ける要素は微塵《みじん》もない。

改めて勝利を確信し、井原は事務所の椅子にもたれて寛《くつろ》いだ。

――しかしそれにしても、と井原は思った。

武本の事件は迷惑防止条例違反という瑣末《さまつ》なものだ。なぜ佐方は、こんなつまらない事案にそこまで拘《こだわ》るのか。

佐方は新任明けで米崎に来て、三年目の検察官と聞いている。この春、刑事部から公判部に異動し、そのまま武本の裁判を担当することになった。周囲の評価は高く、優秀だとの評判が、弁護士仲間からも聞こえてくる。

井原は、地検の検事室で会った佐方の顔を、頭に思い浮かべた。

どちらかと言えば細面の、柔和な顔立ちだ。が、ときどき底光りする眼光の鋭さは、印象的だった。頭の回転はたしかに良さそうだ。突っ張るところは突っ張るし、毅然《きぜん》さも併せ持っている。また父親の汚点で鼻っ面を叩《たた》いても、一瞬顔色を変えただけで、挑発には乗ってこなかった。我慢強さと冷静さも兼ね備えている。

だが、と井原は、鼻で笑った。

いかに検事として優秀であっても、組織人としては愚かな選択、と言わざるを得ない。青臭い正義感を振りかざし、取るに足らない案件で、己の検事人生を棒に振ろうとしている。

井原は小さく首を振ると、書類カバンを手に取り、椅子から立ち上がった。まあいい。佐方がどんな人物であろうが、自分には関係ない。自分は被告人に有利な判決になるよう、最善を尽くすだけだ。それが自分の仕事だ。

――必ず勝つ。

井原は部屋の電気を消すと、ドアに鍵《かぎ》をかけて事務所をあとにした。


この日の佐方は、下ろし立てと思《おぼ》しき濃紺のスーツに身を包んでいた。真っ白いワイシャツも臙脂《えんじ》色のネクタイも、おそらく新調したものだろう。髪にもしっかり櫛《くし》が通っていた。検察官席の頭上に輝く照明に、スーツの襟の秋霜烈日バッジが、白く光っている。

こんな身奇麗な佐方を見るのは、はじめてだった。法廷という神聖な場を考えれば、検察官として当然の身嗜《みだしな》みとも言えた。が、増田にはそれが、この公判に賭《か》ける佐方の、並々ならぬ決意の表れのように感じられた。

武本の公判初日、米崎地裁にある第一〇二法廷の傍聴席は、半分近く埋まっていた。ざっと数えて、二十人以上はいる。新聞にも載らない軽微な案件の裁判にしては、珍しいことだ。通常、この種の裁判なら、傍聴席には身内が数人いる程度だった。

傍聴席に増田が知っている顔は、ひとりしかいなかった。被害者である仁藤玲奈の母親、房江だけだ。前列右端の席に座り、膝《ひざ》に手を置く形で俯《うつむ》いている。腰から下は机に隠れて見えないが、上半身には白いブラウス、こげ茶のロングカーディガンを身に着けていた。服装は地味だが、不潔な感じはない。カーディガンには折り目が残り、ブラウスの襟には糊《のり》がかかっている。高価な服ではないが、大事にしている余所《よそ》行きを簞笥《たんす》から出してきた、そんな感じだ。

房江を除いたほかの傍聴人たちは、全員、堅い身なりだった。男女ともに、紺やグレーのビジネススーツ姿で、生真面目な顔をして座っている。いまから仕事上の重要会議がはじまるかのような雰囲気だ。おそらく本多の系列企業関係者と、井原の事務所の人間たちだろう。

場慣れしているかのように堂々とした彼らに対し、房江は床に視線を落としたまま、神妙な態度で小さく背を丸めている。まるで房江の方が、被告人の身内のようだ。本来いるべき被告人の身内、武本篤子と麻美親子の顔はなかった。

増田は目を、正面の弁護人席に向けた。井原事務所の人間が、井原を含めて三人座っている。井原は使い込まれた黒革の書類カバンから、裁判書類を取り出し、確認するように目を通していた。紫色の風呂敷《ふろしき》から資料を取り出した佐方も、手にした書類を静かに捲《めく》っている。お互い言葉も交わさなければ、相手の顔も見ない。開廷前から、すでに闘いははじまっている。

九時五十五分――開廷五分前になると、法廷の横にあるドアが開き武本が入廷してきた。武本は、手錠を嵌《は》められた手を隠すように、腹のあたりに当てている。身内の差し入れだろうか。真新しい白シャツに紺のジャケットを羽織り、折り目のついたグレーのズボンを穿《は》いている。両側にいる拘置所の職員が手錠を外すと、武本は静かに被告人席に着いた。

開廷時間になると、黒い法衣をまとった裁判官が、法廷の奥にあるドアから入ってきた。今回の公判で判事を務めるのは、高杉孝一《たかすぎこういち》裁判官。判事歴二十年のベテランだ。銀縁の眼鏡の奥に見える細い目は、いかなる偽りも見逃さないというような、強い意志の光を湛《たた》えている。

高杉が入廷すると、裁判所の職員が「起立!」と号令をかけた。法廷内の人間が全員、立ち上がる。

高杉が法壇の前で一礼し、ゆっくりと着座した。法廷内もそれに倣う。房江はひとりだけ必要以上に腰を折り、最後まで立っていた。全員が座ったのに気づき、慌てたように着席する。

房江はいったい、なにを思ってこの場にいるのだろう。娘は罪を犯したわけではない。被害者だ。被害者といっても加害者に対する強烈な憎しみがあるわけではなかろう。玲奈に精神的な傷はあるにせよ、検事室での態度を見ると、それとて重篤な状態というわけではなさそうだ。仕事を休んでまで傍聴する必要が、果たしてあるのだろうか。

いや、と増田は心の中で首を振った。娘が嘘をついていないことを、房江は自分の目で確かめたいのだ。裁判に負ければ、娘は公の場で嘘つきにされてしまう。そうならないように、目の前で勝利を見届けたいのだ。

たったひとりの家族である娘のために――

一連の儀式が終了すると、高杉は開廷を宣言した。武本を被告人席の前に立たせ、よく通る声で人定質問を行う。

氏名、本籍、現住所、生年月日と、武本は質問に粛々と答えていく。本籍地で少し言い淀《よど》んだが、あとは落ち着いた声で人定確認を終えた。

武本が腰を下ろすと、佐方は席から立ち上がった。

「公訴事実」

佐方の声が法廷内に響く。佐方は起訴状を朗読した。

「被告人は平成九年二月十一日午後一時五十分頃から同日午後二時頃の間、米崎県米崎市上郷町三丁目のJR東日本米崎東線上郷駅から同富岡市町田五丁目の同線町田駅に至る間を走行中の電車内において、当時十七歳の女子高校生に対し、衣服の上から左手で臀部《でんぶ》を撫《な》で回すなどをもって公共の乗物において著しく羞恥《しゅうち》させ、かつ人に不安を覚えさせるような卑猥《ひわい》な言動をしたものである。罪名および罰条、米崎県迷惑行為等防止条例違反、同法第十五条一項一号、第三条一項二号」

佐方が起訴状を読み上げて着席すると、裁判官は武本に、被疑者には黙秘権があることを告げ、罪状認否を訊《たず》ねた。

「検察官が読み上げた公訴事実のなかで、どこか間違っている箇所はありますか」

俯いたまま佐方の朗読を聞いていた武本は、頭をあげるときっぱりと罪状を否認した。

「たしかに私は、その日時、その電車に乗っていました。しかし女性に対し、検察官の言うようないかがわしい行為は、いっさいしておりません」

高杉は弁護人の井原に視線を移した。

「弁護人のご意見は」

井原はゆったりした動作で立ち上がると、胸を反らせて答えた。

「いま、被告人が述べたとおり、被告人は県の迷惑行為等防止条例には違反しておりません。無実です」

この時点で、検察側と弁護側が真っ向から対立することが決定した。

井原と武本が腰を下ろすと、検察側の冒頭陳述が行われた。

佐方は起立すると、書類を手に事件の概要を読みあげた。

「被告人は平成九年二月十一日、馴染《なじ》みの釣具店、富岡市富岡二丁目三番に所在するフィッシング・オオタへ行くと家の者に伝え、最寄りの神原駅に向かった。同日、同駅午後一時三十二分発の富岡駅行き準急電車に乗車。前から三両目の進行方向右側のドア戸袋付近に立った。一方、被害者は、神原駅の三つ先にある上郷駅から乗車。当日、富岡駅の傍にある富岡アリーナにおいて午後四時よりイベントがあり、電車内はイベント目当ての客で満員状態にあった。被害者は新たに乗り込む乗客の移動に伴い、反対側のドア付近へ押し込まれた。この時点で、被害者は窓に顔を向けて立つ体勢となった」

法廷内に、佐方が書類を捲る音が響く。佐方は言葉を続けた。

「電車が上郷駅のホームを出て、一キロほど先にある蘇井川《そいかわ》の鉄橋に差しかかると、被告人は電車の揺れを利用し背後から身体を密着させ、被害者のコートの上から左手で臀部を触りはじめた」

臀部を触った、というあたりで、武本の肩がぴくりと跳ねた。肩をわずかに動かしたあと、俯いたままじっとしている。

佐方の冒頭陳述が続く。

「被害者が騒がないことを確認すると、被告人はコートの中に手を入れ、スカートの上から臀部を触りはじめた。この時点で、被害者は意図的に触られていると確信。混雑する車両内で首を捻《ねじ》り、自分の右後ろに立つ被告人の顔を睨《にら》みつけた。が、被告人は被害者の視線を無視し、痴漢行為を継続。さらに行為をエスカレートさせ、上郷駅からひとつ目の町田駅に着くころには、スカートの上から被害者の陰部にまで触れようとした。被害者はこの時点で被告人の手を摑《つか》み『痴漢です』と声をあげた。直後に電車が到着した町田駅で、被害者は被告人の手を摑んだまま下車。ふたりはホームで口論となり、騒ぎを聞いて駆けつけた駅員に、被害者は痴漢被害を訴えた」

佐方は手にしていた書類を机の上に置くと、法壇の高杉を見た。

「以上の事実を立証するため、証拠等関係カード記載の各証拠の取り調べを申請します」

高杉が肯《うなず》く。

「わかりました。どうぞ、はじめてください」

佐方は法壇に一礼し、法廷内を見渡した。

「被告人は家族に内緒で、自宅から車で十五分のところにある米崎市七瀬町三丁目六番のレンタルビデオ店、ハニーバニーの会員になっており、痴漢行為を扱ったビデオを以前から多数借りています」

任意提出されたレンタルビデオ店貸し出し記録——と言って、佐方は束になっている書類の中から一冊を取り出した。

「これが被告人の貸し出し履歴です。店が保管している記録は三年分ですが、この間、被告人は多い時でひと月に五本、少ない時でも二本はアダルトビデオを借りています。その大半は、痴漢行為を扱った猥褻《わいせつ》ビデオです。このことから、被告人は以前から痴漢行為に強い関心があったと思われます」

そこで佐方は被告人席に視線を向けた。武本の肩はぴくりとも動かない。佐方は声を張って続けた。

「しかし、被告人は関心を持つだけでは満足できなかった。観るだけでは欲求が満たされず、自らの手で行為に及んだ。このことを裏付ける証言もあります。昨年の九月十五日、同じ米崎東線の上郷駅から富岡駅間で痴漢行為の被害に遭った女性の相談が、富岡駅前交番に持ち込まれています。これは交番警察官が作成した注意報告書、こちらは被害者が本年二月二十五日、米崎東署において勾留《こうりゅう》中の被告人の面通しを行った際の供述調書です」

佐方は手にしていた書類を机に置いた。資料の束を風呂敷《ふろしき》に包み、高杉の元へ持って行く。

検察側の証拠書類を受け取った高杉は、弁護人席の井原を見やった。

「弁護人、なにか申し述べておくことはありますか」

通常、弁護側から冒頭陳述が行われることはまずない。だが、今回のように被告人が全面否認しているケースでは、弁護人が冒頭陳述を行うこともあった。

井原は法廷の隅々まで聞こえるくらい明瞭《めいりょう》な声で、はい裁判長、と答えると、椅子から立ち上がった。

「まず申し上げておきたいのは、被告人が無実だということです。被告人の逮捕は著しく不当なものであり、今回の事案は明らかに冤罪《えんざい》です。冒頭陳述を行う前に、このことをはっきりと明言させていただきます」

芝居がかった口調でそう述べると、井原は軽く咳払《せきばら》いをした。

「事件当日、被告人は自宅がある神原駅から馴染みの釣具店に行くため、富岡行きの電車に乗りました」

その後の井原の陳述は、玲奈が上郷駅で乗車してくるところまでは、検察側と同じものだった。だが、電車が上郷を出て玲奈が痴漢に遭ったとされるくだりからは、検察側の言い分と百八十度食い違うものだった。

井原は言った。武本の立ち位置は検察側の陳述どおり玲奈の右後方だったが、武本は玲奈の臀部に触れてはおらず、車中で手を摑まれ「痴漢です」と叫ばれたときは、なにが起こったのかわからずひどく驚いた。さらに井原は、途中下車した町田駅のホームでのふたりのやり取りを取りあげ、玲奈が示談を持ちかけた、と述べた。

「駅のホームで被告人が無実を訴えると、被害者は〝水掛け論で埒《らち》が明かない。出るところに出て白黒つけてもいいが、そうなったらあんたが困るだろう。お金を払えばなかったことにしてやる〟といった内容のことを言い、被告人に示談を持ちかけました。以上を勘案すると――」

井原はそこでひと呼吸置くと、高杉の方へ顔を向けた。

「被害者は金銭目的で冤罪をでっちあげた、ということです」

佐方は井原の冒頭陳述を聞きながら、左肘《ひだりひじ》をついて俯《うつむ》いている。

井原は冒頭陳述を続けた。

「検察側が証拠品として提示した猥褻ビデオの貸し出し履歴ですが、ある種の性的嗜好《しこう》は誰もが持ち得るもので、嗜好に合った活字を楽しんだり映像を鑑賞することは、特別なものではありません。その種のビデオを観たからといって、すべての人間が直接的な行為に走るわけではない。むしろ、直接的な行為に走らないために、雑誌やビデオで欲求を解消している人間がほとんどでしょう。私はアクション映画をよく観ますが、人を殴ったり殺したいと思ったことは、一度もありません」

井原はそこで法廷内を見渡し、賛同を促すようににやりと笑った。が、すぐに表情を引き締め、法壇に向き直って続ける。

「以上のことから、検察側が主張する事実は、短絡的で合理性に欠ける証拠評価に基づくものであります」

なにより、と言って、井原は再び法廷内を見渡した。

「本案件には、迷惑行為があったとする目撃証言も物的証拠も、なにひとつありません」

井原は高杉に視線を戻し、静かな口調で続けた。

「このように検察官主張の事実は、合理的疑いを超える程度には到底、立証できません。以上です」

高杉は井原の芝居がかったやり方を知っているのだろう。わずかに顔を顰《しか》め、軽く肯いた。

「では検察官、立証を続けてください」

はい、と答えて佐方は立ち上がり、捜査資料を手にした。ゆったりとした口調で、玲奈の供述調書を読み上げる。読み終えると書類に目を落としたまま、上目遣いに弁護人席を一瞥《いちべつ》した。

「弁護人は先ほど、合理的疑いという言葉を口にしました。いま読み上げた被害者の供述調書には、痴漢の手を直接摑んだ、とあります。したがって被害者が加害者を誤認したという可能性は、皆無です。犯人は被害者に手を高く掲げられた、被告人以外にあり得ません」

「異議あり」

井原が佐方を睨《にら》みながら声をあげた。

「被害者の供述は、被害者側から見た一方的なものです。公平性を担保する意味からも、被害者の証人尋問を求めます」

高杉は肯いた。

「わかりました。日程を調整します。検察官、続けてください」

増田は、傍聴席にいる房江を見た。なにか言いたげに、口を開けたまま目を丸くしている。

佐方は、なにごともなかったような表情で、次の資料を捲《めく》っている。

玲奈を証言台に立たせることは、検察側としてはできればしたくなかった。玲奈には素行不良の前歴がある。井原がそこを突いてくることは目に見えている。しかし未成年でも相当の理由があれば、裁判所が必要と認めた尋問は絶対だ。たとえ迷惑行為の被害者であっても、衝立《ついたて》を設えるなどの措置を施したうえで、法廷に証人として立たされる。

増田は弁護人席の井原を見た。手元の書類を繰りながら、井原はなにごとかメモを取っている。被害者の証人尋問は弁護士として当然の申請だろうが、機を見るに敏で、さすがにそつがない。

佐方は書類から顔をあげると、このように、とまとめに入った。

「釣具店の来店記録と富岡アリーナのイベント日程の合致、同種被害女性の司法警察員面前調書を勘案すれば、被告人が以前から痴漢行為を働いていた疑いは極めて濃厚です。当事案には本案件と、同じ路線、富岡アリーナでイベントがある休日、満員電車のドアの戸袋付近――と多くの共通点があり、同一犯人の犯行と考えて矛盾はありません。つまり被告人の犯行には、間接的な目撃証人がいる、ということになります。これも、合理的疑いの余地なき証拠、と言えるでしょう。次回公判で、被害女性を証人として召喚するよう申請します」

以上です、と佐方は腰を下ろした。

たとえ調書に署名、捺印《なついん》があっても、伝聞証拠は相手方――つまりこの場合は弁護側に同意がなければ、原則として証拠として採用されない。井原が不利な証拠に同意するはずもなく、検察側としては当然の要請と言えた。

高杉はこれを認め、井原に言った。

「よろしいですか、弁護人」

「結構です」

想定内といった表情で、井原は肯いた。

では、と高杉が促す。

「被告人質問をはじめてください」

はい、と答えて井原は立ち上がると、書類を手に被告人席を見た。

「被告人に少し、訊《たず》ねたいことがあります」

打ち合わせは充分に済ませているのだろう。武本は、いよいよ来たか、という顔で目を見開き、唾《つば》を呑《の》み込むように喉《のど》を動かした。

高杉の許可を得て、井原が被告人に質問する。

「あなたは勾留された警察署で、なにか検査を受けましたか」

はい、と立ち上がって武本が言う。

「粘着テープのようなもので、両手のひらや甲、指先を検査されました」

「それはどこで、いつの段階ですか」

「取調室に入れられて、黙秘権の説明を受けたあとです。すぐ済むから協力してくれ、と係官に言われて」

「あなたは従った？」

武本は、はい、と答えた。

「身に覚えがありませんから。早く潔白が証明されるなら、と思いまして」

井原は、うむ、と首を捻《ひね》り、武本に訊《き》いた。

「あなたは検査結果を聞かされましたか」

「いえ」

武本は小さく首を振った。

なるほど、と得心したように肯《うなず》くと、井原は検事席にちらりと目をやった。佐方は黙って手元の書類を捲っている。被告人席に視線を戻すと、井原が言った。

「そもそも、この検査はなんのためのものだと思いましたか」

「たぶん、なにか証拠物を調べるためかと……」

そこで武本は間を置き、そう言えば、と言葉を続けた。

「警察から手だけではなく、その日着ていた服からも繊維を採取されました。きっと警察は、自分の手に自分の服以外の繊維――たとえば、被害者のスカートの繊維とか糸くずがついてないか、検査したんだと思います」

打ち合わせの成果か、台詞《せりふ》は淀《よど》みなく武本の口を突いて出た。

井原は肯きながら、なるほど、を二回繰り返した。

「表に出ているコートの繊維ならまだしも、内に隠れているスカートの繊維となると、迷惑行為の動かぬ証拠になりますからね」

井原は顔をあげると、検事席にひたと目を据えた。

「優秀な検察が、有罪の物証や検査報告書を、なぜ裁判所に申請しなかったのか」

井原は裁判官席に目を移し、淡々とした口調で言った。

「裁判長。検査報告書の提出と、検査した技官の尋問を求めます」

「いいでしょう」

高杉は即断した。

「検察官はすみやかに報告書を提出してください」

承知しました、と言って立ち上がった佐方の口元が、ふっと緩んだ。余裕を見せたつもりだろうか。佐方らしくない駆け引きだ。

法壇を見て佐方が言った。

「裁判長。こちらからも少し、被告人に質問してよろしいでしょうか」

佐方の要求に高杉は、どうぞ、と答えた。

佐方は法壇に軽く頭を下げると、武本に向き直った。佐方に見据えられた武本が、わずかに身を硬くする。

「被告人は当日、町田駅から米崎東署に移送されるため、捜査車両に乗せられましたね」

「はい」

それがなにか、と武本の訝《いぶか》しげな表情が伝えていた。

「警察官が来る前に、駅員に付き添われてトイレに入りましたか」

武本が一瞬、言葉に詰まる。

「はい」

つぶやくような声だった。

今度ははっきりとわかる笑みを浮かべて、佐方が言った。

「もちろん、用を足したあと、手を洗いましたよね」

武本は唇をすぼませ、宙を見据えた。

「……たぶん、洗ったと思います」

　増田は目を見開いた。佐方の笑みの理由がわかった。そういうことか。手を洗っていれば、証拠《ぶつ》など出るはずがない。しかし佐方は、いつどこで、この情報を仕入れたのだろう。

「裁判長」

　佐方が声を張った。

「トイレまで付き添った駅員の証人尋問を求めます」

「わかりました。採用しましょう」

　増田が弁護人席に目を向けると、井原の口元には、やりおるわい、といった感じの苦笑いが浮かんでいた。

　高杉が法廷内を見渡して言った。

「本日はこれで終了します。次の公判は、二週間後の四月二十五日を指定します」

　閉廷を受けて、緊張の糸が緩んだ傍聴席がざわめきはじめる。増田は隣の佐方に囁《ささや》いた。

「ボクシングに譬《たと》えると第一ラウンドは十対九で、検察側の勝ち、といったところですね。最後のパンチが効きました」

　佐方は口元を手で押さえ、視線を弁護人席に向けたまま言った。

「そうでしょうか。相手は想定の範囲でしょう。あの笑顔を見ていると、パンチが効いてるとは思えません」

見ると井原は、横にいる事務所の人間とにこやかに握手を交わしている。

「問題は次のラウンドです」

佐方がつぶやく。

「富樫明日香の証言がうまく弁護側のボディに決まれば、勝利も見えてきます」

佐方は畳んだ風呂敷《ふろしき》をカバンに入れ、とにかく、と言って立ち上がった。

「終了のゴングが鳴るまで、気を抜かないことです」

増田は肯き、佐方と歩調を合わせて出口へ向かう。

「そう言えば佐方さん。武本のトイレの件、どこで知ったんですか」

増田は訊ねた。先に立つ佐方は、ああ、と増田を振り返った。

「あれは被害者の友人に会ったあと、近くだったので町田駅に行ってみたんです。運よく担当者が勤務中で、すぐに話を聞くことができました。そこで仕入れた情報です」

「そうだったんですか」

いまさらながら、捜査に手を抜かない佐方に感心する。歩きながら、佐方が言葉を続ける。

「弁護側はきっと、武本の検査報告書の開示を求めてくる、そう思っていました。パンチが飛んできたらクロスカウンターを出すつもりで、手の内を隠しておいたんです。たしか〝あしたのジョー〟の矢吹《やぶき》も、セコンドのマンモス西《にし》に隠してませんでしたか、クロスカウンター」

佐方が珍しく冗談を言った。

増田は噴き出した。佐方が笑いながら頭を下げる。

「事前に言わないで、すいません」

いえいえ、と増田は顔の前で手を振ると、ドアの前で立ち止まり、人が少なくなった法廷内を見返した。

傍聴席にはすでに、房江の姿はなかった。


開廷十分前に入廷した井原は、弁護人席に腰を下ろすと、法廷内を見渡した。佐方はすでに着席し、書類に目を落としている。隣の事務官も難しい顔で、なにやらメモ用紙にペンを走らせていた。

公判二回目、傍聴席は六割がた埋まっていた。初公判より人が増えている。だが今回も、武本の身内の姿はなかった。篤子と麻美はもちろん、義父の保の顔も見当たらない。痴漢裁判で身内が裁かれるところを目にするなど、プライドが許さないのだろう。

井原から見て左の弁護側傍聴席には、前回同様、喜成の秘書の吉川や本多の系列会社の社員がいた。中央やや右寄りの後方には、一目でそれとわかる警察関係者がいる。警察官が証言台に立つときはたいていそうだが、お目付け役として同僚なり上司なりが、傍聴席で証言を確認する。もし同じ裁判で、別の警察官が尋問された際、警察として証言の一貫性を担保する意味もあるのだろう。自分の担当した裁判でも、メモを取りながら傍聴する警察関係者の姿を、井原はこれまで何度か見てきた。

傍聴席の一番右奥に視線を向けた井原は、これはまた……と、思わず声に出してつぶやいた。米崎東署の南場署長と地検公判部の筒井副部長が、並んで腰を下ろしていたからだ。

条例違反の裁判で、このクラスが傍聴に来るなど、聞いたことがない。武本の裁判の行方が、それほど気になるということか。もっとも、この一審で負ければ検察側は、まず控訴はできない。痴漢冤罪《えんざい》事件を喧伝《けんでん》するマスコミのバッシングや世論の向かい風を受ける地検トップや上級庁が、上訴を許すはずがない。腹を斬ると公言したらしい南場はさておき、赤レンガに謀反をしかけた筒井や佐方も、危うい立場に追いやられるだろう。ふたりとも島流しくらいは、覚悟しているはずだ。

井原は愛用の裁判ノートを開くと、文字を目で追った。B5判の市販のものだが、井原は裁判ごとに一冊、専用で使っていた。スケジュール管理のページには、今日の裁判の流れが記されている。

午前十時にはじまる公判二回目の大半は、五人の証人尋問に費やされる予定になっていた。まずは武本の員面調書を作成した所轄の司法警察員、次に繊維鑑定の分析を担当した県警科捜研の係官、次いで町田駅職員の順だ。このあたりで昼食休憩の時間になる。

休廷を挟んで午後からは富樫明日香、そして最後に、被害者である仁藤玲奈の尋問が開始される。玲奈が最後になったのは、授業の関係だろう。

今日は検察と五分でいい。いや、多少押し込まれても、ダウンさえ食らわなければそれでいい。こちらには絶対の切り札がある。問題はそのカードを、いつ切るか、だ。

半田の証人尋問をどの段階で申請するか――

井原は策略を練っていた。普通なら証人が見つかった時点で、検察側に通告し、裁判所に証人尋問を申請する。が、武本の事案は否認事件だ。検察側と弁護側の真っ向勝負、いわば全面戦争のようなものだった。手の内はぎりぎりまで、明かしたくない。半田の証人尋問を申請するとすれば、三回目の公判直前が、最も望ましい。半田とはすでに、その線で打ち合わせを済ませていた。

弁護側から目撃証人の存在を知らされた瞬間の、佐方の驚愕《きょうがく》ぶりが目に浮かぶようだ。顔面蒼白《そうはく》となって俯《うつむ》くか、目を丸くして顔を紅潮させるか、あるいは口をあんぐりと開けたままその場に固まるか。

いずれにせよ、さぞや面白い見世物になることだろう。

自然とあがってくる口角を、井原は抑え切れなかった。

開廷を告げる高杉の声が、法廷に響いた。

増田は傍聴席にいる筒井と南場にちらりと目をやった。示し合わせて同席したのか、それとも偶然一緒になったのか、それはわからない。ただ、地検を出るとき筒井は、なにも言わなかった。佐方が、では行ってきます、と副部長席に挨拶《あいさつ》したときも、おお、とひと声返しただけだ。

が、内心、筒井が気にかけていることは、増田にもわかっていた。

筒井は武本の裁判がはじまってから、佐方や増田を酒に誘わなくなった。これまで三日に一度は居酒屋「ふくろう」なり検事室なりで酒盛りをしていたことを思うと、十日以上も誘いがないのは嘘のようだった。そればかりか、他の検事から飲みに誘われても断っていると聞く。酒好きの筒井副部長が酒断ちをしている、との噂は、すでに地検中に広まっていた。

裁判に勝てるよう、筒井はおそらく願掛けをしているのだ。有罪を勝ち取った暁には、思う存分ふくろうで祝杯をあげるつもりなのだろう。

祝杯をあげる臥龍梅《がりゅうばい》のグラスは、どうやら四つになりそうだ——

筒井と南場の顔を見やりながら、頬を緩める。

が、筒井たちの前方、検察側傍聴席の最前列に房江の姿を認めると、増田は口元を引き締めた。房江の身なりは、初公判のときと同じだった。真剣な面持ちで、ハンカチを胸のあたりで握り締めている。

今日は玲奈が出廷する。おそらく裁判の趨勢《すうせい》は、今回の五人の証人調べではっきりするだろう。

どんなに有利な試合でも、ゴングが鳴り終わるまで勝敗はわからない。気を引き締めて、かからなければいけない。増田は書類を開くと、今日の流れをもう一度確認した。

証人調べのひとり目は、所轄で武本の取り調べを担当した佐藤健吾《さとうけんご》警部補だった。

裁判所職員の号令のもと、法廷内の全員が起立したなかで、証人の宣誓が行われた。

「良心に従って真実を述べ、何事も隠さず、偽りを述べないことを誓います」

型どおりの宣誓が終わり、佐藤が証人席に腰を下ろすと、井原が主尋問の口火を切った。証人尋問では、その証人を申請した方が先に質問をはじめる。

「現在の職責を教えてください」

「米崎県警察、警部補。米崎東署生活安全課係長の現職を拝命したのは、平成八年十月です」

「警察官になったのはいつですか」

「昭和五十六年七月、拝命しました」

「取り調べの状況を教えてください。証人は先に被害者から話を聞き、その後で被告人を取り調べたのですね」

「はい。通常、この種の案件ではそのような手順をとります」

「そのあいだ、別の係官が被告人の両手を検査していますね。それはなぜですか」

「痴漢事案で被疑者の繊維検査は、重要な手掛かりになりますから。最近ではどこの署でも行っています」

佐藤は三十代半ばにしては、頭髪がかなり薄い。本人もそれを気にしているのか、ときどき前髪を撫《な》で付けながら、井原の質問に答えている。

「検査結果がわかったのは、いつですか」

「県警の科学捜査研究所に試料を回して、四日後だったと思います」

「では証人は、いや米崎東署は、検査結果を待たず被告人を送検したのですか」

「はい。被害者の供述には充分な信憑性《しんぴょうせい》がありました。一方、被疑者は一貫して否認を続けていました。このような場合、送検するのは、ごく当然の処置だと思います」

ふむ、と肯《うなず》くと井原は質問を続けた。

「検査結果がわかったとき、証人はどう思いました」

佐方がすかさず立ち上がった。

「異議あり。意見を求めるものです」

高杉が井原に目を向けた。

「異議を認めます。弁護人は別の言い方で、質問の趣旨を述べてください」

はい、裁判長、と井原は軽く頭を下げ、質問を言い換えた。

「つまり被疑者の両手から被害者の衣服の繊維が検出されなかったことを知ったとき、被告人は無実だとは感じませんでしたか」

「いえ。触ったからといって必ずしも、繊維片が検出されるわけではありません。たまたま今回は出てこなかった。それだけです」

「無実がこれで証明されたわけではない、と」

「はい」

「しかし、触っていないからこそ、繊維片が検出されなかった、という可能性も当然ありますよね」

「それは……」

佐藤は言い淀《よど》むと、後ろの傍聴席をちらりと振り返った。すぐ法壇に視線を戻し、迷いのない口調で答える。

「可能性であれば、どんな可能性もあると思います」

なるほど、と井原は芝居がかった仕草で顎《あご》に手を当て、なにか考えるように、少し間を置いてから質問を打ち切った。

「以上です」

佐方は反対尋問に立たなかった。高杉から「検察官、なにかありますか」と促されても、「特にありません」と答えて辞退した。被告人の供述調書は、すでに提出してある。あえて付け加える必要はない、と考えたのだろう。最後に井原のパンチをかわした佐藤のクリンチは見事だった。この尋問で検察側に効くようなパンチは入っていない、という印象を、裁判官の頭に残したかったのかもしれない。

続いて証言台に立った米崎県警科学捜査研究所の多田《ただ》博《ひろし》研究員主査は、四十代後半の野太い声の持ち主だった。刈り込んだ頭は銀髪に近く、蓄えた口髭《くちひげ》にも、白いものが交じっている。講義をするかのような朗々とした口調は、地方公務員の警察職員というより、大学で教壇に立つ教授を思わせた。しかし多田の答弁は専門的過ぎて、傍聴席の眠りを誘う内容だった。増田でさえも、気を抜くと瞼《まぶた》が落ちそうになる。

もう一度確認しますが——と、井原がこめかみを押さえながら言った。

「被害者の衣服の繊維は、なにひとつ発見されなかったのですね」

「はい。鑑識採証テープに付着していた繊維片の微細鑑定では、被害者の衣服と、素材や色彩、繊維の組み合わせが一致するものは、ありませんでした」

「コートの繊維も、スカートの繊維も、どちらも発見されなかったのですね」

「はい」

「以上です」

勝ち誇ったような笑みを傍聴席に向けると、井原はゆったりと着席した。

「検察官、証人になにか質問はありますか」

高杉の声に応《こた》えて、佐方が勢いよく立ち上がった。

「証人にいくつか訊《き》きたいことがあります。まず、被告人の手から採取された繊維片ですが、全部でいくつ種類があったのでしょう」

「四種類です」

「内訳をもう一度、教えてもらえますか」

　はい、と多田は手元の資料に目を落として言う。

「鬱金《うこん》色の綿毛と臙脂《えんじ》色の獣毛繊維、それに灰色のレーヨン繊維と紺青《こんじょう》のポリエステル繊維です」

「それらの繊維片の特定はできたのでしょうか」

「はい。鬱金色の綿毛は、逮捕時に被疑者が穿《は》いていたズボンの繊維と、また臙脂色の獣毛繊維はセーターのそれと、類似していました。被疑者が身に着けていた衣服のものと考えて矛盾はないでしょう。灰色の化繊については、当日、被疑者を所轄まで移送した捜査員の上着の繊維と類似したもので、当該捜査員のものと考えてよいかと思います。紺青のポリエステル繊維については、少し苦労しました」

「というと」

　佐方が促す。多田は口髭を撫でると、自慢するように言った。

「所轄から送られてきたサンプルの中には見当たりませんでしたから、可能性を推測したんです。被疑者がその日、必ず接触したであろう人物の……」

「たとえば、誰でしょう」

　答えを知っている佐方が、確認するように訊《たず》ねた。

「駅員です。このタイプの素材と色の繊維は、制服によく使われています。米崎東線の町田駅に確認して取り寄せたところ、駅職員の制服の繊維と類似していました。駅員のものと考えて、矛盾はないと思います」

「確認しますが、その四つの繊維片以外は発見されなかったんですね」

「ええ。四種類だけでした」

「そうすると、おかしなことになりますね」

そう言って佐方は被告人席に視線を投げた。武本は口を真一文字に結び、宙を見据えている。弁護人席に座る井原の表情はわからなかった。俯《うつむ》いて、手元のメモになにやらペンを走らせている。

佐方は証人席に視線を戻して続けた。

「被告人は満員電車に乗っていた。その日、大勢の乗客と接触したはずです。手袋はしていませんから、手の甲にもひらにも、たくさんの繊維片が付着したことでしょう。にもかかわらず、手に残っていたのはその四つの繊維片だけだった」

佐方は間をとるように、そこで言葉を切った。法廷内の人間ひとりひとりに、意味するところを把握させるかのように傍聴席を見渡す。

佐方の言葉に何度も肯く房江の姿が、増田の視界に入った。筒井と南場はふたりとも、腕を組んだまま、顎を引いてじっと佐方を見つめている。

佐方が言った。

「多田証人、この科学的検証結果を合理的に考えると、導かれる結論はなんでしょう」

「科学的かつ合理的に考えると――」

多田はこの種の言葉が大好きなのだろう。嬉《うれ》しそうに繰り返して答えた。

「電車を降りてから捜査員が駆けつけるあいだのどこかで、その人物は手を洗った、ということでしょう。それも入念に」

「ありがとうございました」

証人席に頭を下げると、佐方は声を張った。

「裁判長。引き続き、町田駅職員の証人尋問をお願いします」

「いいでしょう」

高杉が同意する。手元の書類を確認し、佐方から証人席に目を移して言った。

「証人はご苦労様でした。退席いただいて結構です」

検察側のドアから多田が退出すると、入れ替わりで若い男が入ってきた。真淵淳一《まぶちじゅんいち》、二十二歳、町田駅の駅員だ。仕事で着用している制服と同じ色の紺青のスーツを身に着け、白いワイシャツに赤いネクタイを締めている。

真淵は証言台に立つと、両手を身体の脇に添え、直立の姿勢を取った。いつもこの姿勢で駅のホームに立ち、指差喚呼《しさかんこ》しているのだろう。が、緊張の色は隠せなかった。顔は紅潮し、身体全体も微《かす》かに震えている。

「住所、氏名、職業、年齢は証人カードに記載したとおりですね」

高杉は手元の証人カードを見ながら、真淵の人定を確認する。警察官や司法関係者と違い、一般人の場合はこうして、証言者になるべく負担がかからないよう裁判所は配慮する。

「はい。間違いありません」

裏返った声で、真淵が答えた。相当に緊張しているのだろう。

「証人は宣誓書を朗読してください」

高杉がそう言うと、廷内から起立の声がかかった。全員が立ち上がる。

真淵の宣誓書を持つ手が、ぶるぶる震えている。言葉に閊《つか》えながら真淵がようやく宣誓を終えると、全員が着席する。高杉は緊張が解《ほぐ》れない真淵に、やさしく声をかけ、偽証罪について説明した。

真淵の紅潮した頰が青白く変わり、小刻みに肯《うなず》く。

佐方の主尋問がはじまった。

「証人は、いまの職場に勤務して、どのくらいでしょうか」

「はい。高校卒業後、入社しまして、町田駅に配属されたのは一年前です」

「職場では、若い方ですか」

「はい。僕……いえ私より年下は、おりません」

「そうですか。後輩がいないのでは、なにかと大変ですね」

「いえ、とんでもないです。皆さん、よくしてくれますから……本当です」

真淵は真顔で激しく首を振った。法廷内に微笑みが広がる。

佐方は肯くと笑みを浮かべ、真淵の緊張が解れたころを見計らい本題に入った。

「騒ぎが起きたとき、証人はどこにいましたか」

「ホームに立ち、電車と乗客の安全確認をしていました」

「では、騒ぎにはすぐ、気づいた？」

はい、と真淵は肯いた。

「電車が発車したあと、ホームに四、五人の人だかりができていて、中から若い女の子の咎《とが》め立てするような声が聞こえていました。これはなにかあったな、と」

「なにがあったと思いましたか」

「たぶん痴漢じゃないかと」

「なぜ、そう思ったんですか」

「以前にも同様のことがあったからです。女性客と男性客が言い争っている場合は、痴漢行為を真っ先に疑った方がいい、と先輩から教えられていました」

なるほど、と佐方は肯き、その後の真淵の行動を訊ねた。それに対し真淵は、人だかりへ向かって駆け付けたところ、少女と中年男性が揉《も》み合っていた、と答えた。

「少女は痴漢だと言い、男は自分はやってないと否定していました」

「そしてあなたは、ふたりを駅員室へ連れて行った」

真淵の言葉を引き継いだ佐方は、続けて訊ねた。

「駅員室には職員が何人いましたか」

「三人です」

「それは、いつもに比べて多いのでしょうか、少ないのでしょうか」

「少ないです」

真淵はすらすらと答える。

「その日はひとりが体調を崩して急に病欠してましたし、富岡アリーナでイベントがあるので駅も混んでました。私は一時から昼食休憩の予定だったんですが、人手が足らずに一時間、休憩を延ばされていたんです。それで――」

そこまで言って真淵は、こんなにぺらぺら喋《しゃべ》っても大丈夫なのか、といった顔で法壇を見た。

「どうぞ、続けてください」

高杉がやさしい口調で促す。真淵は安心したような表情で、証言を続けた。

「それで、先輩のひとりに事情を話し、ふたりの身柄を預けました」

引き続き、佐方が訊ねた。

「証人はそれからどうされましたか」

「ホームの立ち番を引き継いで、休憩に入りました」

「食事を摂《と》られた、ということですか」

そうです、と真淵が答える。

「自分の席で弁当を広げました」

「ふたりの身柄を預けた先輩は、どうしましたか」

「別々の席にふたりを座らせ、話を聞いたあと警察を呼びました」

「証人は遣《や》り取りを見ていたんですね」

真淵が、はい、と肯く。

「気になったので、弁当を食べながら先輩の方を窺《うかが》ってました」

佐方は手元の書類を捲《めく》ると、では、と質問を続けた。

「警察を呼ぶと聞いたときの少女は、どんな様子でしたか」

真淵は気の毒そうな顔をした。

「頬が赤くなっていました。たぶん、寒さのせいだけじゃないと思います。駅員室の椅子に座り、興奮した感じで怒っていました」

「男性の方はどうでしたか」

真淵は即答した。

「青白い顔をしていました。蠟《ろう》人形みたいな、無表情っていうんでしょうか。そんな感じです」

佐方は真淵を真正面から見つめると、改まった声で訊ねた。

「その男性はこの場にいますか。いたら、指差してください」

はい、と言って真淵は被告人を指差した。

佐方は肯くと、手にしている書類を捲った。

「通報してから警察がやってくるまで、何分くらいかかりましたか」

「十分くらいだったと思います」

「そのあいだ、なにか変わったことはありましたか」

真淵は迷ったように少し間を置いてから、躊躇《ためら》いがちに答えた。

「変わったこと、と言えるかどうかわかりませんが、男を手洗いに連れて行きました」

「手洗いに」

佐方の復唱に真淵は肯いた。

「先輩が警察に連絡したあと、男は急に、手洗いに行きたい、と言い出しました。先輩は警察が来るまで待つよう言いましたが、男は、我慢できない、漏れそうだ、と股間《こかん》を押さえて蹲《うずくま》ります。ここで漏らされても困ると思ったのでしょう。先輩は私に、悪いけど俺と一緒に付き添ってトイレまで行ってくれ、と頼みました」

「なぜ、証人に頼んだのでしょう」

「ひとりで男を連れて行って、もし逃げられたら、問題になりますから」

「少女はその間、どうしてましたか」

「事務所にいるもうひとりの先輩が、見ていました」

なるほど、とつぶやくと佐方は、それで、と言葉を続けた。

「証人は、トイレの中まで付き添ったんでしょうか」

はい、と真淵は言った。

「私は手を洗う場所に立ち、男が逃げないように見張っていました。先輩は万が一に備えて、出口の監視です」

「トイレには他に誰かいましたか」

「いませんでした」

「被告人ひとりだったのですね」

はい、と真淵は力強く答える。

「被告人は小便器で用を足したのですか、それとも、個室ですか」

「小便器です」

「被告人はどんな様子でしたか」

「どんな、というと……」

真淵は言い淀《よど》んだ。佐方は質問を嚙《か》み砕いた。

「被告人が小便器に立ったあと、すぐに放尿の音が聞こえてきましたか」

真淵はそのときの情景を思い出すように、宙を見据えた。

「いえ、しばらく聞こえませんでした」

「放尿の勢いはどうでしたか」

「異議あり」

井原が勢いよく立ち上がった。これ以上は聞くに堪えない、といった表情だ。

「被告人の排泄《はいせつ》行為と、本案件は無関係です。検察官は相当の理由なく、被告人を辱めようとしています」

「裁判長」

佐方は高杉を見た。

「被告人が手洗いに行った事実と状況は、繊維鑑定の結果に影響を与えるものです」

高杉は静かに言った。

「異議を棄却します。検察官は質問を続けてください」

佐方は高杉に目礼すると、証人席に向き直った。

「質問を繰り返します。被告人の放尿時の様子を教えてください」

真淵は気持ちを切り替えるように息を吐くと、ゆっくりと答えた。

「放尿の音は、ようやく聞きとれるほど小さいものでした」

「どのくらい続きましたか」

「およそ一分くらいでしょうか。なんか、ちろちろ、ちろちろ、といった感じで、そう、搾り出すような音でした」

「被告人はそのあと、どうしましたか」

「手を洗いました」

「どれくらいの時間、洗っていましたか」

「そうですね」

真淵は考えるように、少し頭を傾げた。

「正確にはわかりませんが、一般的に男子が小便のあと手を洗うよりは、かなり長いなと感じました。備え付けの手洗い石鹸《せっけん》をつけて、潔癖症かと思うほど、念入りに洗っていました」

佐方は真淵に向かって、ありがとうございます、と頭を下げると法壇に向き直った。

「いまお聞きのとおり、被告人は警察署へ行く前に、駅のトイレで手を洗っています。しかも、強い尿意を訴えたにもかかわらず、被告人の排尿は通常の、我慢の限界に達した状況と矛盾します」

佐方はそこで、被告人席に強い視線を投げた。

「被告人が、故意に証拠を隠滅した可能性は否定できません」

武本は俯《うつむ》いたまま、微動だにしない。

以上です、と佐方は一礼して席に着いた。

佐方のパンチは、確実に敵の顎《あご》を捉《とら》えた。十対八——増田はそう採点し、心の中でガッツポーズを取った。

打たれたはずの井原は苦悶《くもん》の色を微塵《みじん》も見せず、笑みを浮かべて反対尋問をはじめた。

「真淵さん、あなたはいま、おいくつですか」

わかりきったことをなぜ聞くのか、といった怪訝《けげん》な表情で、真淵は井原を見た。

「二十二歳ですが」

「まだ、お若いですね。ところで、あなたは小便をするとき、勢いよく小水が飛びますか」

大勢の聴衆の前で排泄行為について訊《たず》ねられた真淵は、不快な顔をした。

「そのときの体調や状況によると思います」

「でも、排尿が思い通りいかず、困った経験はありませんよね」

「そう、ですね」

少し考え、真淵が答える。井原は手を後ろで組むと、諭すような口調で言った。

「歳をとれば、たいてい小便の出が悪くなるものです。五十を過ぎてから私なんぞは、朝方、尿意が限界まで高まり目が覚めて手洗いに行っても、すぐには出なくなりました。少し時間を置いて排尿がはじまっても、勢いなどまるでない。締まりの悪い水道の蛇口状態ですよ。ぽたぽた、ぽたぽた、ってね」

井原は後ろ手に組んでいた手を前で組み直すと、法壇に目を向けた。

「多くの男性は加齢によって、排尿に問題を抱えます。自然な老化に伴うものもあれば、前立腺《ぜんりつせん》肥大などの病気によるものもある。被告人は今年で四十三歳になります。被告人の小便の出が悪くても、私はちっとも驚きません。以上です」

真淵の証人喚問のあと、法廷は昼の休憩に入った。

検察官控え室で増田は、佐方と筒井と南場の四人でテーブルを囲んでいた。手にしているのは、筒井の差し入れの弁当だ。

裁判所の食堂で話すのはなにかと差し障りがある。そう考えた筒井が、あらかじめ仕出し屋に頼んでおいたものだった。四人分あるということはやはり、筒井は南場と示し合わせて傍聴に訪れたのだ。

幕の内弁当の焼き鮭に箸《はし》をつけながら、南場が口を開いた。

「しかし井原って弁護士は、なかなか強《したた》かですね。締まりの悪い水道の蛇口って表現には、悪いが笑ってしまった」

筒井が苦笑いを浮かべて言う。

「まあ、われわれ世代の男には、なにかと心当たりがありますからね。傍聴席の受けは良かったかもしれない。ぽたぽた——ってところで、何人か噴き出してたな」

増田は、歳を取るとそんなもんなんですかね、と嘆息した。三十路《みそじ》を越えて間もない自分には、実感のない話だ。

佐方は三人の会話に、口を挟まなかった。薄く微笑んで、ただ聞いている。

そう言えば、と真顔に戻って南場が筒井を見た。

「井原の事務所が目撃証人を探しているって話、ご存じでしょう」

ええ、と筒井が肯《うなず》く。

米崎新聞の地元欄に掲載された告知は、増田も見ていた。駅のホームにポスターが貼られているとの情報も、地検職員から聞いている。佐方も知っているはずだ。が、気にかけている様子はなかった。

南場が続ける。

「うちの方でも目撃者を探しましたが、見つかりませんでした。ホームで揉《も》み合っているところを遠巻きに見ていた野次馬は、何人かいたようですが、駅員が駆けつけるとそれも散り散りで」

乗客が被害者に協力して痴漢を取り押さえた、という記事や報道をよく目にするが、今回の場合、第三者の関与はなかった。

ペットボトルの茶を口にしながら、筒井が佐方に言った。

「まあ、万が一ってこともあるからな。備えだけはしておけよ」

はい、と答え、佐方は表情を引き締めた。

南場が佐方に視線を向ける。

「うちの方でもすでに、証人が出てきた場合に備えて、武本の交友関係を洗い出しにかかっています。すぐ照合できるように、友人、知人、会社関係、同級生などのリストアップを手配してあります」

佐方は肯くと、軽く頭を下げた。

「ありがとうございます。ただ、可能性は低いでしょうがでっちあげてまで証人を出してくるとすれば、直接つながりのない人間でしょう。本多の企業関係者とか……」

佐方はそこで言葉を切り、宙を見据えて言った。

「いずれにしても、もし出てきたら、それはそれでチャンスかもしれません」

「チャンス？」

増田は意味がわからず、鸚鵡《おうむ》返しに訊ねた。

佐方が笑顔を見せて言う。

「はい。相手が強烈なパンチを繰り出してくれれば、クロスカウンターが打てますからね」

「クロスカウンター？」

今度は筒井が、意味がわからん、といった顔で語尾をあげた。

筒井の直接の疑問には触れず、佐方は真顔に戻って答えた。

「偽証の疑いで引っ張って、検事調べをかけようかと思います」

ほう、と納得したように筒井が呻《うめ》いた。

「なるほど、それでクロスカウンターか」

ここでようやく、増田にも佐方の狙いがわかった。

被害者が嘘をついていないとすれば、被告人が嘘をついている。その被告人に有利な証言をする人間もまた、嘘をついているということだ。だとすれば、偽証罪を適用できる。

南場が弁当箱に蓋《ふた》をしながら、感心したように言った。

「しかし佐方検事の世代でも、〝あしたのジョー〟をご存じなんですね」

「ええ、まあ……」

佐方がにこやかに肯いた。

増田は思わず、自慢げに口を添えた。

「僕らのときは、テレビアニメの再放送がありましたから」

弁当を食べ終わると増田は、地裁の玄関に向かった。明日香と待ち合わせて、サポートするためだ。約束の十二時四十分から少し遅れて、明日香は現れた。地味なグレーのワンピースに、肩から淡いパープルのショールを巻いている。地検で打ち合わせしたときと比べて、顔色が冴《さ》えない。眼鏡の奥の瞳《ひとみ》には、明らかな憂色が見て取れた。

「大丈夫ですか。緊張していますか？」

増田が声をかけると、明日香は弱々しく笑った。

「ちょっと」

増田はやさしく微笑んで、明日香に証人尋問の手順を確認した。

「前に話したように、十分前に入廷してください。裁判所が用意した証人カードと宣誓書がありますから、必要事項を書き込んで署名、捺印《なついん》してください。希望された衝立《ついたて》は手配してあります。大丈夫、名前も呼ばれませんし、傍聴席から顔はわかりません」

明日香は無言で、小さく肯いた。最前よりさらに憂鬱《ゆううつ》そうな表情だ。

なにかあったか――

思い切って増田は訊ねた。

「他になにか、心配事でもありますか」

俯《うつむ》いてしばらく黙り込んでいた明日香が、顔をあげた。

「実は朝、父と喧嘩《けんか》してしまって。証言台に立つことが決まってから、父はずっと不機嫌でした。嫁入り前の娘がみっともないとか、いまさら蒸し返しても仕方ないとか言って、反対してたんです。それが今朝……」

言葉を止めると明日香は、いや、と首を振った。

「いいんです。大丈夫です」

自分自身に言い聞かせるように肯くと、明日香はその場に増田を残し、裁判所の廊下を歩きはじめた。

午後一時に再開された法廷で、佐方は明日香の主尋問に立った。

調書を手に、当時の被害状況を確認していく。が、明日香の声には、まるで覇気がなかった。父親に言われたことがよほど気になっているのだろう。なにを言われたかはわからないが、言葉も途切れがちで、必要最低限の受け答えしかしなかった。供述調書で述べた強い被害感情も嫌悪も、今日の明日香からは見て取れない。

それでも佐方は、最善を尽くしていた。理路整然と明日香の証言を積み重ね、被告人の常習性を疑う空気を、法廷内に広めていく。少なくとも増田には、検察側有利の展開に見えた。

では、と佐方が尋問の締め括《くく》りに入る。

「最後の質問です。証人に痴漢行為を働いた男は、この法廷にいますか。いたら、指差してください」

明日香は束の間、逡巡《しゅんじゅん》の色を見せたが、ひと呼吸おくときっぱりした口調で言った。

「あの男性です」

佐方は顎《あご》を引いて強く肯くと、法壇に視線を移した。

「以上です」

反対尋問に立った井原は、顔に余裕の笑みを浮かべていた。

増田は以前、人気作家の人生指南書で読んだ一節を思い出した。

――敵に弱みを見せるな。窮地に立ったときほど、余裕の表情を作れ。

県下最大の法律事務所を運営するだけのことはある。やはり井原は強敵だ。

ことさら優しい口調を意識するかのように、井原は微笑みながら訊《き》いた。

「証人は今日みたいに、いつも眼鏡をかけているんですか」

詰問口調で追及されると思っていたのだろう。明日香は困惑気味に答えた。

「はい。仕事をするときは、いつもかけています」

「コンタクトは、使用しないのですか」

「一度コンタクトに換えたことがあるんですが、体質的に合わなくてやめました」

「なるほど」

肯いて井原は続けた。

「先ほど証人は、仕事をするときは、と言われましたが、プライベートで眼鏡は使用しないのですか」

明日香が戸惑いの表情を浮かべた。質問の意図がわからない、といった顔だ。

「プライベートでは、滅多にかけません」

そうですか、と肯《うなず》き、井原は明日香に視力を訊《たず》ねた。

「裸眼で視力はおいくつですか」

「両方とも〇・五です」

「日常生活にはさほど、支障がない視力ですね」

「はい」

「だからプライベートでは、眼鏡を外している」

「そうです」

井原はひと呼吸おいて、質問を続けた。

「当日、電車に乗っていたとき、証人は眼鏡をかけていましたか」

そうか。

増田は合点がいった。井原は明日香の視力の弱さを強調し、証言に信憑性《しんぴょうせい》がないことを立証しようとしているのだ。

明日香も井原の意図を察したらしく、唇を嚙《か》むと弱々しく答えた。

「よく覚えてませんが、たぶん……かけてなかったと思います」

「ところで、当日の天気を覚えていますか」

明日香は思い出すように、視線を上に向けた。

「晴れてた、と思います」

井原は満足げに肯いた。

「そうです。当日は快晴でした。平成八年九月十五日、午後四時前後の天気を米崎地方気象台に確認したところ、その時間、事件があったとされる電車が走行していた富岡市全域は、気温二十四度、湿度四十パーセント、快晴、という回答が返ってきました。電車は進行方向左側から強い西日を受けていたことになります。痴漢行為があったとされる区間の沿線には、陽を遮る高い建物がありません。これが気象台の回答書と沿線見取り図および太陽との関係を示した関連資料です」

そう言って井原は、高杉に書類を提出した。弁護人席に戻ると、語気を強めて続ける。

「そして証人は、進行方向に向かって右側のドアの戸袋付近にいた。振り向いて犯人を睨《にら》みつけたときは、当然、逆光になっていたはずです」

井原の口調にはすでに、当初の優しさは微塵《みじん》もなかった。獲物を追いつめた野獣が、牙《きば》を剝《む》くように明日香に迫った。

「証人が犯人の顔を見ていたのは、いったいどれくらいの時間ですか」

供述調書に書かれていることを、井原はあえて明日香の口から言わせようとしている。

明日香は目を伏せて声を絞り出した。

「数秒間……です」

井原は少し間を置き、落ち着いた声で言った。

「以上です」

法廷内が静寂に包まれる。増田は静かに唾《つば》を呑《の》み込んだ。明日香の証言の信憑性が揺らいだように思えた。

「裁判長」

静寂を破って佐方が立ち上がった。再尋問するつもりだ。

「証人に確認したいことがあります。よろしいでしょうか」

井原が提出した書類に目を落としていた高杉は、鼻に落ちた眼鏡を押し上げて肯いた。

「どうぞ」

佐方は証人席に視線を向けると、明日香の顔を見た。

「証人が米崎東署の取調室から、マジックミラー越しに犯人の顔を確認したとき、部屋には何名の男性がいましたか」

質問の意図を悟ったのだろう。明日香が目を輝かせて即答した。

「四名です」

佐方が確信を込めて言う。

「その四名の中から、証人は、被告人の顔を見分けたのですね」

明日香は救われたように、何度も肯きながら言った。

「はい。そうです」

明日香が法廷を出たあと、引き続き玲奈の証人尋問がはじまろうとしていた。衝立を法廷の外に運ぶ裁判所職員に目をやりながら、高杉は念のため、という顔で佐方に訊ねた。

「いま一度、検察官に確認します。証人の遮蔽《しゃへい》措置は、本当に取らなくていいのですね」

佐方は椅子から尻《しり》をわずかに浮かせると、中腰の姿勢で答えた。

「はい。本人の申し出なので必要ありません」

玲奈との打ち合わせで佐方は、本人が未成年であることと性犯罪事案であることを考慮し、遮蔽措置を勧めた。だが玲奈は、そんな必要はない、自分は人に恥じるところはなにもない、堂々と証言台に立つ、ときっぱり言った。

佐方の返答を聞いて高杉はひとつ肯き、玲奈に証言台へ立つよう促した。

授業が終わって裁判所に来るまでに着替えたのだろう。玲奈は私服姿だった。色褪《いろあ》せたジーンズに白のTシャツを身につけ、上からベージュのパーカを羽織っている。服装はくだけているが、だらしなく見えないのは姿勢がいいからだろう。背を伸ばし、毅然《きぜん》とした態度で歩いてくる。

玲奈は証言台に立つと、高杉を真っ直ぐに見た。

高杉が証人カードを見ながら「記載されているとおりで間違いないですね」と人定の確認を終えると、促されて玲奈は宣誓書を読み上げた。淀《よど》みのない、堂々とした宣誓だった。

井原が尋問のために立ち上がった。

証人尋問は召喚を要請した側からはじめる。被害者の主尋問を弁護側が行うというのも、異例と言えば異例だ。

「証人が当日、事件が起こったとされる電車に乗った目的は、なんですか」

明日香のときと違い、井原は最初から詰問口調だった。

「富岡アリーナの、ロック・フェスティバルに行くためです」

「チケット代はいくらしました」

「八千円」

不機嫌そうに玲奈が言う。

「それはまた、ずいぶん高いですね」

「だって五組もバンドが出演するし、演奏時間もぜんぶで四時間あったから」

ふむ、と肯いて井原は尋問を続けた。

「証人の小遣いは、月にいくらですか」

「三千円」

さらに口を尖《とが》らせて、玲奈がぶっきら棒に答えた。

「八千円貯めるには、そうとう時間がかかりますね。証人は小遣いから毎月、いくら貯金していますか」

「して、いません」

玲奈が不貞腐《ふてくさ》れたように言う。

「では、お年玉とかの貯金があるんですか」

「い、い、え」

一音ずつ句切るように、玲奈は言った。挑発的な口調だった。

増田ははらはらした。これでは裁判所の心証が悪くなるばかりだ。

「ほう。そうすると、チケット代はどうやって工面したんですか。お母さんに貰《もら》ったんですか」

「いいえ」

玲奈は井原を睨みつけた。

「じゃあ、どうやって八千円のチケットを買ったのですか」

井原が畳み掛ける。

「異議あり」

佐方が声を張り上げて立ち上がった。

「本案件とは無関係です」

井原がすかさず言い返す。

「裁判長、これは被告人が主張している示談の件と繋《つな》がるものです」

高杉が検察官席の佐方を見て言った。

「異議を棄却します。弁護人は質問を続けてください」

「ありがとうございます」

佐方が腰を下ろすのを待って、井原が尋問を再開する。

「証人はどうやってチケットを買ったのですか」

「アルバイトでお金を貯めて」

「なんのアルバイトですか」

「パン屋さん」

「時給はいくらでしょう」

「六百五十円」

「どれくらいの頻度で働いていますか」

「日曜日の午前中、三時間くらい」

「そうすると」

井原は頭の中で計算するように、視線を上に向けて間を置いた。

「バイト代をいっさい使わなかったとして、八千円貯めるのにひと月はかかりますね」

玲奈は無言で井原を睨んでいる。井原も返答を期待したものではないだろう。そのまま続けて言った。

「それだけ苦労して手に入れたチケットを、無駄にしてしまった。さぞ悔しかったでしょう」

「だって、仕方ないじゃない！　痴漢に遭って、警察に連れて行かれて、帰してもらえなかったんだから！」

玲奈が叫ぶように言う。

高杉が厳粛な口調で制止した。

「証人は落ち着いてください。ここは法廷です。弁護人も、論旨を少し整理して質問するように」

「はい、裁判長。失礼しました」

井原は法壇に向かって頭を下げると、ところで、と質問を切り替えた。

「証人は昨年の九月に、恐喝で逮捕されていますね。その二年前には、万引きで捕まっている」

書類を手に、井原が事件の概要を読み上げた。

増田は思わず佐方を見た。すかさず異議を唱えるものと思ったが、佐方は黙って弁護人席を見ている。傍聴席に目をやると、南場はあんぐりと口を開けていた。筒井はなぜだ、とばかりに、険しい顔で検察官席を睨《にら》んでいる。法壇の高杉も意外そうな面持ちで、佐方を見ていた。

井原は嚙《か》みついてこない佐方にかまわず、質問を続けた。

「証人はお金が必要だったんじゃないんですか。冤罪《えんざい》をでっちあげて、恐喝事件のときと同じように、お金を取ろうとしたんじゃないんですか」

決め付けるように井原が言う。

「違う！」

玲奈が叫んだ。

「あたしはそんなこと、絶対にしてない！」

高杉が堪《たま》らず、注意する。

「証人は落ち着いて」

法廷内のざわめきが収まるのを待って、井原が質問を閉じた。

「以上です」

なぜ佐方は異議を唱えなかったのか。なぜ玲奈をサンドバッグのように、殴られっぱなしにしたのか。

増田はわけがわからず、反対尋問に立つ佐方を呆然《ぼうぜん》と見上げた。

法廷に静寂が戻ると、佐方は穏やかな声で玲奈に語りかけた。

「証人には、サッチ、というあだ名の、同級生がいますね」

玲奈の頬がぴくりと震える。玲奈は、その後に続く佐方の質問を牽制《けんせい》するように言った。

「はい。でも――」

佐方は玲奈の言葉を遮って続けた。

「一番の親友ですか」

「はい」

諦《あき》めたように玲奈が認めた。

佐方は法壇に目を向けた。

「証人の供述の信憑性《しんぴょうせい》を確かめるため、そのサッチに、話を聞きました」

玲奈に視線を戻して言う。

「家裁から保護観察処分を受けた昨年九月の恐喝事件で、証人はなぜ、真実を話さなかったんですか」

「それは……」

玲奈が言い淀《よど》む。

「なぜ、無実の罪を被《かぶ》ったんですか」

無実——増田は息を呑んだ。佐方は裁判がはじまる前に、玲奈の友人に話を聞きに行っている。そこで、玲奈の前歴の真相を調べたのか。

玲奈は目を伏せたまま、言葉を発しない。

「友人を助けるためですか。前の万引き事件のときのように——」

「違う。そんなんじゃない」

玲奈が顔をあげて言う。が、声は弱々しかった。

「でも結果的に、あなたは嘘をついたのではないですか。罪はまっとうに裁かれなくてはいけないと思いませんか。あなたは、罪を捻《ね》じ曲げたんです。お母さんを悲しませてまで」

玲奈は叫んだ。

「違う！　そうじゃない！」

佐方を真っ直ぐ見て、声を振り絞る。

「母さんは言ってた。自分のための嘘は絶対ついちゃいけないけど、人を助けるためなら許されるって。母さんはそうやって生きてきたんだ。父さんのことだってそうだよ。あんな奴のために嘘ついて、自分が苦しんで、それでも文句ひとつ言わずに頑張ってきたんだ。あたしを育てるために、一生懸命、頑張ってきたんだ！　あたしは……あたしは、母さんの娘だから……」

最後は言葉にならなかった。玲奈の唇が震えている。いまにも涙の堰《せき》が決壊しそうだった。

廷内が静まり返る。傍聴席で房江が、しきりに目頭を押さえていた。ハンカチを何度も目元に当てている。

佐方は証言台に目を据えたまま、静かに言った。

「以上です」

再尋問に立った井原は、被害者に同情的な廷内の空気を打ち破るように、玲奈に詰め寄った。

「証人は先ほど、人を助けるためだったら、嘘をついてもいい。そう言いましたね」

「はい」

玲奈が小さく肯《うなず》く。

「では証人は、友人を助けるためにもしお金が必要だったら、嘘をつきませんか」

「異議あり！」

佐方の怒気を含んだ声が、法廷に響いた。佐方は憤然として言った。

「裁判長。仮定の尋問です！」

高杉は異議を認めた。憮然《ぶぜん》とした顔で井原を睨む。

「弁護人は言葉を慎むように」

井原は肩を竦《すく》めて言った。

「はい、裁判長。失礼しました。質問は以上です」


二回目の公判から三週間後の五月半ば、米崎地裁の法廷では武本の第三回公判が行われようとしていた。開廷は午後三時。井原は腕時計を見た。二時五十分になろうとしている。

井原は昨日、裁判所に半田の証人尋問を申請した。急遽《きゅうきょ》、重要な証人が見つかったとの事由で、見つかった経緯と証言内容を告げ、当日こちらが同行して出廷させる条件で、高杉の許可を得た。異例の措置だが、高杉もそれだけ、半田の証言内容を重視したということだろう。

開廷十分前、半田が井原の事務所の人間に付き添われて入廷してきた。助言どおり、今日はいつもより控えめな服装をしている。白いチノパンに赤とグレーのボーダー柄のニットは、堅い職業には見えないが、さほど奇抜にも見えない。

高杉は開廷を宣言すると、証人カードを見ながら人定を確認し、半田に宣誓書を読ませた。半田が淡々と宣誓書を読み上げる。臆《おく》したところもなく、かといって、変に場慣れした感じもしない。

高杉は半田を見ながら、重々しく語りかけた。

「いまお読みいただいたとおり、本当のことを述べてください。万一、嘘のことを証言すると、偽証罪という罪に問われます。刑事責任を追及されることがありますので、注意してください」

半田は大きく肯くと、口元を引き締めた。さすがに緊張の色は隠せない。

井原は検察官席の佐方に目をやった。佐方は俯《うつむ》いて頭を掻《か》きながら、なにごとかメモを取っている。

井原が入廷したとき、佐方はすでに着席していた。腕を組み、顔をあげて唇を真一文字に結び、宙を睨んでいた。

昨日の夜、地検はてんやわんやの大騒ぎだったことだろう。弁護側から突然、予期しない証人申請が出たのだ。弁護側に有利な証人に決まっている。勝負が一発で、引っくり返るかもしれない。佐方はたぶん、東署に伝えて武本と半田の接点を探るよう、指示を出したはずだ。だが、いくら洗ったところでふたりを繋《つな》ぐ糸は見つからないだろう。表面上はまったくの、赤の他人でしかないからだ。

武本は半田と、たまたま飲み屋で知り合ったと言っているが、本当のところはわからない。だが、と井原は思っていた。真実など自分には関係ない。法に触れない範囲で、やるべきことは全部やる。

そう、すべては被告人の利益のために――

法廷内に高杉の声が響いた。

「では、弁護人は尋問をはじめてください」

井原はゆっくり立ち上がった。腹に力を込めて言葉を発する。

「証人に質問します。あなたがここにいる経緯を教えてください」

半田は打ち合わせたとおりの経緯を、落ち着いた声で語った。

「駅でポスターを見て、驚いて連絡しました」

「どこの駅で、いつのことですか」

「町田駅で見ました。三日前です」

「それは、どのようなポスターでしたか」

「痴漢事件の、目撃者を探すものでした」

井原は、あらかじめ裁判所に提出してあるポスターを手に取った。A3サイズの二色刷りだ。タイトルには赤のインクで大きく、「痴漢冤罪《えんざい》事件の目撃者、求む！」と印刷してある。

「このポスターですね」

「はい」

弁護人席を見て半田は肯いた。井原はポスターの記載内容を読み上げる。

「平成九年二月十一日（建国記念の日の祝日）、午後二時前後、JR町田駅二番線ホーム中頃で、高校生くらいの少女と四十代男性が言い争っている現場を目撃した方はいませんか。心当たりの方は下記まで御連絡ください。薄謝有り。井原法令綜合《そうごう》事務所。以下、住所、電話番号記載」

井原はポスターから顔をあげると、半田を見た。

「間違いないですね」

半田は肯いた。

「はい。間違いありません」

「町田駅はよく利用するんですか」

「よく、というか、月に一度か二度です」

「あなたの住まいとも職場とも離れていますが、どういう目的でしょうか」

「私は映画が好きなので、町田駅近くにある名画座によく行くんです。お気に入りの映画がかかるときに」

「最近ではいつ利用しましたか」

「二日前の日曜日です。それでポスターに気がつきました」

——打ち合わせどおりの受け答えだ。ここまでは申し分ない。

井原は心の中でほくそ笑んだ。続いて、事件当日の半田の行動を訊《たず》ねる。

半田の証言はこうだった。

その日、半田は町田駅近くの名画座に、六〇年代の古い洋画を観に行く予定で電車に乗った。車両内は混雑しており、身動きが取れないほどだった。町田駅にもうすぐ着くというとき、すぐそばで「この男、痴漢です！」という少女の叫び声を聞いた。直後、電車は町田駅に到着。叫んだ少女は男の手を摑《つか》み、ホームに引きずり下ろした。

井原は質問を続ける。

「被告人、少女と同じ駅で降りたあなたは、それからどうしました」

「次の上映時間までまだ時間があったので、野次馬に交じってふたりの遣《や》り取りを見ていました」

「ふたりの声は、聞こえましたか」

「ええ。でもどちらかと言えば、少女の方がよく聞こえました」

「それはなぜでしょう」

「単純に、声が大きかったからです。男の方は、ぼそぼそっとした声でした」

「会話の内容は覚えていますか」

「正確には再現できませんが、基本的に〝やった、やらない〟の水掛け論でした。少女の方は、出るとこに出て白黒つけよう、という感じで男に迫っていました」

半田は淀《よど》みなく答える。それで、と井原は質問を続けた。

「あなたはそれから、どうされました」

「映画の時間が迫ってきたので、ふたりの横を通って改札に向かいました」

「そのとき、ふたりの様子はどうでしたか」

「電車を降りてから少女は、ずっと男の片腕を摑んでました。両腕をこう、巻きつけるようにして、男の顔を見上げてました」

半田は顔を上に向けて自分の両腕で空を抱き締め、少女の仕草を再現してみせる。

――やはり、こいつは役者だ。打ち合わせにない、アドリブまでかましてきた。

井原は思わず頰を緩めた。

「見ようによっては、恋人に甘えてぶら下がるカップルみたいですね」

半田が口角をあげて答える。

「そうかもしれません」

「話を戻します。ふたりの横を通った、とおっしゃいましたが、そのときの様子を詳しく教えてください」

「ちょうど通り過ぎようとしたとき、少女が男に顔を近づけ、耳元で囁《ささや》きました」

「少女がなんと言ったか、聞こえましたか」

「はい」

断言する口調で、半田はきっぱり答えた。井原は訊ねた。

「少女はなんと言ったのですか」

半田は法壇を見据えて言った。

「金を払えばなかったことにしてやる——少女はそう言いました」

法廷内にざわめきが広がる。

傍聴席には今日も、筒井の姿があった。険しい顔で前方を睨んでいる。

井原は検察官席へ視線を移した。佐方は身じろぎもせず、証人席を見つめている。底光りする眼光は、井原でさえ射竦《いすく》められそうだ。

法廷内のざわめきが収まると、井原は尋問を再開した。

「少女の言葉を聞いて、あなたはどう思いましたか」

少し考えて、半田は答えた。

「これは嵌《は》められたかな、と」

「嵌められた」

語尾をあげて鸚鵡《おうむ》返しに、井原は訊《き》いた。

半田が肯《うなず》く。

「実は私、電車の中でふたりのすぐ近くに立っていたんです。でも、少女が痴漢に遭っている気配はありませんでした」

法廷内が再びざわめく。

井原は質問を続けた。

「側にいただけでは、痴漢が行われていたかどうかは、わからないのではないですか」

半田が被《かぶ》せるように言った。

「わかります。見ていましたから」

「なにを、見ていたんですか」

「少女を、です」

井原は法壇を意識して、眉根《まゆね》を寄せた。

「どういうことでしょう」

「私はデザイナーという職業柄、珍しいデザインや面白い柄の洋服を見ると、じっくり観察する癖があります。あの日、少女は幾何学模様の珍しい柄のスカートを穿《は》いていました。面白い柄だな、と思って後ろ姿を見ていたんです」

「それはあなたが電車に乗り込んだ、上郷駅からですか」

そうです、と半田は答えた。

「上郷から電車を降りる町田までです。だから、誰かが少女の尻《しり》に触れていれば、すぐわかります。でも、そういうことはありませんでした」

つまり――そう言って井原は間を取った。語気を強めて続ける。

「痴漢行為そのものがなかった、ということですね」

半田は例の、断言口調で答えた。

「はい。ありませんでした」

法廷内が騒然とする。

「静粛に願います」

高杉が傍聴席に注意を促す。

井原は零《こぼ》れそうになる笑みを押し殺して、佐方を見た。佐方は手元のメモにペンを走らせている。反対尋問に備えてのことだろう。

傍聴席が静まるのを待って、高杉が言った。

「証人、私からもひとつ、いいですか」

「はい」

驚いたように、半田が顔をあげた。この時点で裁判官から質問を受けるとは、思っていなかったのだろう。

「あなたはなぜ、冤罪と知りつつその場を立ち去ったのですか」

この質問はあらかじめ用意した想定問答集にあった。佐方が訊いてくるものと考えていたが、高杉が口にするとは意外だった。

半田は打ち合わせどおり、申し訳なさそうな口調で言う。

「映画の時間が迫ってましたから。それに——」

被告人席をちらりと見て、半田は言った。

「捕まっても大した罪じゃないし、すぐ釈放されるだろうと思って……すいません」

高杉は考え込むように半田を見つめ、言葉を発した。

「もうひとつ、質問があります。あなたは新聞を読みますか」

意味がわからない、といった顔で、半田は戸惑いの表情を見せた。

「ええ。一応、読みますが」

「昨日の弁護人の話によると、目撃者探しの告知は三月から四月にかけて、この地方で発刊されている新聞にはすべて出したそうです。あなたはそれを、見かけませんでしたか」

意図を察して、半田は肯いた。

「私、新聞はスポーツ欄とテレビ欄しか見ないので、気づきませんでした。早い時点で目撃者を探していることを知り名乗り出ていたら、あの人をもっと早く安心させられたのに――」

そこで半田は、被告人席に目を向けた。

「本当に、申し訳ないことをしました」

そう言って、半田は被告人席に向かって頭を下げた。武本が目を赤くしてお辞儀をする。

高杉は納得したように、ゆったりと顎《あご》を上下させた。

「わかりました。弁護人は質問を続けてください」

勝った――

井原は思った。裁判所の心証はこれで一変しただろう。

井原は余韻を楽しむため、傍聴席を見渡した。筒井は憮然《ぶぜん》とした顔で、腕を組んだままだ。

井原は勝利を宣言するかのように、検察官席の佐方に視線を据えて言った。

「以上で、尋問を終わります」


五分間の休憩のあと、公判が再開された。

井原は佐方の反対尋問を楽しみにしていた。勝負は決まったも同然だ。

――いったい、どういう悪あがきを仕掛けてくるのか。

尋問に立った佐方は、半田の目を見据えたまま口を開いた。

「証人は先ほど、少女のスカートをずっと見ていた、と証言しましたね」

声に気迫がこもっていた。気圧《けお》されるように、半田が肯く。

「はい」

「被告人と被害者、証人の位置関係を教えてください」

半田は思い出すように視線を上に向け、佐方の質問に答えた。

「私は進行方向右手の、ドアの戸袋付近に立っていました。一番窓際に少女、その右斜め後方に男性がいて、男性のさらに左斜め後方に私がいました。三人とも窓側に向いて立っていました」

「つまり、被害者を三角形の頂点にして、被告人と証人が身体を重ね合わせて取り巻くような形ですか」

少し考えて半田が答えた。

「そうですね」

「証人はその状態で、被害者のスカートを見ていた」

確認するように佐方が言った。

「はい」

佐方が底光りのする視線を半田に向けた。

「奇妙ですね」

手元の書類に目を落として言う。

「捜査資料によると、当日の被害者の服装は、幾何学模様の白と茶のスカートに赤いニットのセーター。その上に紺色のダッフルコートを羽織っていました。コートの長さは膝丈《ひざたけ》、スカートの長さは膝上十センチ」

意味するところを理解させるかのように、佐方は間を取った。半田に視線を戻して続ける。

「スカートより、コートの丈が長かった。ということは、コートが捲《まく》れない限りスカートは見えない。言い換えるなら、スカートが見えていたということは、コートが捲れていた、ということになります。そうですね」

半田は戸惑いながら答えた。

「ええ、たしかに……コートは捲れていました」

「そう、捲れていなければ、スカートの模様は見えないはずです。では、どういう状況でコートが捲れていたと思いますか」

半田の答えが曖昧《あいまい》になってくる。

「混んでいたから、はっきりとはわかりませんが、人の腕とかカバンとかで捲れて、そのままになっていたのではないでしょうか」

なるほど、と得心したようにつぶやくと、だとしたら、と佐方は切り返した。

「被害者の身体に、被告人や証人、周囲の乗客が、捲れたコートが元に戻らないほど密着していたことになりますね」

「そう、ですね」

半田は途切れがちに答えた。

まずい——

井原は佐方の質問の意図を悟った。異議を申し立てる機会を窺《うかが》う。

佐方が傍聴席を見渡して言った。

「満員電車に——それも身動きできないほどの鮨《すし》詰め状態の満員電車に、乗った経験から言えば、証人が言う状況で直前の乗客の下半身は見えません。ほとんどの乗客が、首を上に向けた状態のはずです」

「異議あり！」

わずかな隙を見つけ、井原は佐方の攻撃を阻もうと声をあげた。

「検察官の発言は、個人的見解に過ぎません！」

佐方がすかさず反論する。

「個人的見解ではありません！　経験則に基づく合理的推論です！」

高杉は瞑目《めいもく》して考えたのち、異議を棄却した。井原は唇を嚙《か》むと、椅子に腰を下ろした。

佐方が尋問を続ける。

「実はもうひとつ、合理的推論があります。電車は混んではいたが、身動きが取れないほどの状態ではなかった。被害者のスカートを見ることが可能な程度に、証人と被害者は距離があった。にもかかわらずコートが捲れていたのは、何者かが意図的に、コートを捲り上げていたためである——」

「異議あり！」

井原は再び異議を唱えた。

「これは質問ではありません。検察官の、一方的な臆測《おくそく》を押し付けるものです」

高杉は顎を引き、鼻に落ちた眼鏡の上から井原を上目遣いに見た。

「異議を認めます。検察官は質問をするように」

わかりました、と答えて佐方が半田に目を向けた。

「証人は、被害者のスカートを、ずっと見ていましたか」

半田はわずかに喉《のど》を上下させた。唾《つば》を呑《の》み込み、意を決したように言う。

「見ていました」

佐方が続ける。

「少女の臀部《でんぶ》を撫《な》で回す手は、見なかった、のですね」

「はい」

半田は肯《うなず》いた。

佐方は法壇に向き直り、声を張った。

「裁判長！ 証人には偽証の疑いがあります。証人を立ち会わせたうえでの検証と再尋問を求めます」

偽証という言葉に、法廷内が騒然とした。

半田も被告人席に座っている武本も、青ざめた顔で額に汗を滲《にじ》ませている。

——させるか。

井原は椅子から腰を浮かせた。必要性なし、と叫ぼうとする。が、言葉を発する前に、高杉の声が法廷に響いた。

「検察官の要求を認めます。次回公判で、いまの証言に基づく実況見分と、証人の再尋問を行います」

井原は心の中で舌打ちをし、浮かせた尻《しり》を椅子に戻した。

三回目の公判から二週間後、第四回の公判が開かれた。

井原は弁護人席に座りながら、目の前の情景を憮然と眺めていた。

法廷には、三人の男が立っていた。裁判所の職員だ。ひとりを三角形の頂点に置く形で、証言台の右側に並んでいる。

裁判所の職員は、実況見分のために呼ばれた要員だ。三角形の頂点にいるコートを着た男が玲奈役。身長百六十前後の小柄な体型だ。玲奈役の右斜め後ろにいる男が武本役。身長百七十台半ばのやや大柄な体格だった。玲奈役の男の左斜め後ろにいる男が半田役だ。武本役とほぼ同じ身長だった。それぞれ、当人の身長に合わせて代役を揃えている。

佐方は裁判所の職員に指示を出し、実況見分を行っていた。警察からあがってきた実況見分調書と半田の証言をもとに、三人の代役を使って当日の状況を再現しようとしている。

法廷で見分を行った佐方の主張は、前回と同じものだった。電車が身動き取れないほど鮨詰め状態だった場合、証人が被害者の臀部を見ることは難しく、痴漢行為が行われたとする十分間にわたって見続けることは、物理的にほぼ不可能である。また、証人が被害者の臀部を観察できるほど車内に余裕があったとすれば、被害者のコートが捲れていたことの説明がつかない。ゆえに、証人の証言には信憑性《しんぴょうせい》がない、というのが佐方の主張だった。

前回、公判が閉廷したあと、佐方はすぐさま半田を任意で引っ張った。任意だから断ってもかまわない、と半田に助言しようとしたが、井原は思い留《とど》まった。佐方は逮捕状を取ってでも、半田を偽証容疑で取り調べるだろう。ここで引き延ばしても同じことだ。任意であれば、強引な取り調べはできない。

佐方を待たせ、半田を廊下の隅に呼び出して井原は言った。

「心配しなくてもいい。言いたくないことは言わなくていいし、答えたくないことは答える必要はない。もしなにか困った事態になったら、すぐ電話をくれ」

半田は青白い顔で肯いた。

「取り調べが終わったら、事務所で会おう。何時になってもかまわない」

半田が井原の事務所にやってきたのは、夜の九時を回った頃だった。佐方の取り調べは三時間にわたった。長い取り調べを受けたにもかかわらず、半田は思いのほか元気だった。

井原の部屋に置かれている応接ソファに座り、半田は取り調べの様子を井原に説明した。

当日に観た映画の内容や、普段の行動についていろいろ訊《き》かれたが、どうということはなかった。所持品の手帳の任意提出を求められたが断った。理由を問われて、手元にないと仕事に支障をきたす、と答えると、中身にざっと目を通しただけで、あっさり返してくれた。

半田はソファの背もたれに横柄な態度で身を預けると、狡猾《こうかつ》そうな笑みを浮かべた。

「法廷での尋問より、佐方検事は穏やかでしたよ。検事調べといっても、ちょろいもんです。最後には、大変参考になりました、ありがとうございます、って礼まで言われましたよ」

——抜け作か、お前は。

半田の向かいのソファに座る井原は、半田に向かって心で罵声《ばせい》を浴びせた。

——佐方が、なんの収穫もなく、引っ張った容疑者を帰すわけがないだろう。しかも、参考になった、と口にしたということは、佐方はなにか重要な手掛かりを摑《つか》んだに違いない。いったい何を摑んだのか。

だが井原は、言葉には出さなかった。しょせん抜け作じゃあ、なにを聞いても埒《らち》が明かない。こんな馬鹿を相手にするより、万が一、武本と半田の繫《つな》がりが出てきたときの応対を考えなければならない。

とはいえ、もし、武本と半田の繫がりが明るみに出たとしても、なんとでも言い逃れることはできる。武本と半田がかねて知り合いだったことがばれたとしても、半田が事件を目撃したことには変わりない。少なくとも井原はそう言い張ることができる。また半田に、偽証を求めたこともない。見たままの事実を話してくれ、と頼んだだけだ。本多家が不法に関与したという事実もない。井原自身も、弁護士法に触れることは一切していない。大丈夫。自分に害が及ぶことはない。

だが、と井原は苦い顔をした。

――この裁判、もしかしたら負けるかもしれない。

長年、弁護士をしてきた井原が肌で感じる直感だった。

あの佐方のことだ。半田から手に入れた手掛かりで、必ず勝ちを取りに来る。

しかし、と井原は自分を鼓舞した。仮に負けるにしても、こちらにも意地がある。そう楽に勝たせはしない。

見分を終えた佐方が、検察官席に戻った。

佐方が席に着くと、高杉は井原に異議の有無を訊《たず》ねた。

はい裁判長、と答えて、井原は椅子から立ち上がった。代役を務めている裁判所の職員の側へ移動し、自分の意見を主張する。

検察側は、コートが捲《まく》れ上がったままの状態になるには、周囲の人間が被害者と密着していなければ成り立たない、と主張しているが、それは誤りである。供述書にあるように、被害者はバッグを両手で胸に抱えていた。ということは、両脇を強く閉じていた状態である。コートが捲れたときに、被害者本人が捲れていることに気づかず、コートの前身ごろを自分の脇に挟み、そのまま電車に乗っていたとしたら、コートが捲れたままの状態が保持されていてもおかしくない。

そう述べると井原は、被害者役の職員にバッグを持たせ、自分の主張を再現して見せた。

「よって、証人の証言は信用に足るものであり、ひいては、痴漢行為があったことに合理的疑いを持たせるものであります」

井原は見分を終えると、すみやかに弁護人席へ戻った。

椅子に座り、腕時計を見る。まもなく十一時だ。このあと、検察側の証人の再尋問がある。佐方はいったい、なにを持ち出してくるのか。

昼食休憩を挟んで、午後からは一連の証拠調べが行われる予定だった。

最後まで全力を尽くす——

井原はもう一度、自分に言い聞かせた。

「では、検察官。証人の再尋問をはじめてください」

半田が証言台に立つと、高杉が佐方を促した。

佐方は、はい、と答えて立ち上がった。手にしている書類を開き、質問をはじめる。

「証人は、映画鑑賞が趣味だ、と言っていましたね」

「はい」

「他に、趣味はありますか」

佐方の問いに、半田は少し考えてから答えた。

「いえ、これといって特になにも……」

「そうでしょうか。映画鑑賞のほかに、趣味はありませんか。例えば、パソコン通信とか」

半田の顔色が変わった。椅子に固まったまま、口を開こうとしない。言葉が出ないようだ。

「どうですか」

佐方は再度、半田に質問した。

「ええ……まあ」

目を伏せて、つぶやくように言う。顔面が蒼白《そうはく》になっている。

半田の顔色を見て、井原は奥歯を嚙《か》んだ。そうか、パソコンが肝なのか。なにかまずい事実が、そこに隠されているのだろう。おそらくそれが、佐方の切り札だ。しかもそれは、どんな札も敵《かな》わない強力なカードだ。

——だが、やるべきことはやる。

井原は自分を奮い立たせると、腹に力を込めて立ち上がった。

「異議あり。証人の趣味は本案件とは無関係です」

高杉は井原の異議を棄却した。

「検察官にはなにか事情があるみたいです。もう少し、話を聞いてみましょう」

佐方は高杉に感謝の言葉を述べると、尋問を再開した。

「では証人。ここに書かれている電話番号と、数字やアルファベットの文字列に、覚えはありますか」

佐方は手にしていた書類から紙を一枚取り出すと、半田に見えるよう掲げた。

半田は驚愕《きょうがく》の表情を浮かべ、凍りついたまま動かない。

高杉が口を挟んだ。

「証人は質問に答えてください」

半田は、しばらく俯《うつむ》いていたが、覚悟を決めたように顔をあげ、声を絞り出した。

「あります」

「これは証人の手帳に書き留められていたものです」

佐方は傍聴席にも見えるように紙を掲げた。電話番号と文字列を、声に出して読み上げる。

「パソコン通信とは、専用のソフト等を用いて、パソコンとホスト局のサーバとのあいだでデータ通信を行うシステムです。電話回線を使ってそこにアクセスしてきた個々人が、書き込みをしたり読んだりして、情報を共有し合うものです。パソコン通信には同好の士が集う広場のようなものがあり、一般には、電子掲示板――BBSと呼ばれています。大手のホスト局だと各掲示板に管理者がいて、違法性の高いものは削除したり、当局に通報したりして排除しますが、個人が運営する小さなホスト局――草の根BBSと呼ばれているようですが――このなかには、公序良俗に反するものも少なくありません。パスワードという鍵《かぎ》がなければ中に入れないので、一般に知られることはありません。悪党の巣窟《そうくつ》になりやすいのです。わかりやすく言えば、駅にある掲示板を電子化して鍵をかけたもの、ということでしょうか」

佐方は書類に落としていた目を、法廷に向けた。

「ここに書かれている電話番号は、ある草の根BBSに繋がる電話番号で、八桁《けた》のアルファベットと数字は、そのパスワードです。このフォーラムの名前は、〝満員電車愛好家フォーラム〟――実態は痴漢常習者が集う、秘密の隠れ家です」

痴漢常習者、という言葉に法廷内が騒然とする。

佐方は半田を睨《にら》むと、声を張った。

「証人は、このフォーラムのメンバーですね」

半田は額に汗を滲《にじ》ませ、硬直している。被告人席でふたりの看守に挟まれた武本は、両手で頭を抱え、椅子の上で蹲《うずくま》った。

そうか、そういうことだったのか――

井原は自分の顔から血の気が引いていくのがわかった。

武本と半田は、そもそも痴漢仲間なのだ。だから、一緒に電車に乗っていた。ふたりの関係が外に漏れることはない、と武本が言ったのも、いま佐方が説明したように高い秘匿性が担保されていたからだろう。

井原の頭が白くなる。どう反論すればいいのか、頭がまるで反応しない。

「異議あり」

井原はとりあえず立ち上がった。声は我ながら弱々しかった。言葉を探しながら言う。

「手帳に電話番号と、パスワードを記していた……と言っても、それだけで、痴漢常習者の……フォーラムですか、そこのメンバーであると断言するのは、安直です」

そうだ。まだ負けと決まったわけではない。

話しているうちに、打つべき手が見えてきた。井原は言葉を続けようとした。が、高杉の声が遮った。

「異議を棄却します」

高杉は冷たく言い放った。

井原は黙って腰を下ろした。証人席の半田に強い視線を投げかけ、しきりにアイコンタクトをとる。

嘘でもいいから、認めるな――

佐方は尋問を再開した。佐方は別な用紙を手にすると、市内局番ではじまる電話番号を読み上げた。

「この電話番号に、覚えはありますか」

半田はなにも言わない。ただ、唇を震わせている。

佐方はもう一度、言葉を換えて訊ねた。

「この電話番号は、誰のものですか」

半田は消え入りそうな声で答えた。

「私の自宅の、電話番号です」

佐方は捜査資料を手に取った。

「満員電車愛好家フォーラムを運営しているホスト局のコンピュータを押収し、通信履歴を確認しました。この捜査報告書には、BBSにアクセスした日時、アクセスした相手の電話番号が記されています。履歴に残っていた番号は全部で九種類。その中に、証人の固定電話がありました」

法廷内がざわめく。

傍聴席が静まるのを待って、佐方は続けた。

「実は、報告書に書かれている電話番号の中に、もう一件、この法廷にいる人間の名義になっている番号があります」

佐方は手にしていた用紙を翻すと、法廷のすべての人間から見えるように高く掲げた。

「もう一件の電話番号の名義人は、被告人である武本弘敏です」

法廷が大きくどよめいた。

法壇の高杉も一瞬、眼鏡の奥の目を見開いた。が、すぐに我に返って、廷内に静粛を促す。

井原は静まりきらない傍聴席を見やりながら、心の中で白旗を揚げた。ここまで追い詰められたら、もう応戦は無理だ。ここからは敗戦処理になる。どうやって武本の刑を安くあげるか。

高杉が再度、静粛に願います、と声を張り、法廷内が少しずつ静まった。

佐方は尋問を続行する。別の捜査資料を手に取り、「これは当該フォーラムの、書き込みの抜粋です」と言いながらページを捲《めく》った。探し当てた一節を読み上げる。

「平成九年二月一日二十二時四十三分、被告人のパソコンから書き込まれたものです。ハンドルネーム、クマさん。『今度の建国記念の日、アリーナでイベントがある。いつもの路線で満員電車を楽しもう。参加できる人は、神原、午後一時三十二分発の上り準急電車の前から三番目、左乗車口に集合。人気ユニットのコンサートだからJKあたり多そう。今回のTはやっぱり、JKかな』。Tというのは他の書き込みを参照した文脈から、ターゲット。JKは女子高生のことだと思われます」

佐方はさらに資料のページを捲る。

「それに対し、翌二日の深夜零時五分。証人のパソコンからレスが書き込まれています。こちらのハンドルネームは青髭《あおひげ》。『了解。参加できる。この前はクマさんがシキテンだったから、今度はこっちの番だね。たっぷり楽しんでください。できればふたり一緒に楽しめればいいけど』。シキテンというのは見張り役の意味の隠語です」

佐方は資料に落としていた目をあげ、半田を見据えた。

「証人。いま読み上げた文章は、あなたが書いたものに間違いありませんね」

半田は無言だ。俯いて肩を震わせている。

井原は被告人席に座る武本を見た。武本は姿勢を戻して、椅子の上で項垂《うなだ》れていた。

床に視線を落とし、膝頭《ひざがしら》を強く摑《つか》んでいる。削げた頰は、細かく痙攣《けいれん》していた。

——馬鹿が。

井原は心の中で吐き捨てた。

なぜ最初に、本当のことを言わなかった。お前と半田が痴漢サイトで知り合い、一緒に痴漢を楽しんでいたと知っていれば、半田を証言台に立たせるような真似はしなかった。

高杉が厳しい口調で言った。

「証人は質問に答えてください」

半田は面《おもて》をあげて弁明の言葉を発した。

「……よく覚えていませんが、私のパソコンからのアクセスなら、たぶんそうなんでしょう。ただ、あれはあくまで妄想を楽しむためのもので、私は痴漢行為を行ったことはありません。BBSの他のメンバーも、そうだと思います」

最後の悪あがきだった。誰の目から見ても苦し紛れの言い逃れにしか聞こえないが、弁護側はこの線を貫くしかない。

しかし佐方は、攻撃の手を緩めなかった。足掻《あが》く半田に、とどめを刺すように言った。

「ホスト局のパソコンのデータを解析したところ、ハードディスクに残っているものだけで、クマさんの書き込みは三十五回。青髭の書き込みは二十八回を数えています。この痴漢サイトに出入りしていたアクセス者は九名。トータルでの書き込みは五百回近くにのぼります。これらをつぶさに分析したところ、およそ八ヶ月前の書き込みが出てきました。内容は、第二回公判で証言に立った被害女性の痴漢被害状況と、酷似していました。本事案同様、ＢＢＳ上で計画が練られ、実行に移されたと思われます」

佐方はそこで手持ちの書類から顔をあげると、半田を見た。

「あなたはこのときも、被告人と一緒に行動していましたね」

法廷はすでに、佐方の独壇場だった。

傍聴席にいる本多家の関係者は、みな一様に陰鬱《いんうつ》な表情をしている。怒り狂う当主をどのように宥《なだ》め対応すべきか、頭を悩ませているのだろう。が、最も頭が痛いのは、井原自身だ。

半田は口を閉ざしたままだ。高杉に再三促され、ようやく口を開いた。

「記憶にありません」

はっとするほど、冷たい声だった。

機転が利く〝役者〟の面影は、すでにない。そこには開き直った犯罪者の、明け透けな防衛本能だけがあった。

井原は組んだ手を机に置いたまま、静かに目を閉じた。法廷に響く佐方の声を聞きながら、井原は本格的に、敗戦処理の方策を考えはじめた。

増田は地裁のホールに立ち、窓の外に見惚《みと》れていた。

床から天井まである大きな窓から、裁判所の庭に咲く紫陽花《あじさい》が見える。今日、米崎地方気象台から入梅宣言が出された。米崎市でも、朝から霧雨が降った。が、開廷時間に合わせるかのように雨は止み、いまは柔らかな陽光が庭に注いでいる。紫陽花の花びらに溜《た》まった滴が、光を受けてきらきら反射している。

結審を迎えたこの日、午後三時から一〇二法廷で判決が下される予定になっていた。開廷まであと十分——いよいよ、死命を決する判決が言い渡される。

十日前、米崎地裁で第五回公判が開かれ、検察側の論告と弁護側の弁論、被告人の意見陳述が行われた。その時点で、すでに大勢《たいせい》は決していた。

佐方は論告で、これまでの審理の内容を踏まえて厳しく被告人を糾弾した。

被告人が痴漢行為を行ったことは明白であり、数々の証拠から常習性があったと認められる。加えて犯行は計画的かつ悪質。被害感情も甚大であるとし、条例違反の罰条の上限にあたる、懲役六月を求刑した。

一方の井原は弁論で、武本が猥褻《わいせつ》行為を行ったという物的証拠はなく、すべては検察官の推論に過ぎないとし、無罪を主張した。

論告と弁論が終わると、高杉は被告人の意見陳述を求めた。

証言台に立った武本に、高杉は訊ねた。

「これで審理を終えますが、最後に、なにか言いたいことはありますか」

なかには、自分の人生がかかっている判決を前に、手書きの陳述書を持参してくる被告人もいる。何枚にもわたり便箋《びんせん》に、無実を訴える文章が、ながながと綴《つづ》られていることも珍しくない。だが、陳述書らしきものを、武本は持っていなかった。

手を両脇にだらりと下げ、証言台でぽつりと言った。

「特に、ありません」

武本の瞳《ひとみ》には、すでに諦《あきら》めの色が宿っていた。

そして、第五回の公判から十日後の今日、判決が言い渡される。

半田は偽証容疑で逮捕され、留置場に勾留《こうりゅう》されていた。井原事務所の弁護士がつき、半田は黙秘を続けていると聞く。おそらくいまごろ、県警本部で取り調べの最中だ。痴漢BBSの関係者も任意で呼ばれ、県警本部の取り調べを受けていた。近々、なんらかの処分が下されるだろう。

武本も、間違いなく有罪判決を受ける。問題は量刑だけだ。

増田は紫陽花の庭をとおして、遠くを見やった。

スーツ姿の佐方と共に、増田は一〇二法廷に入廷した。椅子に腰を下ろし、傍聴席を眺める。

大勢が決した前回の公判から、めっきり傍聴人は少なくなった。今日は数えるほどだ。被害者の玲奈、母親の房江、本多の関係者と思われる男性がふたり、残りは弁護士バッジをつけた三十代の男性だ。たぶん井原事務所のスタッフだろう。

結局、公判中、武本の家族は一度も顔を見せなかった。勝つに決まっている判決だから、傍聴するまでもない、と考えたのだろう。

今日は筒井の姿もない。南場を見かけたのも、第二回の公判だけだ。

隣に座る佐方を横目で見た。表情からは、勝利を目前にした喜色は窺《うかが》えなかった。公判部の自席で仕事をしているときと変わらない様子で、淡々と手元の書類を眺めている。

弁護人席に座る井原も、同様だった。

無実を訴えていた依頼人が有罪判決を受けることは、弁護人にとって負けを意味する。しかも、武本に有罪判決が下れば、井原は試合に負けた屈辱を味わうだけでなく、本多家という名門一族の信頼をも失うことになる。内心、穏やかではないはずだ。が、井原の顔から憂色は感じられなかった。さっぱりしたその表情からは、やるべきことはやった、という達成感すら伝わってくる。

しかし、感情が読みとれない、という意味では、被告人席にいる武本が一番だった。

被告人席に座る武本の顔には、表情がなかった。怒りも後悔も哀しみもない。ただ、うつろな目をして、宙を見ている。武本は公判初日のときと同じ服装で被告人席に座っている。だが、魂が抜けたようなその顔は、この二月《ふたつき》で、十歳以上も老けたように見える。

開廷時間になると、高杉と書記官が入廷した。起立の声がかかる。法廷内の全員が立ち上がり、一礼して法壇に座る高杉に合わせて、頭を下げた。

全員が着席すると、開廷を告げる高杉の声が法廷に響いた。

高杉は武本を証言台に呼び、着席させてから言った。

「それでは判決を言い渡します」

法廷内が張り詰めた空気に包まれた。

「主文。被告人を懲役六月に処する」

法廷内は静まり返っていた。動揺する者は誰もいない。予想どおりの判決を、神妙な顔をしながら受け止めているだけだ。

ただ、井原だけはわずかに眉根《まゆね》を寄せた。執行猶予さえつかない実刑判決に、単なる負けではなく惨敗の念を感じているのだろう。

高杉は判決理由の朗読を終わると、閉廷を宣告した。

武本は拘置所の職員に腕を取られ、抜け殻のような顔で法廷をあとにした。

増田が佐方とふたりで廊下に出ると、玲奈と房江が駆け寄ってきた。

房江は佐方の前に立つと、深々と頭を下げた。

「ありがとうございました。おかげで気持ちが、救われました」

房江の横にいた玲奈が、屈託のない笑みを浮かべて佐方に言った。

「信じてくれて、ありがとう」

佐方はなにも言わず、軽く一礼しただけで歩き出した。

増田は玲奈親子に頭を下げると、慌てて佐方のあとを追った。追いつくと、増田は佐方の横顔を見た。

佐方の口元には、笑みが浮かんでいた。わずかに口角をあげているだけの静かな微笑みだが、表情からは喜色が見てとれた。

佐方と歩調を合わせながら、増田は苦笑した。

きっと照れくさいのだ。いかにも佐方らしい。

それにしても――と増田は、勝利の決め手になったクロスカウンターを思い浮かべた。いまさらながら、佐方の辣腕《らつわん》ぶりに感嘆する。

増田は大きく息を吐き、以前から気になっていた件を持ち出した。

「佐方さんの記憶力には恐れ入りましたよ。あのわずかな時間で、あれだけの文字と数字を暗記するなんて、本当に驚きました」

佐方は半田の検事調べのとき、取り調べを終えた半田を一階まで送り公判部に戻ってきた増田に、一枚のメモを差し出した。至急、ここに書いている番号を調べるように、と指示する。

渡された紙を見ると、四つの電話番号とそれに対応する八桁《けた》の文字と数字の羅列が書き込まれていた。

「佐方さん、これは――」

「半田の手帳にあったものです。電話番号を調べ、持ち主を特定してください。アルファベットと数字が混在する八桁の文字列は、おそらくなにかのパスワードでしょう」

増田は手渡された紙を手にしながら、先ほどの取調室の情景を思い浮かべた。

半田の手帳を見てぱらぱら捲《めく》っていた佐方が、あるページで手を止め、半田に言った。

「この手帳、任意で提出してもらっていいですか」

なにか怪しいものを見つけたのだ。

半田はすぐさま断った。

「それは勘弁してください。これがないと、仕事にならない」

「では、コピーさせてください」

ページを見ながら佐方が言った。佐方は右手を膝《ひざ》のあたりに置き、身体を傾げて椅子にもたれている。

「それも……」

言い淀《よど》んで、半田が続けた。

「お断りします。どうしても、というなら、正規の手続きを踏んでください」

「では、メモさせてもらいます」

「だめです」

言うが早いか、半田は佐方の手から手帳をふんだくった。

「正規の手続きを経てから、押収するなりなんなりしてください」

あとから思えば、半田は地検を出たらすぐ、手帳を処分するつもりだったのだろう。結果的に、電話番号とパスワードの中から、痴漢BBSの存在が割れ、有罪判決の決め手になった。

四つの電話番号とそれに対応する八桁の文字列——全部で七十二の文字と数字の組み合わせを、佐方はあの短時間で暗記したことになる。人間業とは思えない。佐方が手帳のページを開いていたのはせいぜい十秒だ。机の下で隠れてメモを取ったとしても、とても書ききれる時間ではない。

「あれだけの文字と数字をあっという間に暗記するなんて、まるで神業ですよ」

歩きながら増田がそう言うと佐方は、ああ、あれですか——と、照れ笑いを浮かべた。

「あれは暗記じゃないです。速記です」

増田は目を丸くして、佐方を眺めた。

「速記って……字を崩して速く書く、あの、速記ですか」

はい、と佐方は答えた。

「大学時代、将来なにか役に立つこともあるかと考えて、独学で勉強したんです。あのときは机の下で膝にメモ帳を置いて書きました。速記はもともと、手元は見ませんから。増田さんに渡したメモは、読めるように書き直したものです」

「なんだ。そうだったんですか」

思わず肩が落ちる。佐方の暗記力のすごさを地検で吹聴してきた増田は、佐方に落胆が伝わらないよう意識して快活な声を出した。

「そうだ、副部長に電話しなきゃ」

筒井は今朝、佐方と増田が裁判所に向かう前に部屋へ呼び、吉報を待つ、と言ってふたりを送りだした。いまごろ、判決の報告を電話の前で、首を長くして待っているはずだ。

増田がカバンから携帯を取り出すと同時に、後ろから声がした。

「見事だった」

井原だった。後ろに事務所の人間と思《おぼ》しき若い男性を連れている。

井原は今回の一連の捜査を評価し、そこから導き出した推論を駆使して事実に辿《たど》り着いた佐方の手腕を認めた。

「君が半田の反対尋問をはじめたときは、最初なにを企《たくら》んでいるのかわからなかった。しかし途中で、背筋が寒くなったよ。君がいかに優秀な――」

井原はそこで句切ると自虐的に笑い、言葉を言い換えた。

「君がいかに、しぶとい検事か、ということがわかってね」

佐方はなにも言わず、黙って井原を見ている。

だが、と井原は話を転じた。

「ひとつだけ、わからないことがある。君が、あんな小さな案件に必死になる理由だ。金にもならない、出世にも繋《つな》がらない。むしろ、検察内での立場が危うくなるような真似を、なぜする」

佐方は井原を見据えると、迷いのない声で答えた。

「俺の関心はあいにく、出世や保身にないのでね。関心があるのは、罪をいかにまっとうに裁かせるか、それだけです」

佐方の言葉を咀嚼《そしゃく》するかのように、井原はしばらく無言でいた。やがて小さく肯《うなず》くと、佐方の目を覗《のぞ》き込んで言った。

「巷《ちまた》で耳にする、使命感、というやつかね」

井原は顎《あご》をあげると、語気を強めた。

「青いな。そんな青臭い考えでは、君はいずれその使命感とやらで、自分の首を絞めることになる。今回はその青臭さに負けたが、いつも上手《うま》くいくと思わない方がいい」

佐方は黙って、井原を見ている。

井原は憐憫《れんびん》とも取れる笑みを浮かべた。

「いまはわからないかもしれないが、あと五年もすれば、私の言っていた意味がわかる。そのとき、また手合わせしたいもんだな。もっともその頃、君はもう米崎にいないか」

井原はさも愉快そうに声に出して笑うと、佐方の横を通り過ぎた。

佐方は無言で、苦笑いを浮かべている。

去って行く井原の後ろ姿を目で追いながら、増田は携帯を手にした。登録してある地検の短縮ボタンを押す。

電話に出た交換手に所属を名乗り、筒井の電話に取り次ぐように頼む。

待ち構えていたかのように、筒井が電話に出た。

「お疲れ様です、副部長。たったいま、判決が出ました」

「猶予はついたのか」

筒井は最初から、実刑か否かにしか、興味がなかったのだろう。有罪は確定、と考えていたのだ。

増田は声を弾ませて言った。

「猶予はなしです。限度いっぱいの懲役六月、実刑でした」

「よし！」

筒井は小さく快哉《かいさい》を叫び、声を改めて言った。

「今日、地検に戻らず、佐方とふたりで直行してもらいたいところがある。業務命令だ」

筒井の真剣な口調に、増田は居住まいを正した。なにか、急を要する案件が発生したのだろうか。

増田は通話口を押さえて、佐方に早口で告げた。

「佐方さん、急な仕事が入ったみたいです。筒井副部長が、地検に戻らず直行してくれ、と言っています」

「どこです」

佐方が表情を引き締めた。

増田は通話口を覆っていた手を外すと、筒井に訊《たず》ねた。

「どこへ向かえばいいでしょう」

筒井が厳粛な声で言う。

「駅裏の花小路《はなこうじ》を抜けて、次の路地を右に折れたあたりだ」

一瞬、意味が摑《つか》めず、増田は呆《ほう》けたように口を開けた。が、気づいて噴き出しそうになり、慌てて口元を押さえた。

「承知しました。いまから、指定の場所へ向かいます！」

筒井は、あとで俺と南場署長も合流する、と言って電話を切った。

携帯をカバンにしまう増田に、佐方は真面目な顔で訊ねた。

「向かう場所はどこですか」

増田はカバンの留め具をかけると、胸を張って佐方に向き直った。

「指定場所は、ふくろう、です。南場さんもご一緒だそうです」

場所を聞いた瞬間、佐方は虚を衝《つ》かれたような顔をしたが、すぐ嬉《うれ》しそうに肯いた。

増田はにやけ顔で言った。

「臥龍梅、美味《うま》かったですねえ」

微笑みを浮かべたまま歩きはじめた佐方が、真顔に戻り急に立ち止まった。

「そうだ、忘れてた」

「どうしました」

増田も立ち止まり、佐方を見やる。佐方の真剣な表情に、ただ事でない気配を感じる。裁判書類かなにかに、不備でもあったのだろうか。

佐方は顔をしかめると、頭をくしゃくしゃっと掻《か》いた。

「増田さんの、美味かった、で思い出しました。なんか落ち着かないと思ったら、ニコチンが切れかかっていました」

増田は目を丸くして、緊張の糸を緩めた。

何かと思えばそんなことか。以前にも、こんな場面があった。

佐方は胸ポケットから煙草を取り出すと、増田に向けて軽く振った。

「一本だけ吸ってきます。すぐ戻りますから、入り口で待っていてください」

佐方が喫煙所に続く階段に向かった。増田は階段を下りる佐方に向かって、ごゆっくり、と叫んだ。

外に出ると、さわやかな夕風が頬を撫《な》でた。地裁の敷地にある紫陽花《あじさい》が、さまざまな色を纏《まと》い静かに咲いている。

武本の案件が配点されたときは、まだ、雪が降る季節だった。慌ただしい日々に追われていると、時間の流れを速く感じる。

増田は、二月の吹雪の日を思い出した。ふくろうで、武本の起訴を決めた日だ。あの日、カウンターで筒井が口にした言葉が蘇《よみがえ》る。

――秋霜烈日の白バッジを与えられている俺たちが、権力に屈したらどうなる。世の中は、いったいなにを信じればいい。

なにを信じればいい、と筒井は言ったが、まっとうに正義は行われる、と一番信じたいのは、筒井と佐方ではないか。そう信じ、また、信じているからこそ、貪欲《どんよく》に真実を追求する。

増田は緑の匂いを含んだ風を、胸に深く吸い込んだ。

——今日の酒は、格別に美味いだろう。

高い酒を水のように呷《あお》る男たちに、苦い顔をするふくろうの親父の顔が目に浮かぶ。

増田はひとり笑いながら、暮れ行く空に向かって大きく伸びをした。

【謝辞】

本作を執筆するにあたり、元検事の岩崎哲也《いわさきてつや》弁護士から法律上の監修をいただきました。
この場を借りて御礼申し上げます。法律上の誤謬《ごびゅう》に関しての文責は、すべて著者にあります。

解説

恩田陸

最近観て面白かった映画に、フルーツ・チャン監督の香港《ほんこん》映画『メイド・イン・ホンコン（香港製造）』がある。香港返還の一九九七年に公開されたもので、公開二十年を記念して4Kレストア・デジタル・リマスター版（←なんだか難しいけど、要は一コマずつデジタル技術で褪色《たいしょく》やキズなどを修復・補完することを指すらしい）が三年の修復を経て上映された。フルーツ・チャンのインタビューを読んで興味深く思ったのは、そもそも元の映画が期限切れのストックフィルムで撮影したものなので、最初からキズがあったり、絵の不鮮明なところが多かったが、それらが映画の雰囲気を作っていたので、デジタル化であまり解像度が上がってつるんとなりすぎるのは困る、と注文をしたという話である。実際、そこのところはうまく修復してあり、ザラザラした映像の雰囲気が当時の気分を保存していて、気になることはなかったそうだ。

もうひとつ、同じく二〇一七年公開の日本での大ヒットも記憶に新しいアメリカ映画、デイミアン・チャゼル監督『ラ・ラ・ランド』。監督は、一九八五年生まれでまだ三十代前半という若さ。なのに、往年のハリウッドミュージカルに完璧《かんぺき》なオマージュを捧《ささ》げた本作品で、オールド・ファンにも若い客層にも広く受け入れられる、大ヒットミュージカル映画を創り上げた。

ええと、これ、柚月裕子の『検事の死命』の解説だよね？

本編より先にこの解説ページを開いた読者、または本編を読み終わってこのページを開いた読者は疑問に思ったかもしれないが、なんでいきなりこのふたつの映画を挙げたかというと、柚月裕子の小説を読んでいて、このふたつの映画が浮かんだからである。私の頭の中では、このふたつと柚月裕子の小説は無縁ではないのだ。

説明しよう。

流行は繰り返す、という言葉を聞いたことがあると思う。私も子供の頃、大人が「流行は繰り返すってホントね」と言っていたのを聞いてはいたが、自分が大人になり、半世紀を超える歳になって、改めて彼らの言葉を実感するようになった。学生時代に流行《はや》ったファッションがまた街に溢《あふ》れたり、当時もリバイバル上映されて流行った映画が再びまた若い人たちのあいだで評判になったり。これだけ嗜好《しこう》が細分化され、ひとつの流行を共有することが難しくなっている時代でも、やはり流行というものはあるのだと納得させられることしきりである。

ミステリーの世界も、それは同じであった。

昭和から平成にかけて、これまでにさまざまな流行があった。欧米のミステリーの流行の影響もあったし、新本格みたいな日本独自のものもあった。

面白いと思うのは、小説の長さの流行りである。いっとき、連作短編がもてはやされ、大長編が見向きもされない頃があったし、逆に小説は長ければ長いほどよい、みたいな時期もあって、それこそ弁当箱みたいな単行本が書店の棚を埋めていたこともあった。それらは、やはり長短のスパンの違いはあれど、その後も定期的に繰り返されている。

ジャンル的には、ざっと私の記憶にあるだけでも、社会派、ハードボイルド、ユーモア、実録ノワール系、リーガル・サスペンス、医療もの、サイコパスもの、ホラー系、恋愛サスペンス、警察小説などがあった。今は「イヤミス」と呼ばれるものは、かつては恋愛サスペンスとか心理サスペンス、という名前で呼ばれていたと思う。あと、ニッチではあるが、棋士ものというのも根強いジャンルで、忘れた頃に繰り返し現れる。

そう、柚月裕子のファンならばピンと来たかもしれないが、彼女はそれらをジャンル的にも広くカバーしているのだ。私が思うに、彼女は「ひとり昭和ミステリ4Kレストア・デジタル・リマスター作家」なのである。

私が初めて彼女の作品を読んだ時（今年映画化された『孤狼の血』である。これまた東映映画『仁義なき戦い』へのオマージュものであった）、「なんだろう、この懐かしさ、この安心感、安定感は」と思ったことを覚えている。決してスタイリッシュでもお洒落《しやれ》でもないけれど、健全なたくましさと大衆性があり、きっぷのいい語りっぷりにも感心した。

しかも、決して古臭いとか二番煎《にばんせん》じの感じは全くなく、それこそ『メイド・イン・ホンコン』のごとく、かつての懐かしい昭和のテイストを残しつつも、やはり現代に書かれたもの、というフレッシュな手触りに仕上がっていたのだ。

それはこの佐方貞人《さかたさだと》シリーズでも同じだった。シリーズ第一作『最後の証人』のケレン味溢れるどんでん返しにも懐かしい手付きを感じたし、第二作『検事の本懐』、この第三作『検事の死命』と、正統派リーガル・サスペンスであり、保守的な安定感を保ちつつも、ちゃんと今日的な素材が盛り込まれ、進化し続けている。

作者はちゃんと「分かって」やっている。そう感じさせてくれることこそが、『ラ・ラ・ランド』と同じく、オールド・ファンをも惹《ひ》きつける柚月裕子の魅力であり信頼感だと思う。

それゆえに、この本を手に取った読者の貴方《あなた》。

貴方の読書の履歴や趣味は分からないけれど、筋金入りのミステリーファンであれ、最近ミステリーを読み始めた、という人であれ、貴方は間違っていません。

日本の正統派ミステリーを幸せに換骨奪胎させ、さまざまな要素を詰め込んだ小説を楽しめるのだから。今後とも、迷わず柚月裕子に付いていくことをお薦めしたい。

本書は、二〇一四年一〇月に宝島社文庫より刊行されました。

この物語はフィクションです。実在の個人・団体とはいっさい関係ありません。

検《けん》事《じ》の死《し》命《めい》

柚《ゆ》月《づき》裕《ゆう》子《こ》

平成30年 8月25日 初版発行
令和7年 4月5日 40版発行

発行者●山下直久

発行●株式会社KADOKAWA
〒102-8177 東京都千代田区富士見2-13-3
電話 0570-002-301(ナビダイヤル)

角川文庫 21097

印刷所●株式会社KADOKAWA
製本所●株式会社KADOKAWA

表紙画●和田三造

●お問い合わせ
https://www.kadokawa.co.jp/ (「お問い合わせ」へお進みください)
※内容によっては、お答えできない場合があります。
※サポートは日本国内のみとさせていただきます。
※Japanese text only

ISBN978-4-04-106660-7 C0193

◆◇◇

角川文庫発刊に際して

角川源義

第二次世界大戦の敗北は、軍事力の敗北であった以上に、私たちの若い文化力の敗退であった。私たちの文化が戦争に対して如何に無力であり、単なるあだ花に過ぎなかったかを、私たちは身を以て体験し痛感した。西洋近代文化の摂取にとって、明治以後八十年の歳月は決して短かすぎたとは言えない。にもかかわらず、近代文化の伝統を確立し、自由な批判と柔軟な良識に富む文化層として自らを形成することに私たちは失敗して来た。そしてこれは、各層への文化の普及滲透を任務とする出版人の責任でもあった。

一九四五年以来、私たちは再び振出しに戻り、第一歩から踏み出すことを余儀なくされた。これは大きな不幸ではあるが、反面、これまでの混沌・未熟・歪曲の中にあった我が国の文化に秩序と確たる基礎を齎らすためには絶好の機会でもある。角川書店は、このような祖国の文化的危機にあたり、微力をも顧みず再建の礎石たるべき抱負と決意とをもって出発したが、ここに創立以来の念願を果すべく角川文庫を発刊する。これまで刊行されたあらゆる全集叢書文庫類の長所と短所とを検討し、古今東西の不朽の典籍を、良心的編集のもとに、廉価に、そして書架にふさわしい美本として、多くのひとびとに提供しようとする。しかし私たちは徒らに百科全書的な知識のジレッタントを作ることを目的とせず、あくまで祖国の文化に秩序と再建への道を示し、この文庫を角川書店の栄ある事業として、今後永久に継続発展せしめ、学芸と教養との殿堂として大成せんことを期したい。多くの読書子の愛情ある忠言と支持とによって、この希望と抱負とを完遂せしめられんことを願う。

一九四九年五月三日

角川文庫ベストセラー

犯罪者 (上)(下)　太田　愛

白昼の駅前広場で4人が殺害される通り魔事件が発生。犯人は逮捕されたが、ひとり助かった青年・修司は再び襲撃を受ける。修司は刑事の相馬、その友人・鑓水と3人で、暗殺者に追われながら事件の真相を追う。

北天の馬たち　貫井徳郎

横浜・馬車道にある喫茶店「ペガサス」のマスター毅志は、2階に探偵事務所を開いた皆藤と山南の仕事を手伝うことに。しかし、付き合いを重ねるうちに、毅志は皆藤と山南に対してある疑問を抱いていく……。

夜明けの街で　東野圭吾

不倫する奴なんてバカだと思っていた。でもどうしようもない時もある——。建設会社に勤める渡部は、派遣社員の秋葉と不倫の恋に墜ちる。しかし、秋葉は誰にも明かせない事情を抱えていた……。

ナミヤ雑貨店の奇蹟　東野圭吾

あらゆる悩み相談に乗る不思議な雑貨店。そこに集う、人生最大の岐路に立った人たち。過去と現在を超えて温かな手紙交換がはじまる……張り巡らされた伏線が奇蹟のように繋がり合う、心ふるわす物語。

高校入試　湊かなえ

名門公立校の入試日。試験内容がネット掲示板で実況中継されていく。遅れる学校側の対応、保護者からの糾弾、受験生たちの疑心。悪意を撒き散らすのは誰か。人間の本性をえぐり出した湊ミステリの真骨頂！